W0415887

UNE VRAIE PARISIENNE

DU MÊME AUTEUR

POURPRE, *roman*, Mercure de France, 1980.

LES CANARDS DU GOLDEN GATE, *roman*, Mercure de France, 1982.

SANS EFFORT APPARENT, *roman*, Balland, 1987.

L'OUEST, *roman*, Bernard de Fallois, 1991.

UNE AFFAIRE EMBARRASSANTE, *roman*, Grasset, 1995. Prix Jean Freustié.

LES CORROMPUS, *roman*, Grasset, 1998. Prix Interallié.

BELLE-AMIE, *roman*, Grasset, 2001.

SILENCE, ON MENT, *roman*, Grasset, 2003. Prix Renaudot des lycéens.

LE ROMAN DE CONSTANTINOPLE, *essai*, Ed. du Rocher, 2005. Prix Renaudot de l'e

GILLES MARTIN-CHAUFFIER

UNE VRAIE PARISIENNE

roman

BERNARD GRASSET
PARIS

ISBN 978-2-246-72321-9

Tous droits de traduction, de reproduction et d'adaptation
réservés pour tous pays.

© *Éditions Grasset & Fasquelle, 2007.*

Mes premiers plans sont inventés et mes fonds réels.

FLAUBERT

CHAPITRE 1

Agnès de Courroye, guide touristique. On m'avait demandé d'arriver à 9 heures précises. Inutile de me le répéter deux fois. Le taxi m'a déposée devant le Bristol avec un bon quart d'heure d'avance. Traîner dans le hall me convenait à merveille. J'adore cet hôtel. Ils ne connaissent que la pierre, le marbre, le cristal et le cuivre. Le faste et le luxe s'appliquent en couches successives comme la brique et le mortier. On s'attend à voir la neige tomber des lustres. Tout est étiqueté « classique ». La vie baisse le ton. On glisse entre des commodes estampillées et des miroirs biseautés. Faire escale ici, c'est quitter l'existence pour le rêve.

Je me suis assise dans un fauteuil bas sur pattes et costaud, le style que j'aime, Louis XV. Confortable en tout cas. Un *Figaro* traînait sur une table basse. Selon le titre de une, ça ne s'arrangeait pas en Irak. Quoi d'autre ? Mystère. Escortée par quatre malabars asiatiques, une femme d'affaires chinoise est passée devant moi. Elle portait des boucles d'oreilles si lourdes, des chandeliers plutôt, qu'elle n'avait même plus la force de tenir son sac confié aux gardes du corps. J'imagine qu'en fin de journée, les lobes s'arrachent d'eux-mêmes. C'était Imelda Marcos et j'en ai frissonné. Je ne me lasserai jamais des endroits où on reconnaît des gens infréquentables. Pas pour les connaître, je vous rassure. Juste pour les observer. J'ai hâte d'être en enfer.

A l'heure dite, j'ai téléphoné de la réception pour annoncer mon arrivée. Une voix féminine, vive et froide, m'a ordonné de rappeler dans une demi-heure. A 9 heures et demie, même cinéma : je n'avais qu'à attendre une demi-heure encore. J'imagine que, là-haut, Sa Majesté la star se prenait pour la personnalité du siècle, persuadé que je bavais d'avance à la perspective de le rencontrer. Si tout se passait bien, il sortirait de sa chambre avant mes 50 ans.

Je ne me suis pas énervée. Dans ce cadre où tout ce qu'on découvre a un goût de «déjà vu au musée», les sensations s'engourdissent, le lieu vous masse à la peau de chamois. Un chintz, un plateau en acajou, un bouquet de tulipes blanches, du silence, du vide et vous êtes meublée par des rêves cossus. Rentrer chez soi en quittant le Bristol, c'est retourner au mitard. Je n'étais pas pressée. De toute manière, je n'allais pas taper du pied. Dans cette église, un mot plus haut qu'un autre et on vous regarde comme si vous portiez un brassard à croix gammée. Pour finir, j'ai commandé une tasse de thé au serveur qui, toutes les cinq minutes, égarait vers moi un œil piquant pour l'amour propre. Au prix du sachet d'Earl Grey, j'aurais mieux fait d'acheter la plantation. D'une voix perchée à l'étage noble du château de famille, je l'ai prié de mettre la note sur le compte de Bruce Fairfield. Il n'a pas tiqué. Le nom magique, en revanche, a piqué la curiosité du gros Chinois (encore un) qui, installé sur le canapé voisin, lisait le *South China Morning Post.* Sa respiration faisait un bruit de machinerie. A chaque souffle, je m'attendais à ce qu'il se dégonfle. Il a sauté sur la requête pour m'adresser la parole. Depuis dix minutes, il jetait des regards vers moi comme sur une petite friandise ethnique. De là à céder à ses avances, pas question. Je les connais, ces hommes d'affaires internationaux. Au Kansas, ils ne feraient pas la différence entre un cow-boy et un Indien. A Paris, que vous leur tendiez la vicomtesse de Ribes ou Loana, ils voient la même chose : une Française. D'avance, son marivaudage m'assommait. Aucune envie de battre des ailes avec lui. Un bref sourire, aucun mot et Fu Manchu s'est remis en veilleuse. Par chance, je n'étais plus qu'à deux gorgées de la délivrance. Le petit serveur prétentieux est venu me dire qu'on m'attendait dans la suite de monsieur Fairfield.

Arrivée au troisième, j'ai frappé à la porte, toute simple, à deux battants, genre palais royal. Coco Danceny n'avait pas fini de l'ouvrir que je la savais aussi fêlée qu'une cloche. Je la connaissais de réputation. C'est la grande attachée de presse du show business, une cinglée de première, aimable comme la pluie. Un vrai bouledogue. Du moins de caractère. Son physique faisait plus chienchien. Avec sa coiffure tarabiscotée, pleine de mèches bouclées sur l'avant, à effet vertical sur le dessus, on aurait dit un caniche. Une amie sincère l'aurait envoyée se faire brosser. Je me suis contentée de la suivre. Sans se présenter, me tutoyant d'office, elle a commencé à me donner des ordres. Si, un jour, on supprime la formule « il faudra », elle aura le bec cloué. Donc je devais parler en anglais, garder à tout moment le portable ouvert, ne pas laisser Bruce boire, noter les gens qu'il appellerait, être impérativement rentrée à 19 heures, conserver des reçus de tous nos frais, faire un compte rendu à mon retour, ne pas parler business avec lui... Elle avait le sabre entre les dents et elle parlait, elle parlait, elle parlait. En plus, elle bougeait. Toutes les trois minutes, son portable sonnait. Madame arpentait la pièce en citant Bruce, Dior, Pascal Nègre, Tina Turner... A l'autre bout de la ligne, une esclave était chargée de réserver une table le soir même au Cristal Room. Et qu'importe qu'il faille normalement s'y prendre quinze jours à l'avance. Cruella la voulait à 21 heures. Exécution ! Avec des noms propres et des ordres cassants, elle marquait son territoire. Ensuite, elle se rappelait ma présence et me confiait un disque de diamant : prière de le ménager. Deux heures avec elle et on aurait ramassé mes morceaux. D'où venait son énergie ? Sa maigreur laissait passer la lumière. A un moment, elle a demandé à son assistante si elle n'avait pas oublié au bureau le paquet Chanel contenant un soutien-gorge. La question m'a paru surréaliste. Je voyais d'ici sa poitrine : deux piqûres de moustique. Prenant l'air le plus modeste, j'ai hasardé :

— Puis-je vous poser une question ?

Elle a semblé surprise. Que j'aie une langue ? Que je

la vouvoie ? Elle a juste grommelé : « Quoi ? » Je n'en demandais pas plus :

— Pourrais-je avoir un verre d'eau ?

En somme, je la prenais pour la serveuse. Elle n'a pas apprécié et, du doigt, a indiqué le minibar placé sous la télé. Sa politesse aurait tenu à l'aise dans une enveloppe petit format. Je n'avais qu'à me servir.

Enfin, tout arrive. Monsieur Fairfield est apparu. A 10 h 23 précises. Depuis le temps que Son Altesse fait la une des journaux anglais et américains, je savais, comme le monde entier, qu'il avait un léger problème avec l'alcool. Léger, à quel point ? Disons que, dès l'heure du déjeuner, même les portes grandes ouvertes peuvent se révéler un obstacle infranchissable. Eh bien, cela, c'est la presse. J'ai vu apparaître un homme jeune, bien élevé et souriant. Un sac à la main, sortant lui aussi de la chambre, une espèce de play-boy s'est éclipsé, en annonçant d'une voix pleine de promesses qu'il serait là à 20 heures, avant le dîner. C'était le coiffeur – un assistant de toute première importance si l'on songe au look à la Bobby Kennedy de Bruce. Dans sa vie, il aura sans doute consacré dix fois plus de temps à ses brushings qu'à la lecture. Aucune importance. Son truc à lui, c'était le piano. Il s'est assis devant celui du salon et a joué quelques notes. La « Grande Polonaise » de Chopin. Puis il s'est tourné vers l'attachée de presse, toujours aussi poli :

— Bien, Coco, mon cœur, rien n'a changé. Aujourd'hui, c'est quartier libre. Alors, du vent. Et tout de suite.

Enfin il s'est levé, m'a prise par la main, m'a emmenée dans la chambre, a refermé la porte, a enfilé un pull, pris son manteau sur le bras et, revenu vers moi, m'a demandé mon nom :

— Dites-moi, poupée, vous devez me montrer Paris. Mais je connais déjà la ville. Et, dès que j'entre quelque part, on me regarde, puis on me parle et on me demande des autographes. Emmenez-moi à la campagne, dans un endroit tranquille. Versailles, par exemple. Si cela vous convient.

Versailles, un mercredi, jour des sorties scolaires. Ce serait la cohue, on allait le reconnaître, on ne verrait rien. Cela ne me convenait pas du tout. Cela dit, si Monsieur aimait les châteaux, j'avais mieux dans ma manche, Fontainebleau :

— C'est le plus beau palais de la Renaissance, Léonard de Vinci y a vécu et c'était la résidence préférée de Napoléon.

Vinci et Napoléon. Avec un Yankee, je jouais sur du velours. Il a haussé les épaules et on a filé. Dernier détail : avant de quitter la suite, il a raflé les cinq petites bouteilles de whisky du minibar. Et c'est parti. Le chauffeur nous attendait en double file, tout ce que je déteste. Lui, en revanche, m'aurait assez convenu : le genre à n'avoir qu'un chiffre à son Q.I. mais à soulever des poids à trois chiffres à l'épaulé-jeté. Avec ça, Vietnamien, donc imberbe. Comme poupée nocturne, tout ce que j'aime : survitaminé, propre et silencieux. Il connaissait le chemin pour Fontainebleau. En deux minutes, on roulait sur les quais et j'ai entamé mon laïus. Depuis trois ans que je fais visiter Paris et la France à des étrangers, le topo est au point. Des anecdotes, de l'histoire, des statistiques, quelques astuces, des citations. Douze ans aux Oiseaux, cinq ans à l'Ecole du Louvre, six ans d'abonnement à *Vanity Fair* et une vie entière à lire *Le Figaro* : je sais comment incarner la sainte-nitouche vieille Europe pour touriste américain. En général, ils savourent mes paroles comme du sirop d'érable. Bruce, lui, les accompagnait d'un doigt de whisky. A peine assis à l'arrière de la Mercedes, il avait inspecté le minibar, sorti un verre, pris deux glaçons et versé une bonne dose. Depuis, il m'écoutait avec politesse et même une certaine attention : une ou deux fois il a ri. On s'est retrouvés sur l'autoroute du Sud et j'ai abordé quelques points de nos vieux cours d'histoire de France. Sans qu'il m'interrompe. Monsieur se noyait tranquillement dans son verre. Du moins en donnait-il l'impression. Sa nonchalance avait des griffes. Au moment où j'expliquais que Fontainebleau était le chef-d'œuvre français de l'art italien, une de mes phrases l'a fait tiquer. Je disais que la France, sur le point de devenir la première puissance mondiale, n'avait pas honte d'aller chercher des modèles dans le passé chez les Grecs et les Romains ou à l'étranger, en Espagne, en Italie. Sans le préciser, j'en faisais un titre de gloire. Ça ne lui a pas convenu :

— Cela n'a rien d'original. Les Américains ont tout pris à Paris et à Londres. Les grands peuples qui se croient le centre du monde commencent toujours par l'observer. C'est inévitable. N'en faites pas une marque de votre génie personnel.

Il m'a bluffé, Johnny Walker. Et d'autant plus qu'il me jetait dans les cordes à sa façon, sans la moindre hargne, comme il avait renvoyé son attachée de presse à la niche un peu plus tôt : sur un ton sans appel mais avec l'intonation la plus calme. Il parlait sans se presser. Ses mots traînaient comme s'il les décomposait syllabe par syllabe. Sa voix lente et basse donnait un sentiment d'assurance, celui de l'homme qui a réfléchi à ce qu'il dit et qui sait qu'on ne l'interrompra pas. C'est simple : j'ai trouvé son agression exquisément sexy. De là à céder en rase campagne, sûrement pas. J'aime bien avoir le dernier mot – en tout cas, sur mes terres, dans le domaine de l'histoire :

— C'est faux. L'Egypte et la Chine n'ont presque rien emprunté à l'étranger. Peut-être parce qu'elles n'entendaient pas régner sur leurs voisins. Mais j'en doute. L'Arabie, elle aussi née toute seule, a prétendu conquérir le monde.

Peut-être bien. On aurait pu en parler mille ans. Mais Bruce voulait d'abord s'assurer que j'avais prévu une table pour le déjeuner :

— Devant un canard à l'orange et un Mouton-Rothschild, vous me chanterez tout ce que vous voudrez sur votre incontestable génie national. L'art de vivre, j'en conviens, c'est votre truc, vous êtes champions du monde. Mais, d'abord, faites-m'en profiter. Trouvez-nous un bon restaurant.

N'oublions pas que je suis ouvrière à gages. On me paye pour être aimable. Depuis le temps que je venais à Fontainebleau, j'avais mes habitudes. J'ai réservé une table à Barbizon, dans la grande rue, à l'Auberge de la Mère Macmiche, notée 17/20 dans le Gault et Millau. Bruce a paru enchanté. Le simple mot de Barbizon le mettait en joie : peintres en sabots, noces campagnardes, chevalets dans la boue et paysannes girondes... Si c'était ça sa France, ça promettait. J'ai des goûts nettement moins crottés. Pas question de m'asseoir sur un banc devant une table en bois. Il me faut une nappe et un menu. Chez la Mère Macmiche, on serait servis. En leur temps, elle aurait chassé Corot et Millet à coups de torchon. J'ai promis le paradis à Bruce. Il me faisait toute confiance.

Le château l'a enchanté. Un jour de semaine, en plein hiver, nous l'avions pour nous seuls. Tout l'amusait. Les F et les salamandres gravés dans la pierre pour François Ier. Mieux encore : le monogramme d'Henri II formé du H royal et des deux C de Catherine de Médicis, dont l'un retourné et accolé au H formait un D, chiffre de Diane de Poitiers. C'était tellement français, le souverain, sa femme et sa maîtresse ! La salle de bal, celle du trône, la galerie des Cerfs, tout éblouissait Bruce. Tant de lambris, de stucs, de fresques, il n'en revenait pas. Et, plus encore, quand il apprit qu'à l'arrivée du Primatice et du Rosso, la France ne disposait d'aucun artisan pour ces techniques. Admirer ce décor et admettre qu'évoluait là une noblesse ignorante et grossière dépassait son imagination. Face aux tableaux et aux personnages aux doigts écartés, aux mains tendues, aux yeux révulsés, il imaginait une Cour de seigneurs efféminés et de princesses anorexiques. Je lui ai remis les idées en place. J'ai parlé de poux, de plats faisandés et d'odeurs inconvenantes. Puis j'enchaînais sur des péripéties pittoresques. Ici la reine Christine de Suède avait fait assassiner son amant, là l'Empereur avait signé son acte d'abdication, là avait dormi le Pape ramené de Rome dans une calèche blindée... Je ne lésinais pas sur l'enluminure. Les meutes peintes par Oudry et racontées par moi se transformaient en massacres à la Néron. Dans ce décor de fêtes galantes, Bruce n'en revenait pas. Il trouvait la France plus virile que prévu. Seul le parc l'a déçu. Trop petit, trop agencé, trop «décorateur»! Je lui ai dit que c'était ça, la France : on compose des musiques, on organise des repas, on dessine des jardins pour que tout se présente à l'heure et en ordre. S'il voulait un paysage et une société naturels, il lui restait le Québec, le Montana et la Russie :

— Ça n'est pas très romantique, a jugé Bruce.

— C'est vrai. Nous ne sommes pas des Allemands. On ne se noie pas dans nos vertiges. Pas question que notre âme aille se dissoudre dans un rêve immense comme la nature, la race ou l'âme. Aucun décor n'est trop petit pour nos songes. Les Français aiment ramener les passions les plus vives à la mesure d'une aventure personnelle. Fontainebleau n'est pas le nid d'aigle inaccessible d'une folle royale qui dialogue avec les dieux de la forêt. C'est la propriété de rois jouisseurs qui aimaient la chasse et la danse. Rien de métaphysique dans ce cadre, juste un équilibre et une grâce.

Bruce n'a plus émis de commentaire. Il portait un manteau en cachemire bleu marine, un jean foncé, un col roulé et des chaussures pour la campagne du genre « Golf aux Hamptons ». Avec son look à la Kennedy et ses intonations bostoniennes, il faisait plus cadre sexy à Wall Street que rocker déjanté pour bar à bière. Avec ça, cultivé. Dans la grande salle de musique bâtie par Philibert Delorme, il a cité Monteverdi et m'a dit que, chez lui, à New York, au-dessus de son piano, dans son salon, il avait accroché une très ancienne gravure de Palestrina, le premier musicien moderne, maître de chapelle au Vatican. J'étais sous le charme. Avec une once d'inquiétude, tout de même : entre les rasades dans la Mercedes et les lampées des petites bouteilles glissées dans sa poche, le grand artiste biberonnait un peu trop à mon goût, mais là encore à sa façon, vite, discrètement, sans paraître y prêter plus d'attention qu'à une paire de lunettes qu'il chausserait un instant pour lire une étiquette.

Arrivés à Barbizon, près de chez la Mère Macmiche, Bruce a prié le chauffeur de revenir à 15 heures. Il ne lui avait pas adressé la parole de la matinée. Puis il a sorti son portable, appelé Coco, annoncé que je viendrais le soir au dîner, lui a dit de prévoir un couvert de plus et lui a raccroché au nez. Il ne m'avait pas demandé mon avis et ne lui a pas laissé placer un mot. C'était un peu cavalier. Il a dû s'en rendre compte :

— Je suis odieux avec elle pour qu'elle ait la force de l'être avec les autres. Autour d'une star, il ne peut y avoir que des rapports de force. Quand j'ai invité ma femme à dîner en tête à tête au Cirque pour demander sa main, on était trois : j'avais amené mon avocat. J'ai bien fait, d'ailleurs. Depuis on a divorcé et je ne suis pas ruiné. Si Coco est faible, elle laissera vingt-cinq enquiquineurs arriver jusqu'à moi. Je la veux odieuse. Je l'ai choisie pour son sale caractère.

Excellent choix, dans ce cas, mais je ne l'ai pas dit. Gentillesse, patience, curiosité, attention... Je m'en tenais au registre prévu par mon contrat. Bruce m'y aidait. Tout lui plaisait. Dans la grande rue bordée d'hôtels, de restaurants et de villas, chaque bâtiment avait sa plaque commémorant le peintre qui y avait habité. Corot, Millet et Théodore Rousseau bien sûr, mais aussi Daubigny, Dupré, Nanteuil et même Trotski. Bruce les lisait. Il caressait de l'œil son idée de la France :

— Aimer votre pays, c'est radoter. Vous avancez à reculons. Vous entretenez des décors anciens où jouer l'éternelle même comédie. Vos vieilles rues, vos châteaux, vos maisons de guingois vous font des souvenirs d'enfance. Ils vous consolent du succès de Shanghai. Vous observez l'avenir dans votre rétroviseur mais c'est charmant. Je pense que vous avez raison.

Naturellement ! Quel malade aurait envie de s'éreinter dans une fourmilière d'Asie pleine de buildings et de mendiants ? Je me trouve tout à fait à l'aise dans le pays des 35 heures. Il faudrait être débaptisé pour aimer travailler plus. S'il nous croyait en extase devant la Chine moderne, Bruce se trompait. Je lui ai mis les points sur les i :

— Ma foi, si la Chine veut devenir l'usine du monde, tant mieux pour elle et pour nous. Qu'elle nous débarrasse de la pollution industrielle. Nous, nous serons le musée du monde, éventuellement, son bordel. La France, c'est d'abord une fête.

Il a ri, prenant pour une pure provocation ce qui n'était qu'une moitié de paradoxe. Et il n'a pas demandé que je précise ma pensée. Au lieu de ça, il m'a prise par la main pour traverser la rue et visiter l'église. Rien à dire sur le bâtiment : XIIIe siècle, chapiteaux à feuillages, voûte à ogives, chœur et doubles bas-côtés. La routine superstitieuse. Bruce a senti mon indifférence complète. Il n'en revenait pas. Comment ça, je ne croyais pas en Dieu ? Il a fallu que je m'explique. A la française :

— Je n'ai pas le temps.

On ne lui avait jamais servi cet argument. Il a éclaté de rire. Il me prenait définitivement pour une écervelée à la Marie-Antoinette. Ce pauvre chou était fait pour le persiflage comme pour la pétanque. C'était le vrai Yankee, qui prend tout au sérieux. A titre exceptionnel, parce qu'il était sexy, je me suis expliquée :

— C'est pourtant simple : si Dieu existait vraiment, ce serait tellement important que rien d'autre n'importerait. Vous imaginez qu'on pourrait se contenter de lui rendre hommage une fois par semaine, en vitesse, le samedi soir, pour ne pas empiéter sur la grasse matinée du dimanche ? Sa discrétion, ce savoir-vivre, cette indifférence sont la preuve qu'il n'existe pas. Et c'est dommage car c'est une idée très romantique. Un grand manitou qui nous crée, nous offre un séjour sur terre et ensuite nous recase quelque part au paradis. J'aurais bien aimé y croire. A Paris, c'est impossible. On est trop cartésiens.

— Et s'il existait quand même, a insisté Bruce.

— Alors, tant mieux. Dans une religion qui fait des héros de la femme adultère, de l'enfant prodigue et de l'ouvrier de la onzième heure, les Français se retrouveront aux premières loges. Juste ce qu'on aime.

Bruce a trouvé le point de vue ingénieux. Ma conversation l'amusait. Tellement couleur locale. Il n'y a que chez nous qu'on délire avec autant d'arguments. Il me trouvait loufoque. Et nous tous, avec moi. Heureusement que la Mère Macmiche nous attendait. Et là, pas de blague, elle l'a ébloui. On ne plaisantait plus. On passait à table.

Elle nous avait réservé un recoin, tout au fond, près d'une fenêtre donnant sur un jardin à la Monet, plein de bleu, de blanc, de vert et de mauve, dans un grand fouillis. Seuls voisins proches, un couple contre nature. D'abord j'ai cru qu'il l'avait rouée de coups. Erreur. On lui avait seulement refait les lèvres et, pour tout arranger, elle s'était maquillé les yeux avec un bleu crépusculaire. On aurait dit un boxeur sortant du ring. Aucun risque que le mari s'en rende compte. Ses paupières tombaient comme des doubles rideaux et il ne les entrouvrait que pour examiner son assiette. Il avait glissé le haut de sa serviette au-dessus de sa chemise. Comme spectacle France profonde, on ne faisait pas mieux, mais Bruce ne s'en est pas rendu compte tout de suite. En arrivant, il avait gagné notre table, tête baissée, sans regarder personne pour ne pas savoir si on l'avait reconnu. En revanche, il a examiné la carte comme une partition. On lui en avait tendu une en anglais. J'aurais été bien incapable de traduire ; je n'y comprenais rien. Ils cuisinaient en vieux français. Asperges cuites à la Audot ou à la Pompadour, artichauts à la barigoule au maigre, ragoût de crêtes en financière, escargots à la bourguignonne en pots, huîtres à la poulette, brochet à la sauce genevoise, poule faisane en salmis, pascaline d'agneau à la royale ou à la jardinière, pieds de cochon à la Sainte-Ménehould… Au lieu d'une carte de restaurant, ils en tendaient une des provinces et traditions françaises. Il a fallu appeler le maître d'hôtel au secours. J'ai dû m'accrocher. Rien que pour décrypter la composition de ma pascaline d'agneau, il fallait un doctorat d'Etat en archéologie : des blettes, de la bourrache, des brins de sarriette et de la marjolaine. Ensuite, mieux valait s'y connaître en arts et techniques populaires. Le maître d'hôtel vous écrasait de son savoir :

— Avant de ficeler le gigot, on rabat les panoufles de l'agneau, puis la barde et, pour finir, la crépine.

Je n'ai rien compris. Bruce, non plus. Sa dinde aux marrons était caramélisée aux rouelles d'échalotes ! Une seule chose lui a sauté aux yeux : on naviguait en haute civilisation. Il planait. La cote de la France grimpait en flèche. J'ai cru qu'il allait me baiser la main. Soudain mon petit charme espiègle semblait moins évident, beaucoup plus compliqué, équivoque peut-être, agréablement supérieur. J'étais une Française. Il s'est mis à me regarder comme on admirait une duchesse sous l'Ancien Régime. Un boniment de maître queux et tout notre pays se transformait en un fier cavalier qui galope à l'écart de la troupe :

— Aux Etats-Unis, on ne vous aime pas beaucoup car on vous trouve trop snobs. La cuisine raffinée, les parfums ruineux, la mode savante, les vieux châteaux et cette manie de donner des leçons au monde entier. On dirait que vous n'êtes jamais sortis de l'Ancien Régime. Vous incarnez une forme d'arrogance. On vous prête un gros complexe de supériorité. Et votre président aggrave cette morgue. Un homme qui se sert dans les caisses de l'Etat et qui envoie promener les juges, pour nous, c'est odieux.

Ma foi, je lui donnais raison. Pas question de défendre Jacques Chirac. Mais puisqu'il aimait la France sans la comprendre, autant l'égarer un peu plus. Et en rajouter dans le cynisme qu'il avait l'air de nous prêter. Surtout ne jamais plaider coupable face à un adversaire, même animé des meilleures intentions. J'ai effacé la justice du paysage avec une désinvolture à la Montespan :

— Vous savez, Bruce, tous ces juges nous cassent les pieds. On n'est pas dans un film américain avec quinze personnes au garde-à-vous quand la Cour pénètre dans le tribunal. Chez nous, à 12 ans, on a lu *Le Comte de Monte-Cristo* et *Les Misérables*. On sait ce qu'il faut penser de messieurs les procureurs. Ils envoient les innocents en prison et ils se couchent aux pieds des princes. Nos premiers héros s'appellent Edmond Dantès et Jean Valjean. Alors, la justice ! Faites-nous confiance pour ne pas lui faire confiance. Surtout que, par ici, plus ça change, plus c'est pareil. Les petits juges jouent les redresseurs de torts mais, pour finir, les affaires Tapie, Crédit Lyonnais, Elf et compagnie se terminent toujours en eau de boudin. On se moque pas mal que Chirac ne défère pas aux convocations judiciaires. De toute manière, on sait bien qu'il passerait entre les gouttes. On préfère se moquer de lui et avoir de bonnes raisons de ne pas le respecter. C'est notre caractère : on est plus frondeurs qu'incorruptibles.

J'aurais pu continuer des heures et dire tout le mal que je pensais des ruineux avocats-castafiore américains qui innocentent les coupables mais une urgence a accaparé l'attention de Bruce. Le sommelier commençait son sketch. Un vrai cours magistral. Monsieur se croyait en chaire. Saisissant le double de la commande, il s'est mis à suggérer des associations, évoquant des cépages, parlant de densité, de finesse, de velouté, de rondeur, de trame, que sais-je encore… Je n'en traduisais que la moitié mais, déjà, la migraine menaçait. Pour finir, la douceur naturelle d'un gewurztraminer Saint-Hyppolite épouserait tout en sensations moelleuses le foie gras. Ensuite, on passerait à un Boyd-Cantenac 1989, le margaux idéal, semble-t-il, pour nos viandes. Pourquoi donc ? A peine l'avais-je expliqué que je l'ai oublié. Cela dit, c'était juste. Un vrai délice avec une nuance de réglisse ou de menthe, je ne sais plus. Et je n'ai pas eu loisir d'y revenir. Faites confiance à Bruce. Le temps que je boive mon premier verre, il avait fini la bouteille. Enchanté. De toute façon, depuis le début du repas, tout l'enivrait. Dès le numéro d'acrobate chinois du serveur « acidulant » le foie gras, il avait été conquis. Il faut dire que l'autre n'avait pas chipoté. Tenant ses moulins en argent massif comme des Stradivarius, il avait saupoudré des tranches épaisses comme la main de poivre de Java, puis de vanille séchée de la Réunion. Avec les framboises et le gros sel disposé en terril, ce n'était plus du canard, c'était de l'art. Bruce appréciait. Une fois la bouche pleine, Monsieur admettait que la France avait raison d'avancer à reculons, l'œil rivé à ses vieilles lunes et à ses livres de recettes. Je lui ai cité la phrase que répétait mon grand-père : « La civilisation romaine fut celle de la paresse. Son merveilleux idéal était l'*otium cum dignitate*. C'est comme ça qu'ils ont conquis le monde. En le convertissant à leurs mœurs. » Et chez nous ça n'avait pas changé. On était les derniers des Romains. Pourquoi donc ? Il a fallu que je l'explique à Bruce. Monsieur ne saisissait pas les métaphores historiques à demi-mot :

— Les Français sont forts car ils sont heureux chez eux. Nous avons eu un empire immense en même temps que les Espagnols et les Anglais mais nous ne sommes pas partis le peupler. Et nous n'avons pas émigré, contrairement aux Italiens, aux Allemands, aux Scandinaves et aux autres. Nous n'avons jamais pensé qu'on trouverait mieux ailleurs. Nos paysages et nos mœurs nous convenaient. On est paresseux. Pourquoi serait-on partis bâtir le Canada alors qu'on pouvait se prélasser dans le Poitou ? On râle beaucoup mais on est très heureux dans notre vallée fertile. C'est pour ça que, contrairement à ce que disent certains, on est très gentils. Parce qu'on est bien dans notre peau. Et parce qu'on est sûrs de nous. A part, peut-être, l'Amérique, aucun pays n'est aussi accueillant que la France. Pourquoi ? Parce qu'elle n'a pas peur. Elle sait que si des envahisseurs surviennent ou si des étrangers s'installent, ils tomberont sous le charme de sa vie quotidienne. On ne se tue pas au travail, on mange bien, on papote, on construit de jolies villes et on écrit des livres. Ça nous suffit et ça justifie parfaitement qu'on donne des leçons à tous ces pays qui bafouent les règles de l'oisiveté, de la futilité, de l'indifférence et de tous les petits égoïsmes qui rendent possible la vie en société.

Bruce n'en croyait pas ses oreilles. A chaque fois que j'exprimais une idée, il se demandait si je parlais sérieusement. Au fond, ça lui plaisait. Rien n'aurait pu le contrarier, même pas cette vieille Rosa Bonheur dont deux reproductions gigantesques ornaient les murs de la salle à manger : un retour de glaneurs au soleil couchant et, face à nous, une moisson de blé pleine de paysans nourris à l'EPO soulevant des gerbes à la fourche. Dans le genre pompier, on ne faisait pas plus équivoque. Le travail aux champs se transformait en séance au Vitatop pour gymnastes épilés. Bruce trouvant le tableau magnifique, j'ai gardé mes réserves. Pourquoi le contrarier ? Moi aussi, j'étais sous le charme, le sien. Les bornes de mon ironie ont beau être de vraies murailles, je les ai repoussées d'un battement de sourcils et d'un grand sourire :

— Oui, Bruce, c'est très beau.

Je devais avoir l'air éclairée de l'intérieur car Monsieur a compris que la petite proie assise face à lui était à prendre. Il a enfin remarqué ma robe moulante et m'a demandé où je l'avais achetée. Pas question de citer cette vieille Redoute, j'ai parlé de Dior. Comme ça tombait bien : il allait le lendemain au défilé Galliano. Pourquoi ne pas l'accompagner ? Pourquoi pas, en effet ? Vous ne m'auriez pas reconnue. J'étais tout miel. En un mot comme en mille, Bruce me plaisait. Sa peau très pâle, ses yeux gris, sa silhouette Cape Code, sa montre Reverso, sa taille, ses cheveux gris, lisses et souples, son sourire... Et sa voix. Sa voix, surtout. Grave mais pas caverneuse, venue de loin et un peu fatiguée donc lente, mais précise, articulée, incroyablement sexy. Je me demandais quel pouvait être son âge. 45 ans, sans doute. Mais pas une ride, ni un cil de couperose. Et des dents blanches comme une carte de visite. Il avait avalé des océans d'alcool comme le soleil traverse une vitre, sans laisser de trace. On parlait et un peu de légèreté flottait entre nous. Le temps passait vite. Quand on songe aux cauchemars que furent mes déjeuners avec tant de clients ! S'il n'avait pas fallu tant manger, j'aurais été au paradis. Mais non. Pas question pour Bruce de se passer de dessert. Et, naturellement, il a choisi un gisement de cholestérol : un baba aux fruits confits noyé de rhum et submergé par la chantilly qu'il a accompagné de deux cafés. Quand je l'ai pris par le coude pour retourner à la voiture, il pesait bien quatre ou cinq cents kilos et s'embrouillait dans les voyelles. J'ai juste compris qu'il désirait marcher un peu avant de tomber malade dans la voiture. On est partis à pied vers la forêt et le carrefour du Bas-Bréau. L'air vif l'a ressuscité. Pas moi. Parfaits pour les parquets du château, mes escarpins étaient faits pour la boue comme les pieds pour un gant. J'ai cru mourir de froid. Il me prenait pour une Walkyrie ou quoi ? S'il voulait dialoguer avec Siegfried et les Nibelungen, ce serait sans moi. Le romantisme polaire à la Louis II de Bavière me donnait d'avance le vertige. Au bout d'une demi-heure, je n'y tenais plus. Je suis montée dans la voiture qui nous suivait au pas, cent mètres derrière. Et je me suis endormie.

Quand j'ai rouvert l'œil, on roulait sur l'autoroute et la tête de Bruce reposait sur mon épaule. La nuit était tombée, le moteur semblait silencieux, un concerto pour piano de Mozart passait en sourdine (je n'y connais rien mais le morceau avait servi pour une publicité Evian et mon père me l'avait offert). Un doux mélange de bien-être, d'appréhension, de désir et de calme a mollement agité mon réveil. Je me suis redressée, Bruce a ouvert un œil et m'a demandé pardon. Je l'ai rassuré tout bas :

— Il n'y a pas mort d'homme, Bruce. On n'est pas à New York. On peut me harceler doucement. J'apprécie plutôt.

Il a souri, a levé les yeux vers le haut et m'a pris la main…

CHAPITRE 2

Edouard Breda, rédacteur en chef de *Paris-Scoop*. Il n'y a rien à faire, une catégorie de la population me sort de mes gonds : les stars. Ça tombe mal : je passe ma vie à leur tourner autour. C'est mon métier, journaliste. Pas au *Monde* mais à *Scoop*, le plus grand magazine photo du monde. On y parle de tout, de l'Afghanistan et du dernier roman de Patrick Modiano, des collections de Karl Lagerfeld et des mères kamikazes de Palestine, des nouveaux hôtels ouverts aux Seychelles et de la stratégie de François Hollande. En gros, cent pages d'actualités diverses. Restent les quinze dernières et la couverture. Les clous de ma croix : les people. En général, je ne m'en occupe pas. On ne manque jamais de volontaires pour aller interviewer les vedettes. Si j'ai affaire à elles, c'est le plus souvent par le biais de leurs agents. Soit pour des caprices grotesques : telle débutante exige d'être photographiée par Bettina Rheims, un autre refuse qu'on montre son appartement, une troisième réclame dix mille euros de retouche sur chaque photo, un dernier veut connaître la liste des questions qu'on lui posera... Soit pour des protestations indignées : le film est sorti depuis quinze jours, on n'a plus rien à vous dire; vous m'avez prise en photo avec un ami au pied des marches de Cannes, c'est une insupportable atteinte à ma vie privée... Pas question, malheureusement, de les envoyer balader. Je sais que, six mois plus tard, je ramperai aux pieds des mêmes agents pour qu'un autre canasson de leur écurie accepte de faire notre couverture. Les acteurs et les chanteurs français insignifiants prouvent chaque jour que, contrairement au dicton, la fausse monnaie ne s'élimine pas. Ils s'incrustent comme de la ferraille au fond des poches et servent de petite coupure quand on veut toucher le gros lot : une vraie star – en clair, une vedette d'Hollywood. Alors, plus de blague, on cède. La preuve : ce soir-là, j'étais au Cristal Room au lieu de me prélasser sur mon canapé avec un bon livre. Coco Danceny ne m'avait pas laissé le choix : Sa Majesté Bruce Fairfield Ier ne consentait au dialogue qu'au niveau des rédacteurs en chef. Quand j'avais avoué n'avoir jamais acheté un C.D. de Fairfield et suggéré de désigner un spécialiste, elle m'avait envoyé promener :

— Arrête ton char et garde tes super pros. N'oublie jamais que ce sont eux qui ont construit le *Titanic* alors que l'Arche de Noé l'avait été par un amateur. Ton incompétence nous convient...

J'avais immédiatement fait part du mot à Aurélie et à Benjamin, deux gamins de la rédaction. Ils avaient éclaté de rire à la perspective qu'un mouton nain de mon espèce se retrouve face au géant dont ils connaissaient l'œuvre par cœur. Leur ostracisme, cela dit, m'avait donné du cœur au ventre. Tant qu'à s'abaisser, autant s'incliner devant une botte que devant une savate. Vous m'envoyez interviewer Emmanuelle Béart, Isabelle Huppert ou Christine Desroches et je me retrouve au bord du suicide, sachant d'avance à la virgule près le verbiage humanitaire, professionnel et vide qu'elles vont réciter. Avec Fairfield, je conservais l'espoir d'une conversation normale. Dans le dossier préparé par la documentation, il semblait aimer les paradoxes et goûter un léger cynisme. Il restait une petite chance que je m'amuse. De toute manière, il serait courtois. C'était un chanteur dans le genre de David Bowie ou de Brian Ferry : très classe, assez anglais, genre vacances à Nantucket. Il ne révélerait rien de sa mystérieuse vie sexuelle mais, en gentleman Côte Est, il m'avait invité au Cristal Room. Rien que le nom sonne comme du Scott Fitzgerald. Et je n'y avais encore jamais dîné. Dans mon cas, cela relevait de la faute professionnelle.

Selon la rumeur, il fallait réserver sa table quinze jours à l'avance et la cuisine passait pour être à la hauteur du décor, l'ancien hôtel particulier de Marie-Laure de Noailles, sur la place des Etats-Unis, vers Iéna, un des plus jolis squares de Paris – et le plus cher. J'adore parcourir les endroits où ont vécu mes divas préférées. Et là, pas de chiqué, il me faut de l'authentique. A 15 ans, je faisais la différence entre le claquement de porte d'une Rolls et celui d'une Mercedes. Ne me présentez pas du Charles X en me disant que c'est du Directoire. Pour moi, une telle demeure, parfumée à la femme du monde, est aussi émouvante qu'un tableau du Louvre. On citait cette adresse et des noms enchanteurs vous passaient par la tête : Chanel, Louise de Vilmorin, Edmonde Charle-Roux, Andrée Putman, Nahed Ojjeh… Cet endroit ressemblait à la rue Cambon ou à Verrières, il incarnait une certaine idée de ma France. Je dois dire que Baccarat, le cristallier, nouveau propriétaire des lieux, n'avait pas lésiné sur la restauration. Ils avaient tellement nettoyé, gratté, curé, ciré et lustré le bâtiment qu'on n'entrait plus chez une famille mais sur un tournage. Dans le hall, les pas résonnaient comme des talonnades de mousquetaires. Sur les marches qui menaient à l'étage, dispersées comme des éclats de cristal, de minuscules ampoules illuminaient le tapis de l'escalier. Philippe Stark, le décorateur, avait littéralement coulé le XVIIIe siècle dans le plastique. Le cadre était respecté mais tous les détails condamnés au translucide. Fini les commodes, les bergères ou les consoles en bois doré alourdies d'exubérantes sculptures, plus de motifs de coquilles et de feuillages, ni de rocaille, de bronze ciselé ou de gros coussins de plumes… On avait martyrisé les meubles : ne restait que leur squelette en Plexiglas transparent. A peine des silhouettes. Dans le restaurant lui-même, sur un somptueux parquet en point de Hongrie, ils avaient dressé des cloisons en grosses briques noires cimentées à la diable. Plus loin, les paravents en cuir de Coromandel cachaient les dessertes. Accrochés au mur, des cadres dorés restaient vides. Ces incohérences nageaient en plein second degré : « On n'est pas dupes de ce décor grandiloquent. Nous, les décorateurs, on est des rebelles... » J'ignore qui ils espéraient convaincre. Pas leurs clients. On se serait cru à une assemblée d'actionnaires de la Compagnie de Suez. Déposant leurs manteaux, juste avant moi, deux quinquagénaires, nées avec des perles autour du cou et des barrettes dans les cheveux, étaient escortées de deux vieux lévriers issus de la caste gris anthracite qui nous gouverne. Ils étaient chez eux, tout l'insinuait et chacun le sentait à commencer par les jeunes filles du vestiaire souriantes, minces et jolies comme des écolières de Sainte-Marie. Quand on entrait ici, un rideau tombait entre la réalité et nous. Le jour où, comme tous les restaurants à la mode, ils enregistreraient une compile de musique d'ambiance, ils enchaîneraient des Ave Maria, des Te Deum, du Bach et du Rameau.

On avait rendez-vous à 21 h 30, il était presque 22 heures et j'étais sûr d'être le premier. Mauvaise pioche : une personne ravissante sirotait déjà une coupe de champagne à notre table. J'allais échapper au cliché du couple rock habituel : une gamine sublime et analphabète au bras d'un clochard. Quel âge pouvait-elle avoir ? Le mien. Autour de 40 ans. Sauf qu'en vraie Parisienne, elle en paraissait dix de moins. C'est le miracle des Françaises : à 20 ans, elles sont mignonnes mais ne tiennent pas la route face aux Ukrainiennes, aux Suédoises ou aux Ethiopiennes. Vingt ans plus tard, toutes les autres sont des employées de maison tandis qu'elles attendent l'homme en chasseuses effrontées. Le sourire avec lequel elle m'a regardé était rempli de sous-entendus. D'une voix douce comme un foulard, elle m'a remercié de n'avoir qu'une heure de retard :

— Du coup, j'ai fait votre travail. En cherchant bien dans mes souvenirs, j'ai mis des noms propres sur à peu près toutes les tables de la salle. Au fond, Carlos Ghosn, le président de Nissan, reçoit des Brésiliens. Entre lui et nous, sur le canapé central, à côté de Teresa Cremisi, c'est un souper Flammarion avec un Prix Nobel Gallimard qui ne devrait pas tarder à changer de casaque. Et là, juste derrière vous, face à moi, le piano sous sa housse, c'est Christine Desroches. A présent, je sais pourquoi votre journal dit que c'est une grande actrice. Vous parlez de ses mensurations.

Desroches ! Il ne manquait qu'elle. Heureusement que je ne sors nulle part, elle ne me reconnaîtrait pas. Elle aurait pu me jeter un verre à la figure. Quoi que *Scoop* publie sur elle, elle se plaint. Ce ne sont jamais les compliments qui conviennent. Quand l'un d'entre nous la croise, elle abaisse des paupières excédées. On ne cherche plus à comprendre. Demander des explications à cette divinité et aux esclaves qui la servent, c'est faire l'appel dans une caserne vide. Quant à l'interroger, inutile d'y songer : à la place de la bouche, une fermeture éclair coincée. Elle ne nous adresse pas la parole. Bien content de lui tourner le dos, je me suis consacré à ma cavalière. Si elle continuait à tirer sur tout ce qui bouge, je n'allais pas m'ennuyer. Avec ses intonations dynastiques, Madame se prenait visiblement pour la reine de la ruche. Et ne comptez pas sur moi pour la démentir. Dès ses premiers mots, j'ai su qu'elle irait bien avec le décor de Marie-Laure de Noailles. Sa voix ramenait naturellement à une autre époque. A un temps où les gens n'employaient pas de gros mots et ne vous tutoyaient pas d'entrée de jeu. Du reste, elle m'avait tendu avec naturel sa main à baiser. En même temps, un œil espiègle et une moue amusée démentaient ce formalisme. Sans prononcer un mot, elle abattait ses cartes : je suis une vraie Parisienne – au sens odieux du terme : cultivée, moqueuse, élégante, pipelette, buveuse et, peut-être, coureuse. Avec ça, un air de lys tombé du vitrail. A nous deux, on ne ferait qu'une bouchée de Fairfield. S'il daignait apparaître.

Elle s'appelait Agnès de Courroye. Déjà habituée aux horaires élastiques de notre hôte, elle a commandé une bouteille de Pol Roger et m'a interrogé sur le journal. Elle se faisait tout un cinéma à propos du rédacteur en chef de *Scoop*. Je l'ai ramenée sur terre. Tout reposait sur les humeurs et les trouvailles du service photo et le directeur se souciait de mes avis comme de l'an 40. Une fois par semaine, le soir du bouclage, je justifiais mon salaire en faisant des jeux de mots sur les titres. Le reste du temps, je feuilletais la presse et je lisais des romans. Le mot « journalisme » ne me faisait plus frémir depuis longtemps. En le lui expliquant, je me suis même avoué que ça n'était jamais arrivé :

— A 16 ans, je ne rêvais pas d'être Premier ministre, ni Jean-Edern Hallier. L'Ena ou Sciences-Po ne m'ont jamais tenté. Je ne songeais qu'à trouver un bon plan pour entrer à la soirée Lagerfeld du Palace. J'étais fait pour être gigolo. Le monde qui me plaît est tapissé de miroirs, inondé de champagne et gavé de rêves sexuels. Pour finir, je me suis retrouvé journaliste. Et là, une fois que j'ai été invité partout, je me suis rendu compte que je n'aimais que traîner chez moi, sur un canapé, avec un livre. Résultat : ce soir, je dois confesser Bruce Fairfield dont je sais d'avance que son seul aveu sera qu'il sort cette semaine un nouvel album.

C'était une femme du monde. Elle a voulu me rassurer :

— Ça m'étonnerait. Il a l'air plutôt « ficelle » comme personnage. Il n'a sûrement pas acquis sa popularité pour la ranger dans un tiroir. Je ne sais pas ce qu'il nous confessera sur ses mœurs sexuelles mais il a des tas de choses à dire sur l'Amérique. Vous serez surpris : il est très subtil.

J'ai dû répondre « tant mieux » sur un ton sceptique car elle a entrepris de me regonfler le moral :

— N'ayez pas l'air si ennuyé. D'abord, il est très beau dans le genre OGM, un croisement de Bobby Kennedy et de Richard Gere. Ensuite, vous n'êtes pas obligé de lui parler de rock. Il a des tas d'idées sur Mozart, Palestrina, Chopin et compagnie. Et puis, c'est une star, une vraie. Comme Desroches, mais au niveau mondial…

Desroches, encore elle. A part la marque de sa teinture, je me demande ce qu'elle a apporté à l'histoire du cinéma. J'ai seulement avoué à Agnès que j'aurais préféré dîner en tête à tête avec elle. Elle ne m'a laissé aucun espoir :

— Une autre fois, peut-être. Vous ne me déplaisez pas. Mais, si vous le permettez, j'aimerais laisser sa chance à Fairfield. Au cas où j'écrirais mes mémoires, je préfère m'inspirer de Saint-Simon : aucun portrait de gueux, uniquement des seigneurs. Du reste, ce n'est même pas un calcul. J'aime bien les gens connus. Je ne crois pas au succès immérité.

— Moi non plus. Mais de là à rencontrer les personnes qui nous font rêver, non ! Je n'ai rien à dire aux stars. Et rien à leur demander. Ni à personne, d'ailleurs. J'ai horreur des gens. D'habitude, je m'en sors en plaidant l'indépendance indispensable du rédacteur en chef qui ne rencontre pas les « people » dont son journal va parler. Débiner le copinage est un argument infaillible. Mais là, rien à faire, il fallait que j'y passe.

Je parlais d'une voix blanche comme la craie. Ce mécontentement a plutôt amusé Agnès. Elle ne prenait pas la vie très au sérieux. Elle me trouvait « injuste ». Pour elle, *Scoop* vivait grâce aux stars. J'aurais pu lui démontrer son erreur. Ce sont les riquiqui vedettes françaises qui vivent grâce à *Scoop* qui leur invente une renommée que leur talent ne justifie presque jamais. Mais je n'avais pas envie de la contrarier. Ni de poser au vieux ronchon. Je l'ai laissée parler. Elle se cantonnait à des idées simples :

— Moi, ça me plaît de rencontrer une vraie star. Ces gens sont notre seul patrimoine commun. Si je dis que j'aime les romans de Barbey d'Aurevilly ou les tableaux d'Eustache Le Sueur, mon aveu tombera par terre et personne n'ira le ramasser. Tandis que si je cite Bruce Fairfield, on saura de qui je parle et on me répondra. Ça m'intéresse plus de lire une interview de lui que de subir les idioties des actrices françaises dont *Scoop* fait son fond de sauce habituel. Soyez gentil, faites une interview en 3 B : Bach, Bush et Baise. Ça m'intéressera beaucoup. Je vous aiderai.

Qu'elle était jolie ! Mince comme un crayon, la silhouette esquissée au pinceau, le teint fignolé à l'aquarelle, la voix fraîche et douce comme l'eau de source, tout son corps exprimait le velouté qu'infirmaient ses propos. Car, aucune tricherie de sa part : elle jouait cartes sur table. Quand je lui ai demandé si elle croyait pouvoir faire tomber Fairfield dans les filets où je ne demandais qu'à basculer, elle a renoncé à son mélange d'ironie et d'insinuations :

— Je pense que j'ai mes chances. Les milliardaires yankees ne supportent plus les Américaines. Elles attendent d'eux une perfection que nous, les Européennes, n'exigions que de nos maîtres d'hôtel quand on en avait encore. Non seulement elles les lessivent financièrement, mais elles les épuisent par leurs caprices. Ils en ont assez des hystériques diplômées en contrats de mariage et affamées de shopping. Ils rêvent de créatures exotiques de notre genre, tolérantes, un peu volages mais discrètes, dépensières mais raisonnables, moqueuses mais prudentes. A New York, tomber amoureux relève du code du commerce : on distribue les rôles, on respecte un planning, on examine des clauses… Nous agissons de façon plus improvisée. J'ai une carte à jouer.

Elle disait des horreurs avec le sourire. Et sans minauderie. Comme s'il s'agissait d'évidences. Pour cette joueuse, Fairfield était un numéro sur le tapis vert, elle allait miser sur lui. S'il ne sortait pas, elle n'excluait pas de parier sur moi, mais plus tard.

Inutile de dire que je n'attendais que ça. Aucun risque que je m'indigne. Du reste, si elle semblait démasquer ses batteries, elle pesait chaque mot. Elle avait suivi des cours de libertinage. Alors qu'elle se contentait de tremper ses lèvres dans le champagne, je me suis servi une troisième coupe. Ses seins commençaient à m'obnubiler. Un collier de pierres noires, un bracelet en cuir noir et strass, à peine une touche de rouge à lèvres, même les cheveux mi-longs étaient clairs, un joli châtain, rien à voir avec les coloris corbeau qui, avec l'espoir de rajeunir, vieillissent infailliblement. On avait inventé le mot « simple » pour elle. Tout avait l'air sans apprêt et j'aurais mis ma main au feu que chaque nuance avait été évaluée, jusqu'aux décibels exacts de sa voix. J'étais sous la charme quand Fairfield, avec une bonne heure de retard, est enfin arrivé.

A première vue, le « good old sport » de Princeton qui n'a rien à se reprocher. Je savais son âge exact, le mien, 46 ans. Il n'avait pas une ride. La vie glissait sur lui. Tout allait de soi. Il a embrassé Agnès au coin des lèvres et m'a serré la main. Il n'avait même pas besoin de sourire pour paraître heureux. Il a demandé pourquoi nous n'avions pas commencé le repas sans lui. A New York, les histoires de décalage horaire passaient par-dessus la tête de son manager. Il prétendait être resté une heure au téléphone. Au moins, cette excuse prouvait sa politesse. Sa tenue confirmait son respect des bonnes manières : costume gris, chemise blanche, chaussures noires. Tous les mots venaient à l'esprit à son propos sauf celui de pop star. Une classe irréprochable. Et, tout de suite, comme chez les gens vraiment puissants, la petite touche qui les dévalorise et met à l'aise leurs interlocuteurs :

— Je parle très mal le français alors que je l'ai étudié huit ans à l'école. Les menus me dépassent complètement. Choisissez pour moi.

Présentée sur un bristol liséré d'un cadre argenté assorti aux lettres brillantes, la carte promettait des plats saupoudrés d'or et de perles. Pour ne pas couper l'appétit, prudents, ils ne mettaient pas les prix. Fairfield a laissé Agnès commander et a convoqué le sommelier. Il voulait des bordeaux historiques. Très « Versailles », il a demandé qu'on verse tout de suite en carafe une seconde bouteille afin que le vin ait le temps de s'oxygéner. Cette requête a beaucoup plu. Au hit-parade des tables, on a pris la tête. Du reste, soudain, Justine Bourdon en personne s'est retrouvée debout à ma droite. D'où sortait-elle ? Du monte-charge, des cuisines ? Mystère. Mais elle était là, ses énormes lèvres en avant avec lesquelles, incroyable, elle arrivait encore à parler. Elle m'a demandé de la présenter à Bruce Fairfield.

Je l'avais rencontrée deux mois plus tôt à un dîner de charité contre le sida. *Scoop* avait « pris » une table. Etienne, mon patron, adore ce genre de corvées. D'abord parce que tel est son goût, ensuite par calcul. On y invite les stars qui, tôt ou tard, nous feront un procès pour atteinte à la vie privée. Leur présence arrange les affaires de nos avocats et risque de nuire à la plaidoirie du leur. Toutes ne tombent pas dans le piège mais Bourdon avait cédé. Par calcul, elle aussi. Elle voulait la couverture de *Scoop*. Dans une carrière, on les compte. Leur nombre peut vous distinguer de vos rivales. Ses exigences, cela dit, avaient vite refroidi notre intérêt. Non seulement elle réclamait des photos de David La Chapelle, ruineuses et extravagantes, mais elle souhaitait aussi que son interview soit menée par Patrick Modiano, inaccessible et évasif. On ne la reconnaîtrait pas sur les images et le texte ne révélerait rien sur elle. Sans me gêner, j'avais éclaté de rire. Par politesse. Si je m'étais laissé aller, je l'aurais envoyée prendre un bain froid. Etienne avait promis d'y réfléchir et, depuis, on en riait ensemble mais elle ne m'avait plus vu qu'en flou pendant tout le repas et, bien entendu, ne m'avait plus adressé la parole. A chaque fois qu'elle avait ouvert le bec, elle avait ramassé des débris de réflexions morales et les avait mêlés n'importe comment pour produire une espèce d'aggloméré humanitaire. C'était gênant. Et hypocrite car elle veillait à mettre les pieds là où ça ne blesse pas. Quand un des invités avait évoqué les expériences animales nécessaires pour mettre au point les produits cosmétiques, sainte Justine s'était prudemment retirée de sa chaire : pas question de nuire au grand parfumeur dont elle était l'image. Quant à moi, elle m'avait effacé du paysage. Sauf ici, au Cristal Room. Je redevenais fréquentable. Inutile de dire que cela m'a exaspéré. Quand on voit comment les stars traitent les journalistes, on se demande à quoi s'occupe Amnesty International. Parce qu'elle portait l'étiquette «Vu au cinéma» sur le front, j'étais à sa disposition. Au lieu de sourire, j'ai pris l'air stupéfait. Le Christ en personne lançant un appel radio, je n'aurais pas eu l'air plus surpris :

— C'est à moi que vous parlez ?

Je l'ai sentie se raidir. Ses lèvres se sont entrouvertes mais son sourire n'était plus en face de ses dents. Elle grinçait :

— A qui d'autre, selon vous ?

En effet. Mais au lieu de dissiper son malaise, j'ai préféré le savourer. Malgré sa bouche et ses seins refaits (ses fesses aussi, dit-on), l'allégorie de la chirurgie esthétique s'était transformée en image pieuse. Je lui ai conseillé de s'occuper toute seule de ses mondanités. Elle a disparu comme elle était arrivée. Agnès a éclaté de rire. Et, d'une voix d'hôtesse de l'air, a expliqué à Fairfield ce qui venait de se passer. Il se moquait complètement d'avoir loupé un «coup» :

— Never heard of her.

De toute manière, a-t-il dit, ce soir, seule Agnès l'intéressait. Comme moi. Sauf que je partais avec un gros handicap. Le lendemain, il l'emmenait au défilé Galliano et, dans l'après-midi, elle l'accompagnerait au ministère des Finances. Nicolas Sarkozy, en personne, les invitait à boire un verre.

Quand on lui a apporté son soufflé de châtaignes aux huîtres, il a demandé à Agnès si, dans ce décor de vieux château, on ne récitait pas le bénédicité. Ils avaient eu dans la journée une dispute sur la religion et il s'en amusait encore. De là, on est passés aux chrétiens fervents de la Maison-Blanche, puis à l'Irak, au show business ensuite avant d'en arriver au star system. Il avait des idées très justes, le sens de la formule et une parfaite bonne conscience :

— Quand on vend autant de disques que moi, on n'a plus peur de la presse. Ce qu'elle écrit a la couleur de l'information et le goût de l'information, mais c'est autre chose, du ressentiment, de la flatterie, de la complaisance. De l'invention, surtout. Tout est faux, même les chiffres. Certains s'inventent des succès pour attirer l'attention du public, d'autres cachent les leurs pour détourner celle du fisc. Dans notre milieu, tout le monde prend la vérité pour une menace, on la garde donc pour nous. Les photos et les entretiens ne révèlent rien, ils font écran entre nous et le monde. La seule image autorisée est l'image officielle. S'il en paraît une autre, on punit le coupable : plus d'entretiens avec aucune star du studio, plus de publicité, plus d'infos. Et encore, aux Etats-Unis, on n'attaque pas en justice. En France, pour vos stars, c'est le paradis. La vérité paraît, on appelle les avocats et la récompense tombe, sonnante, trébuchante et hors impôts. J'étais chez moi, tout à l'heure, à Fontainebleau : je fais encore partie des privilégiés. Ce qu'on appelle notre vie privée, c'est ce dont nous avons le droit de priver les autres. Un droit de propriété inviolable et indécent, je suis le premier à en convenir. D'autant que j'adore lire les indiscrétions qui concernent les chanteurs ou les acteurs que je connais…

Et ainsi de suite. Je résume et je rassemble ce que Bruce a dit au cours du repas. Il avait tant d'idées que ça donnait le vertige. Perché sur son statut d'intouchable, il envoyait promener la morale, la justice, la presse, les fans et le monde entier. Lui ne prenait pas la vérité pour un danger mais pour un engrais. Il en faisait la matière première d'un discours «différent». D'habitude, les stars jouent à mentir comme les petites filles jouent à la poupée, cela va de soi. Lui, sans grossièretés, sans argot, calmement, posant ses mots entre nous comme on dispose l'argenterie de famille sans y prêter attention, il tenait des propos inattendus, anticonformistes, cyniques qui tranchaient avec ceux des autres «people». Il oubliait la prudence habituelle avec une sorte d'arrogance tranquille. Quand ils mordent, les rats répandent une salive qui anesthésie leurs victimes; Fairfield avait cette même politesse apaisante. Son propos était imbuvable mais je m'en serais bien resservi. Je voyais déjà les titres de mon interview. Et tant pis si je n'avais rien de personnel à me mettre sous la dent. Le papier frapperait quand même les esprits. Il suffisait d'observer Agnès pour en être sûr, elle était sous le charme. Elle voulait Fairfield et il lui fallait des détails. Comme si elle tentait de m'aider, évoquant l'interview à paraître dans *Scoop*, prenant l'air innocent de la jolie femme qui pose une question sans arrière-pensée, elle l'a ramené là où ses pièges attendaient sa proie : la vie privée. Mais, attention, à sa manière, la nôtre, parisienne, avec de savants détours. Pas question de la jouer québécoise : «Et les femmes, mec, tu en baises souvent ?» Elle l'a entraîné sur le terrain de son physique :

— Puisque vous êtes si franc, Bruce, expliquez-moi un miracle. Comment faites-vous pour n'avoir aucune ride à 45 ans ?

Trois jours plus tôt, *Scoop* avait posé la question à une actrice française nommée au jury du Festival de Cannes qui avait entonné la berceuse rituelle : «C'est beau de vieillir. J'aime les regards remplis par l'expérience, les rides qui révèlent ce qu'on a vécu. Je suis toujours émue par les gens aux yeux cernés. Toute la palette des émotions apparaît sur les visages marqués.» Avec ça, on avait dû honorer une note exorbitante de coiffeur, de styliste et de maquilleuse. Fairfield nous a épargné ce genre d'hypocrisie :

— Quand je suis seul, ce qui m'arrive souvent, je ne mange et je ne bois rien. Absolument rien, sinon des fruits et de l'eau. A part ça, je dors beaucoup, j'ai une mousse spéciale pour les cheveux et je mets une crème avant de me coucher. Ça suffit. Je ne suis pas une licorne enchaînée à son miroir. Et je n'ai pas l'âge de Mick Jagger. Dans dix ans, on verra. Mais je ne crois pas aux miracles. Si tu es un verre de Coca, aucun chirurgien esthétique ne fera de toi un verre de Pepsi.

Il a mis la conversation sur Chopin, puis sur Serge Gainsbourg. Il aurait aimé le connaître. Dans son prochain album, il comptait, comme lui, entamer une chanson contemporaine sur les accords d'une mélodie du Polonais. C'était étrange. Il n'avait rien d'un rocker habituel. Rien, non plus, du cadre sup auquel il ressemblait.

Avant le dessert, il a voulu goûter les fromages. Pour autant, il n'avait rien non plus du bon gros viveur. Il se servait de la musique, de la politique, de la cuisine pour nous éloigner des sujets personnels. Il menait l'interview là où elle lui convenait. Dès qu'on abordait les questions de vie privée, il les détournait vers Agnès. Il voulait tout savoir d'elle et elle jouait le jeu. Mariée et divorcée, elle avait un fils de 14 ans élevé par sa grand-mère. A 43 ans, elle attendait son second mari :

— J'aimerais une aventure un peu romanesque. Un mariage à Las Vegas, par exemple. Quelque chose qui rompe avec le train-train.

Las Vegas m'allait assez bien. C'est vraiment la ville où je n'envisage pas de passer plus de deux ou trois heures mais Bruce, lui, trouvait cette perspective banale. Il ne disait pas non mais il réclamait un délai. Un mariage, selon lui, ce n'était pas des sous-entendus mais un contrat. Il voulait savoir ce qu'Agnès donnait en échange. Elle n'a pas hésité :

— La paix, Bruce ! Je ne vous casserai pas les pieds. Les soirs où vous aurez besoin d'une cavalière, je serai là. Je sais recevoir mais j'adore rester seule chez moi. Si vous préférez aller boire des Kronenbourg avec vos copains, feu vert. Et, à votre retour, si vous ne faites pas de bruit et ne me réveillez pas, aucun danger : je ne poserai pas de question. J'aime la liberté, la mienne et celle des autres. La vôtre ne me dérangera pas.

Il a paru séduit. Cet arrangement lui convenait assez. A moi aussi, du reste. J'imagine qu'on avait passé l'âge des romances à la guimauve et atteint celui des tartufferies légèrement sucrées. Perché sur son statut, Bruce envoyait promener le monde et les convenances. Le marivaudage du XVIe arrondissement le changeait des engagements conjugaux américains pleins de dispositions et de conventions. Il a juste demandé si la fidélité faisait partie de l'accord. Agnès ne l'excluait pas mais ne souhaitait pas qu'on le stipulât noir sur blanc. Cette prudence a enthousiasmé Bruce :

— Ce dernier point me convaincrait presque. La constance contractuelle me fait peur. Comme le disait Aristote, mieux vaut partager une bonne affaire à plusieurs qu'en gérer seul une mauvaise.

Aristote avait dit ça ? Agnès a promis de le lire. Elle aurait plutôt attribué une telle sagesse à La Fontaine, son philosophe préféré. Bruce a récité *Le Corbeau et le Renard* avec moins de dix erreurs. On était sous le charme. Il s'en est amusé :

— Avec vous, les Français, c'est si facile. Un rien de dévotion à votre fameuse culture et vous tombez comme des fruits mûrs.

— C'est normal, a répliqué Agnès, tout le monde est sensible à la flatterie.

Eh bien, non. Selon Bruce, mieux valait être haï pour ce qu'on est qu'admiré pour ce qu'on fut :

— Aimer la France parce qu'elle a été superbe autrefois, c'est comme baiser une vieille parce qu'elle a été jeune.

— Vous n'avez rien contre les vieilles, Bruce, j'espère, a demandé Agnès.

Réponse : non. La preuve : il a proposé de la raccompagner chez elle et je me suis retrouvé sur le trottoir. Par réflexe, j'ai appelé un photographe du journal. Qu'il suive Bruce le lendemain. Et qu'il le prenne en photo avec la femme du monde qui allait l'accompagner toute la journée. A tout hasard.

CHAPITRE 3

Bruce Fairfield, rock star. Qu'ai-je aimé d'abord chez cette Française ? Son culot. Elle n'a pas essayé de jouer l'amour fou. Pour une fois, on ne me prenait pas pour un débile. Les filles attendent toujours que j'ouvre leur manteau comme un cadeau, sans traîner. Ensuite, frustrées, elles jasent. Si une pop star ne se comporte pas d'emblée comme un Hun, on a vite fait de la traiter d'eunuque. Ou de tapette. Rien de tel avec Agnès. Elle facturait nos journées à la maison de disques et, petite épicière de ses petits calculs, elle prenait son temps. Sa culture et son esprit sarcastique m'amusaient. Personne ne restait insensible à son charme. Sous mes yeux, le journaliste de *Scoop* était tombé comme une mouche. Elle prenait la vie à la légère. Le deuxième jour, sur le chemin du défilé Dior, tout ce qui sortait Coco Danceny de ses gonds la mettait en joie.

La fête avait lieu au Polo de Bagatelle, dans le fameux bois de Boulogne, leur Central Park, une forêt dominée par les tours de la Défense, leur « down town ». L'organisation à la française y avait provoqué un vrai chaos.

L'arrivée jusqu'à la tente blanche dressée sur la pelouse imposait d'abord une demi-heure d'embouteillage. Coco me tenait à l'œil. Chaque fois que je buvais une gorgée de whisky, elle maugréait contre le capharnaüm ambiant qui nous mettait en retard. Elle me voyait déjà faire la sieste au moment du passage des « chefs-d'œuvre ». Pour finir, excédée, elle nous a forcés à abandonner la limousine en plein bois. Bonne idée : arrivés à pied, on a échappé aux paparazzi qui « shootaient » les vedettes à leur sortie de voiture. Si Coco l'avait osé, elle aurait jeté un voile sur la tête d'Agnès. Sa simple vue l'exaspérait. Elle nous a littéralement projetés dans l'entrée des invités. Attention, pas de n'importe lesquels. Il y avait ceux qu'on recevait en « sitting » et ceux auxquels on n'accordait qu'un « standing ». Pas de blague : on nous avait mis dans les premiers. Seulement voilà, au lieu d'être deux, on était trois. Et Coco n'entendait pas m'abandonner seul à mon sort sous la surveillance laxiste d'Agnès. Elle a donc parlementé. Je me demande quelle langue elle employait pour se faire comprendre des cinq malabars qui se dressaient comme les Alpes entre la foule et le gué réservé aux « élus » étiquetés « Label Rouge ». Les nerfs trempés dans l'azote, ils la laissaient s'époumoner en regardant ailleurs. On y serait encore si un photographe, puis deux, puis cinq ne m'avaient repéré et n'avaient commencé à me mitrailler. La bande des King Kong a marmonné, mon nom leur est revenu et une espèce de duchesse s'est approchée. Il neigera en enfer avant que cette grande dame perde son calme. L'hystérie ambiante lui passait complètement par-dessus la tête. Elle parlait à voix basse, économisait ses gestes et trouvait tout parfaitement normal. Elle n'a pas cillé quand Coco a traité son cirque de jungle :

— Ne t'inquiète pas, chérie. Moi je suis Livingstone.

En effet. Deux minutes plus tard, Agnès et moi étions installés au second rang et Coco, dégradée sur le devant des troupes, bivouaquait en cinquième ou sixième ligne, furieuse. Son métier consiste à fermer toutes les portes entre moi et le reste du monde. Là, elle se l'était claquée à son propre nez. Elle n'allait pas le pardonner de sitôt à Agnès qui s'en souciait comme de ses premières pantoufles. Elle était à l'opéra. Le spectacle l'enchantait. Les étoiles filantes de la télé, les actrices rétribuées pour leurs participations à ce genre de raouts, les tenues ahurissantes, les maquillages loufoques, elle avait l'œil sur tout et la formule qui va avec. Une heure plus tôt, en bas de chez elle, entrant dans la voiture et découvrant la nouvelle coiffure de Coco pleine d'épis fixés par du gel, elle lui avait demandé si elle s'était pris les doigts dans une prise électrique. Surtout ne pas compter sur Agnès pour enrober ses observations d'une couche de sucre, elle préférait passer aux suivantes. Avec ça, très sérieuse, assez prof pour tout dire, toujours à réciter ses livres d'histoire, à aligner ses citations, à faire son boulot de guide. Là, chez Dior, entre deux commentaires assassins sur ses voisins, elle feuilletait le dossier de presse :

— Bruce, soyons clairs, c'est notre grenier que Galliano réinvente. Ses matières premières ne sont pas la soie et le satin mais nos souvenirs et notre histoire. Ces montagnes de tulle, d'étoffes, de broderies, de plumes et de breloques ne sont pas ce qu'on va porter demain dans la rue mais ce qu'on a vu autrefois à la ville et à la cour. C'est à Fontainebleau qu'il devrait défiler.

Je vous le répète : c'était la Française type. Madame « je pense ». Elle n'aimait pas céder trop vite au charme de ce qui l'impressionnait. D'abord, elle préférait expliquer ! Au dîner, la veille, le journaliste l'avait traitée de femme savante, elle n'avait pas protesté. Selon elle, la vraie Française était cérébrale et écervelée, employait des mots profonds à propos de sujets légers et allégeait les propos graves par des formules enlevées :

— Je n'aime pas les gens qui vous assomment de réflexions philosophiques pour brouiller l'eau et la faire croire profonde. La surface des choses suffit bien : elle ne ment pas et révèle tout.

Elle aurait pu continuer longtemps mais elle a préféré se brancher sur la conversation des deux femmes assises devant nous : une actrice et sa fille, elle aussi comédienne. La mère ne souhaitait pas qu'elles s'asseyent l'une à côté de l'autre. Sans doute pour éviter les comparaisons à son désavantage. Elle a prié la gamine de changer de place. Comme l'autre renâclait, elle a mis les points sur les i :

— Ça ne m'arrange pas qu'on nous voie trop souvent ensemble. Je fais un procès à *Gala* pour des photos du même genre. File plus loin.

Agnès n'avait pas perdu une miette de leur échange. Elle a baissé la voix pour me mettre au parfum :

— C'est fou. Ces deux-là vont à toutes les premières

et à tous les vernissages. Elle iraient à l'ouverture d'une enveloppe. Et ensuite, elles attaquent. La gamine veut qu'on parle d'elle comme d'une actrice – uniquement pour son jeu. Tu parles. Son seul talent, c'est le nom propre qu'elle met sur l'affiche. Sans les paparazzi, elle ne serait rien.

Moi, les paparazzi ne me gênent pas mais si, à New York, on pouvait aussi les rançonner, j'adopterais peut-être une autre attitude. Ceux que je ne supporte plus, en revanche, ce sont tous ces fans qui filment à longueur de temps avec leur portable. Cela dit, je n'ai pas épilogué. Le défilé commençait !

Heureusement qu'Agnès m'avait prévenu que rien de ce qu'on allait voir n'était exagéré. Il a fallu que quatre assistants courent à la rescousse pour que le premier mannequin, une espèce de geisha, arrive à quitter le podium : ensevelie sous une crinoline de trois mètres de diamètre, elle ne pouvait même pas franchir une marche. Les robes étaient plus lourdes que les filles. Perchées sur des talons hauts comme la tour Eiffel, les top titubaient. A chaque pas, elles manquaient de tomber. Toutes les dix secondes, elles reprenaient leur équilibre. Sacrée manœuvre : remontées par l'arrière à la Marie-Antoinette, leurs coiffures gratte-ciel risquaient de les entraîner à la renverse. A part ça, c'était éblouissant. Trente personnes s'étaient penchées sur chaque modèle : le génie et ses premières mains mais aussi le maquilleur, le coiffeur, le chapelier, le brodeur, le plumassier et j'en passe. Une robe ressemblait à de la porcelaine de Sèvres, la suivante à du Wedgwood. Quant à savoir si le bal était donné par le Grand Turc, un shogun ou l'impératrice Machintruc, mystère ? On se demandait quelle cour avait jamais taillé de si belles tenues dans ses tissus d'ameublement. Et quel souverain avait accueilli le même soir la Pompadour, le grand vizir, Ts'eu-Hi et Sissi. Agnès me glissait des informations maison : telle tunique était rose chewing-gum, une autre était paprika (à ne pas confondre avec le vert Empire…). Et ainsi de suite. La France faisait son cinéma. Chloé Sevigny, qui m'avait embrassé sur les deux joues, aurait pu rester assise mille ans jusqu'à ce que les yeux lui tombent de la tête. On était sous le choc. Au dernier passage, 75 mètres de satin blanc se sont avancés à petits pas : la robe de mariée ! Galliano a surgi derrière. Il aurait tenu dans un rempli de la traîne. Il paraît qu'il pratique la musculation jour et nuit et, en effet, il exhibait ses abdominaux mais, résultat, il avait l'air viril comme une tulipe. Peu importe, cette créature était une fée. Agnès en a oublié son habituelle irrévérence. Le feu d'artifice lui avait cloué le bec. On venait de lui mettre sous les yeux la France qu'elle aime. D'émotion, elle m'a pris par le bras pour ressortir. Je l'ai serrée contre moi. C'était très romantique. Coco a surgi. Pas question qu'on nous retrouve en photo dans *Voici*. Le plan presse n'avait prévu que *Scoop*, *Le Nouvel Observateur* et *Le Monde*. Elle nous a jetés dans la Mercedes.

L'irruption d'Agnès dans le panorama la forçait à changer tous ses projets. Hier soir, elle rêvait de me voir au centre du monde ; à présent, elle me voulait à l'écart. Plus question d'aller au Café Marly où tout Paris traînait. Agnès, conciliante, a suggéré de faire simple et de rentrer déjeuner à l'hôtel. Selon elle, la rotonde du Bristol tournait immanquablement la tête des invités. Qu'avait-elle dit ? Coco s'est abattue sur elle :

— Et pourquoi pas dans la chambre, tant qu'on y est ? On pourrait demander au room service de vous servir au lit.

A la moindre contrariété, elle mobilise mais Agnès a fait mine de prendre la proposition à la blague :

— Pourquoi pas, en effet ? Mais avec Bruce, un repas, c'est une cérémonie. Au lit, ça risque de durer des heures. Je préfère des tête-à-tête, ou même des tête-à-queue, un peu plus brefs. Et je ne veux pas arriver décoiffée au ministère des Finances.

J'ai dû m'en mêler. A mes heures, je sais jouer les hommes et prendre les choses en main. Il était temps de prouver à ces grenouilles qu'il y a aussi des gentlemen en Amérique :

— Coco, il y a encore plus agréable que le sexe : le shopping ! Si vous voulez, on va chez Dior et je vous achète un déguisement.

Mauvaise idée. Aucune des deux n'a paru tentée. Selon Coco, aucun accoutrement ne lui irait. A la rigueur, un jour, elle s'offrirait un sac ou un collier mais sûrement pas une robe. Elle aurait peur de se noyer dedans. Même chose pour Agnès. Les tenues ne la tentaient pas. Chez Dior, ce qu'elle aurait aimé, c'est la ligne des mannequins, pas leur travestissement de carnaval. Enfin, elles tombaient d'accord sur un point. L'atmosphère s'est allégée. J'ai suggéré d'aller nous promener.

Agnès était ravie. Le soleil brillait, elle a suggéré de laisser la voiture pour passer par les Tuileries, longer les quais et visiter la Conciergerie et la Sainte-Chapelle. Coco a paru stupéfaite. Elle n'avait jamais vu ni l'une ni l'autre. Dès qu'elle entend le mot histoire, j'imagine qu'elle sort son mascara. Dire qu'une demi-heure plus tôt, elle avait raconté qu'elle allait peut-être quitter Continental et prendre en main le service de presse de Gallimard. A son tour, Agnès lui est tombée dessus comme une plaque de béton :

— Avec Sollers et Norman Mailer, ce genre de lacunes risque de vous jouer des tours. Il vous faudrait peut-être franchir quelques haies culturelles avant de passer à l'édition.

J'ai cru que Coco allait la gifler. On lit sur son visage comme sur un menu. Entrée, plat, dessert : agacement, colère, fureur... Elle n'a plus ouvert le bec et, quand la voiture nous a déposés rue de Rivoli, elle nous a plantés là :

— Je viens vous chercher à 16 h 30 devant Notre-Dame. A 16 h 30 précises ! Pas question d'arriver en retard au ministère.

On s'est retrouvés en amoureux, Agnès et moi. Elle a repris son cours et décrit les ridicules des Français à travers les modes des promeneurs du jardin. Pendant la Révolution, après la Terreur, pour marquer leur hostilité à la République, les femmes royalistes se retrouvaient dans les bosquets habillées à la « guillotinée », c'est-à-dire très décolletées avec des chemisiers rouges et un maquillage blafard de tête coupée. La France ne prend rien au tragique. A la même époque, aux cartes, les rois étaient représentés par les lois, les reines par les libertés et les valets par les armées. Tout change et rien ne change : c'est Paris. Agnès trouvait ça drôle :

— C'est à chaque fois ainsi. Nos révolutions ne servent qu'à ouvrir la table aux rebelles. La Russie ou la Chine détruisent tout ; nous, nous modifions seulement quelques cartons d'invitation. Mais on y met la même passion.

Sur les berges, Agnès et ses escarpins trébuchaient. Je l'ai prise par le bras. Elle s'est appuyée contre moi, une vraie plume. J'aimais sa voix et son sourire. Je crois que ce sont les deux choses que je préfère chez une femme. Bien plus que les seins dont les Américains passent pour être friands. Le mot « charme » avait été inventé pour Agnès et suffisait à tout. Elle ne portait pas de faux cils, ne mettait pas de rouge à lèvres, n'avait pas l'air maquillée. Elle se contentait d'un léger manteau en laine rose et d'une petite robe grise. Détail surprenant : elle n'avait pas de sac. Tout tenait dans ses poches : son portefeuille, ses cigarettes, un peigne, un stylo, des mouchoirs jetables et son portable. Je me demandais à quelle actrice la comparer. A Nathalie Wood pour ses yeux sombres, à Ali Mac Graw pour ses longs cheveux brillants, à Diane Keaton pour son rire, à Audrey Hepburn pour sa silhouette… Cette pimbêche parisienne aurait pu interpréter la squaw fatale d'un western. Avec ça, l'incarnation de la Vieille Europe. Elle nous a fait remonter au niveau de la rue pour voir la cour Carrée du Louvre. Puis elle a eu froid et on est allés prendre un club sandwich au Fumoir, un restaurant face à Saint-Germain-l'Auxerrois, la paroisse des rois de France. Je lui ai demandé le premier disque qu'elle avait acheté, et les concerts auxquels elle avait assisté. La liste s'arrêtait vite : Véronique Sanson et David Bowie. En dix ans, elle n'avait assisté qu'à deux shows. Pour elle, il n'y avait que deux soirées idéales : un dîner avec des amis ou un bon livre dans son lit. Elle détestait le bruit et la foule. Tout ce qui réclamait une organisation lui déplaisait. Au Fumoir, bien au chaud, avec un café, une cigarette, un cavalier et une place près de la fenêtre, elle touchait le paradis. Dans ses rêves, quand elle s'imaginait millionnaire, elle dépensait une fortune à visiter les châteaux et les musées d'Europe. Ensuite, si la réalité ne la ramenait pas sur terre, elle se voyait rentrer chez elle pour écouter son amoureux jouer du piano. Une petite insinuation par-ci, un sourire équivoque par-là et, de silences ambigus en légères plaisanteries, elle dressait mon portrait en compagnon idéal. Comme tout le monde, je supporte très bien les compliments et je me laissais bercer par l'ambiance mais, au bout d'une heure, elle a jugé qu'elle avait assez abattu ses cartes. Il était temps de reprendre notre promenade romantique. Direction : la Sainte-Chapelle.

Serais-je tombé amoureux d'Agnès ailleurs qu'à Paris ? Pas sûr. Elles allaient bien ensemble. A cette nuance près que le charme de la ville s'explique (Agnès d'ailleurs veillait à m'en détailler chaque facette) : Paris est belle, petite, raffinée, à taille humaine, désordonnée en apparence et très organisée en réalité, assez homogène finalement; les siècles passent et ses habitants construisent toujours la même ville. Tandis qu'Agnès est inexplicable. Belle, oui. Fine, cela sautait aux yeux. Sexy, bien sûr. Mais comment? Mystère. Cela tenait à rien, à son charme, à l'intelligence qu'on pressentait, à un certain sourire, à un regard attentif, à une manière exquise de mettre les mots précis sur ce qu'elle ressentait. Où qu'elle soit, Agnès attirait l'attention. Sans faire de cinéma, sans paraître s'en aviser. Elle avait la grâce, incapable de passer inaperçue, sans raison analysable. C'est un don. On le possède, ou pas. Si on souhaite l'acquérir, il faut étudier quinze ans à l'Actor's Studio et se ruiner en chirurgie esthétique. Agnès, elle, l'avait. A New York, elle aurait parlé trop bas et elle aurait manqué de bijoux. A Moscou, des poupées éblouissantes auraient détourné les regards d'elle. A Paris, elle se retrouvait au cœur du tableau. C'était la maîtresse de maison. Malgré ses airs moqueurs, tout l'enchantait. A la Sainte-Chapelle, elle planait.

Je dois admettre que cette église vous incendie les paupières. Quand on pénètre dans la chapelle royale, on ne voit que des vitraux, gigantesques, sublimes. C'est le premier gratte-ciel, une flèche en verre dirigée vers Dieu. Tout est parfait, harmonieux, luxueux et dépouillé. Du verre, de la pierre et de la lumière, c'est tout. Soudain, on flotte ailleurs. Nous n'étions qu'une dizaine de touristes. Je l'ai prise par la taille. L'émotion était trop forte. Il fallait que mon corps l'exprime. Je l'ai serrée contre moi et je l'ai embrassée dans les cheveux et sur le front. Pour la remercier de cet instant magique.

A-t-elle été choquée en bourgeoise qui respecte les églises même si elle ne croit pas en Dieu ? Sans doute, car elle m'a pris par la main pour m'entraîner derrière l'autel et me montrer un truc en bois à la forme d'obus. Elle parlait tout bas :

— C'est là qu'on conserve un morceau de la Croix du Christ et la couronne d'épines.

Mère Teresa n'aurait pas mis plus de dévotion dans son murmure mais j'ai gardé mon ironie pour moi. On est descendus dans la nef basse, réservée aux soldats et aux serviteurs. A l'époque de sa construction, l'église faisait partie du palais royal, on ne mélangeait pas les chiffons et les serviettes, les pauvres n'avaient qu'à prier dans le noir. Comme partout. Mais en moins injuste : Paris m'a toujours paru douce, lente et pâle. La pierre de taille beige, les ponts aux arches romanes, la petite rivière somnolente… Cette ville ne fait pas peur. A côté d'elle, New York paraît impitoyable. Ici, tout semble civilisé, assoupi et tolérant. Les passe-droits blessent moins qu'ailleurs. Agnès l'expliquait autrement :

— Parce qu'on ne se laisse pas faire. Nous, on a coupé la tête de nos rois. On en a aussi chassé du pouvoir. On se révolte. On fait peur à ceux qui gouvernent. Et c'est très bien ainsi. On n'est pas des moujiks, ni des abrutis d'ouvriers de chez Ford qui trouvent normal que leurs patrons gagnent dix mille fois plus qu'eux.

Ma mère était secrétaire de direction chez Dodge, j'aurais eu plusieurs protestations à adresser, mais Agnès m'intriguait. Pour un Américain qui vit dans le culte de Washington, de Lincoln et de Franklin Roosevelt, elle était bizarre : elle adorait son pays mais elle n'aimait pas ses chefs. Déjà, à Fontainebleau, elle ne soulignait que leurs côtés ridicules. Qu'elle estompait ensuite en montrant les merveilles qu'ils avaient laissé construire par leurs artistes. La France adore l'art de vivre de ses ancêtres, pas leurs généraux. Avec ça, comme tous ses compatriotes, Agnès ne pouvait s'empêcher de revenir sur leur passé. A la Bucherie, le salon de thé où elle m'a emmené, face à Notre-Dame, elle a remis ça avec le glorieux patrimoine de son pays :

— Quand Saint Louis a acheté à l'empereur byzantin la couronne d'épines du Christ, il a autorisé le plus énorme transport de fonds du Moyen Age. La somme était inouïe. Et pour accueillir la relique, il a bâti la Sainte-Chapelle en moins de deux ans. Celui qui lui a vendu la couronne était d'ailleurs un Français. A l'époque, c'était une famille des Flandres qui régnait à Byzance. Et vous ne savez pas la meilleure : en même temps que les aiguilles, ils nous ont envoyé un pot en or avec quelques gouttes du lait de la Vierge. On gobait vraiment n'importe quoi !

Et patati et patata. A chaque pas qu'on faisait, elle citait des noms propres. Depuis la cour Carrée, j'aurais pu remplir un répertoire téléphonique. C'était une vraie pro. A force de faire visiter Paris à des étrangers, elle avait amassé une foule d'anecdotes liées à chacun des lieux qu'elle aimait. Je ne l'ai plus écoutée que d'une oreille. Puis j'ai quitté mon fauteuil et je me suis assis sur le petit canapé qu'elle occupait. Non pas à côté d'elle, mais contre elle. Et j'ai passé mon bras autour de son épaule :

— Et si vous interrompiez un moment votre cours, poupée. Juste quelques minutes. Pour qu'on profite en silence, l'un avec l'autre, du feu de bois. J'aime beaucoup votre cou et votre menton, je trouve exquise l'odeur de vos cheveux, je veux sentir la chaleur de votre cuisse contre la mienne. Si vous étiez vraiment gentille, vous prendriez ma main et on se reposerait. Comme ça, sans paroles, comme un vieux couple…

Elle n'a rien dit. Elle a pris ma main, l'a glissée sous son manteau, l'a posée sur son sein et a mis sa tête sur mon épaule. Elle ne portait pas de soutien-gorge. Doucement, imperceptiblement même, j'ai effleuré son téton du doigt. Puis je l'ai embrassée. Sur les yeux pour les lui fermer, puis sur les lèvres, très chastement. Elle n'avait plus 15 ans, moi non plus, on avait des heures devant nous, il ne fallait rien hâter. A cette heure, après celle du déjeuner et avant celle du thé, on était presque seuls. Ils nous avaient installés devant la cheminée. On s'est laissé rôtir. Quand les cafés sont arrivés, Agnès a retiré son manteau puis s'est pelotonnée contre moi, blottie comme si elle avait encore froid. Tout se passait en douceur, comme dans un mélo du genre *Nuits blanches à Seattle*. Dieu sait que je suis amateur, toujours prêt à pleurer face à ces niaiseries, mais là, pas question de verser une larme. Je goûtais ces minutes comme un morceau de musique sans fausse note. Quand je me suis penché pour lui tendre sa tasse, elle a souri en crispant à peine les lèvres et en clignant légèrement d'un œil.

Tout cela aurait-il été une bonne blague ? Agnès avait le génie de la tendresse équivoque. Surtout ne pas prononcer de mots ridicules quand on marche sur la pointe des sentiments. Je me suis éloigné à petits pas du romantisme au caramel et lui ai demandé qui était le fameux Sarkozy auquel on ne pouvait plus échapper. Un trouble-fête, voilà ce qu'il était :

— C'est le contraire de vous, Bruce. Il est pressé et il expédie tout ce qu'il fait. Pour faciliter l'intégration des musulmans de France, il a créé un super comité où il n'a invité que des religieux. Comme si pour représenter la Bretagne, on discutait avec ses quinze évêques. Alors que les Beurs, en vrais Français, sont complètement indifférents aux bondieuseries et ne font le ramadan que par habitude, comme moi je vais à la messe de Noël avec ma mère. Cela dit, il agit. Et il plaît. Ça change des politiciens habituels qui avancent vers leurs objectifs à reculons, comme les écrevisses. Vous verrez : il vous fera tout un numéro. Il embobine le monde. Mais il ne règle rien. Il a fermé un centre d'accueil pour étrangers qui attirait des foules à Calais. Et puis basta ! Les Afghans, les Irakiens et les autres sont allés sous les ponts et dans des squats. Du moment qu'on ne les voyait plus en nombre, il était content. C'est Monsieur-Formule-Magique. Je passe à toute vitesse, j'ai l'air très efficace et bye-bye. Cela dit, on l'aime bien car il exaspère Chirac que plus personne ne supporte. Je suis curieuse de savoir ce qu'il va vous dire.

Je m'en moquais complètement. Je n'aurais jamais dû

accepter la suggestion de Coco. Mais elle y tenait comme à la prunelle de ses yeux. On passerait au journal de 20 heures. Sur la une, en exclusivité ! En échange de cette faveur, le présentateur, une star nationale, avait promis de m'inviter avant mon prochain concert à Paris, au mois de juin. Coco se serait tranché une main plutôt que de remettre en cause un accord passé avec une chaîne télé. Elle tremblait à l'idée de m'avoir laissé entre les mains d'Agnès. Et si nous filions dans la nature ? Pour mettre un bandeau sur cette odieuse perspective, elle appelait toutes les demi-heures le portable d'Agnès pour rappeler le lieu et l'heure du rendez-vous. Quand, enfin, elle nous eut sous la main, j'ai cru que, de soulagement, elle allait nous embrasser. Rien de ça. Elle m'a simplement remis une petite feuille dactylographiée. Cinq ou six phrases rédigées quelque part chez Continental et qu'on me suggérait d'adresser à leur ministre : « Monsieur le ministre, c'est une joie d'être accueilli en ami à Paris par un membre du gouvernement. La France aime les artistes du monde entier et c'est pourquoi eux aussi l'aiment. Même s'il y a des tensions entre nos pays en ce moment, les Français aiment les films de Spielberg et les chansons de Bruce Springsteen et nous, nous aimons le charme de vos villes et le romantisme de votre art de vivre. Pour un Américain, le bonheur est un mot français… »

Ça tombait mal. D'abord je n'aime pas du tout Spielberg et pas beaucoup Springsteen. Ensuite je déteste répéter cinq fois le mot aimer en cinq lignes. Enfin, j'étais ravi qu'il y ait de la tension entre nos deux pays.

J'adore les disputes. Elles donnent du sel à la vie. Agnès avait comparé ce ministre à une sorte de Margaret Thatcher à la française. Si elle disait vrai, ce filet d'eau sirupeuse allait le dégoûter de moi en six lignes. Contrarié, je lui ai tendu la feuille. Avec elle, pas de surprise, elle fait d'emblée tout ce qu'il ne faut pas faire. Elle a emprunté un stylo à Coco et rectifié mon petit compliment : «Monsieur, je ne savais même pas qu'il y avait des gouvernements en France. Je connais La Fontaine, Voltaire, Victor Hugo, Monet, Brigitte Bardot, Jean-Pierre Melville ou Serge Gainsbourg mais je ne saurais citer aucun nom de ministres de leur époque. Et c'est pour ça que j'aimais la France. Elle nous changeait des autres. Ici, on lisait des livres, on buvait du bon vin et personne ne s'intéressait aux agités qui font tourner la machine. Maintenant on ne parle plus que de l'héroïsme anti-Bush de Chirac mais aussi de votre incorrigible arrogance nationale. Tant mieux pour vous mais soyez prudents : George Bush est impopulaire mais le monde entier adore Spielberg et Madonna, Bruce Willis et Jim Morrison, le Coca-Cola et les jeans Gap. Nous, les Américains, on nous aime même si on nous insulte. Vous, on vous approuve mais plus personne ne vous aime. J'espère que vous allez m'expliquer ce paradoxe.»

Un porc-épic ne peut rentrer ses aiguilles et Agnès ne savait que pincer. C'était espiègle mais honnête : elle résumait nos conversations de la veille. J'ai lu et relu ce petit texte pour servir d'introduction. Ensuite on improviserait. Si le ministre daignait parler lentement, mon français ferait l'affaire. Au fond, lui et moi voulions la même chose : trente secondes d'images utiles, deux ou trois formules à donner aux journaux et retour chacun chez soi. De toute façon, je n'aime pas les politiciens. Quand ils sont républicains, ils disent non à tous les projets démocrates, et inversement. D'après Agnès et le journaliste de *Scoop*, c'est bien pire en France. La mythologie droite-gauche règne encore en maîtresse. Ce sont des aliénés complets. Un peu comme ces attachées de presse cinglées qui détestent Virgin parce qu'elles travaillent pour Emi. Moi, je suis toujours d'accord avec le dernier qui a parlé. Je ne prends jamais position pour ou contre quelque chose. Pour finir, je ne vote pas. Rassurez-vous : je ne comptais pas le dire.

De toute façon, on ne m'avait pas invité pour tenir des discours. Juste pour me balader devant une caméra. Un comité d'accueil nous attendait à l'entrée du ministère : trois jeunes gens en costume-cravate sûrement plus férus de Keynes que de hip-hop. J'ignore pour qui ils me prenaient mais ils s'adressaient à moi en inclinant la tête. On se serait cru à la Cour. Pas longtemps, cela dit. Une fois franchi le petit pavillon d'entrée à l'ancienne, on pénétrait dans une forteresse en verre et en béton style présidium suprême. Agnès posait mille questions. Je me suis mis en pilote automatique. On a remonté des couloirs pendant dix minutes. Puis on s'est retrouvés dans un bureau magnifique dont les immenses baies vitrées ouvraient sur la Seine et sur l'arrière de Notre-Dame. Grandiose. Mais pas question de s'extasier trop longtemps. Nicolas Sarkozy était là. Un seul mot : sympathique. Il a regretté l'absence de ses fils qui, paraît-il, m'adoraient. Peut-être croyait-il que je dégustais les flatteries comme un bébé tète le sein. Je lui ai répondu que j'aimais surtout les enfants quand ils étaient couchés et dormaient profondément. Sur quoi, il a éclaté de rire. Ficelé dans son costume comme un gigot, il avait les bras plus longs que les jambes. Un atout, sans doute, car, avec lui, on grimpait vite aux branches du politiquement incorrect. Mon petit laïus d'introduction l'a mis en verve. Il avait plein de réponses à ma question :

— La classe politique française n'écoute personne. Si vous restez quelques jours et que vous observez un ou deux débats à la télévision, vous retiendrez vite la phrase que mes collègues emploient le plus souvent : « Laissez-moi vous expliquer, laissez-moi m'expliquer, j'aimerais avoir le temps de m'expliquer... » On passe notre temps à vouloir expliquer. Or il n'y a rien à expliquer : le chômage grimpe, la croissance diminue, le nombre de pauvres augmente, les riches s'expatrient... Notre modèle est totalement rouillé et nous, nous expliquons sans fin qu'il est irremplaçable. A force, plus personne ne croit un mot de nos explications. Du coup, moi, je n'en donne plus. Je fournis des solutions. Enfin, j'essaye. Pour l'instant, ça marche.

Une chose est sûre : on comprenait tout ce qu'il disait. Agnès prétend que, de la part d'un politicien français, c'est exceptionnel. Les autres ont un véritable don pour décrire les situations catastrophiques sans qu'on reconnaisse la situation évoquée et sans jamais prononcer le mot catastrophe. Sarkozy, lui, parlait comme vous et moi autour d'une table. Il m'a posé une question sur l'avenir de Condoleezza Rice, et sa femme, une brune ravissante, a demandé si on pourrait avoir une présidentielle opposant la républicaine Rice à la démocrate Hillary Clinton. J'étais complètement dépassé. Sarkozy s'en est aperçu et a sorti de son bureau un vieux vinyle, mon premier 33 tours, une ruine poussiéreuse qu'ils avaient visiblement écoutée cent fois. Flatté, je le lui ai dédicacé. Et bye-bye. Il nous avait assez vus. En tout, la rencontre avait duré dix minutes. Il m'a serré contre lui, a promis de venir me voir à Bercy, en juin, de l'autre côté de la rue et il est allé faire des salamalecs à la journaliste de TF1. On n'avait plus qu'à plier bagage. Ce qu'on a fait. Direction : le Bristol.

C'est ce soir-là qu'Agnès a fait connaissance avec le room service.

CHAPITRE 4

Coco Danceny, attachée de presse. Ces stars, je n'en supporte plus une seule. Elles se croient toutes inscrites au patrimoine mondial. On commence par admirer leur talent puis on les voit se métamorphoser en petits tyrans. Leur notoriété (acquise grâce à moi) et leur richesse leur donnent des droits exorbitants. La maison de disques devient leur cour. Pas un chanteur pour rattraper l'autre. Tous se ressemblent et se prennent pour leurs photos truquées. Le ton sur lequel ils me parlent! Quand, par une politesse miraculeuse, l'un d'entre eux dit «nous», surtout ne pas se faire d'illusions : il veut dire «moi». Alors aucun délire ne leur fait peur. Les ramener à la raison, c'est négocier avec la marée. Une virgule de travers dans un de mes communiqués et ces enfants gâtés tapent du pied. Bruce n'a, bien sûr, pas échappé à la règle. Dieu sait pourtant que son arrivée à Paris m'avait fait plaisir. Je me promettais une semaine de vie professionnelle paisible avec un des rares gentlemen du milieu. J'en avais besoin. La fin de l'année 2004 avait tourné au cauchemar. Stéphanie Wanda s'était lancée dans un procès absurde contre *Scoop* qui avait publié deux photos de ses petites-filles parues dix jours plus tôt dans son livre de souvenirs. Quel livre ? Un tissu de niaiseries pour lequel elle m'avait harcelée afin d'obtenir six pages dans ce même *Scoop*. Naturellement, tout le monde m'était tombé dessus : *Scoop*, l'éditeur, Stéphanie et Olivier, mon patron, furieux à l'idée (farfelue) que nos autres artistes soient boycottés par le magazine à cause d'une « revenante qui ne rapporte plus une galette ». Encore toute cette affaire se réglait-elle entre grandes personnes. Mais le délire gauchiste du chanteur de *Cuba Libre* ! Aux Victoires de la musique, élu disque de l'année, il avait insulté notre patron en direct puis s'était lancé dans une défense verbeuse des intermittents du spectacle. Déjà, j'avais ramé pour ramener un semblant de calme chez Continental. Cette pauvre cloche était alors partie composer la musique d'un téléfilm tourné à Bratislava. Le grand défenseur des petites gens du milieu travaillait avec le fonds de soutien des contribuables dans un pays où la production n'engageait que des techniciens locaux. *Le Monde* s'était régalé, puis *Libé* et *Le Parisien*. Résultat : au lieu de laisser passer l'orage, mon crétin hystérique avait insulté les journaliste sur TF1 où l'animateur, enchanté, avait attisé les braises de sa petite rébellion puérile. Prise au milieu du tourbillon, je jouais les pompiers de tous les côtés à la fois, plainte et méprisée par les responsables des journaux, insultée et traitée de chiffe molle par *Cuba Libre*, stigmatisée par Olivier impatient de lire l'article qui passerait une pommade définitive sur toute l'affaire. Inutile de dire qu'il l'attend encore. Et que l'affaire de Bruce n'a pas arrangé mes rapports avec nos chers rédacteurs en chef.

A peine avais-je aperçu cette Agnès au Bristol que toutes mes sonnettes d'alarme s'étaient mises à retentir à la fois. Un simple coup d'œil et on repérait l'aristo décavée qui se croit d'une essence supérieure. Issue de hautes castes, elle n'était plus qu'une banale dame de compagnie mais se prenait toujours pour la Montespan. Elle m'a d'entrée de jeu regardée de haut à travers ses deux petits yeux noirs comme des grains de café. De là à l'avouer, sans façon. Dans ces familles, l'hypocrisie court dans le sang depuis le Moyen Age. Elle s'est contentée de m'imposer en grand silence ses airs de princesse en exil. Sa tenue parlait pour elle : des escarpins et une robe si courte qu'il suffisait de souffler dessus pour la retirer. A son âge, à Paris, en janvier ! Je ne parle pas des seins qu'elle vous balançait à la figure : on aurait dit qu'elle portait son sac à dos sur le devant. Et son sourire narquois de petite moqueuse qui prend le monde entier pour son marchepied ! Je peux vous dire qu'aucune dent ne lui a manqué quand il s'est agi de mordre dans la moquette de la suite. Pas question, cela dit, que Sa Grandeur s'abaisse à m'adresser la parole. A chaque fois qu'on s'est retrouvées dans la même pièce, certains détails laissaient penser qu'à ses yeux, j'étais ailleurs, très loin. Je dérangeais cette pimbêche vieillissante pressée d'emprunter la voie tracée au rouge à lèvres qui menait en ligne droite jusqu'à Bruce. Mais, bizarrement, bien que sur mes gardes, je n'ai pas eu peur d'elle. Son manège m'amusait plus qu'il ne m'inquiétait, trop voyant pour être gênant, juste importun comme la fumée de cigarette. Elle m'agaçait, ça n'allait pas plus loin. J'en ai tant vu de ces bêcheuses, aucune de leurs simagrées ne m'échappe : leurs petits rires entendus, cette manière exquise de retirer leur propos s'il ne convient pas à leur interlocuteur (forcément un analphabète avec lequel une jeune fille de bonne famille ne polémique pas), cette manie surtout de ne jamais connaître Saint-Trop', Cannes, Miami et d'avoir passé tous ses étés d'enfant à ramasser des palourdes sous la pluie d'Houlgate. Avec ça, arrivistes comme elles seules, toujours prêtes à donner raison à celui qui leur semble utile. Agnès sortait de ce milieu. Je lisais en elle aussi bien que sur la première ligne des tableaux d'opticien : la rebelle chic mais pas du tout choc. Elle allait époustoufler Bruce et, ensuite, d'un bon coup de pied au derrière, je dégagerais le terrain. Telle était mon impression. Erronée : cette punaise m'a roulée dans la farine. On aurait pu couper son culot en dix, elle en aurait gardé à revendre. Surtout avec Bruce pour partenaire. Elle a embobiné ce pauvre chou en deux temps trois mouvements. A ma propre surprise car, sous des abords de jeune premier hollywoodien souriant, Bruce cachait une prudence et une méticulosité de notaire.

Les journalistes tombaient tous sous son charme et vantaient son « naturel » – qualité usurpée dont il ne manifestait, en vérité, aucun trait. J'aurais voulu que vous le voyiez répondre à une interview. En apparence, la plus parfaite décontraction. Jamais, en sa présence, on n'aurait aperçu un chronomètre pendant un entretien.

Une star bon enfant vous accueillait, prête à vous accorder autant de temps que nécessaire. En réalité, franc comme un âne qui recule, il contrôlait chaque seconde de ses précieuses confidences. S'il se trouvait brillant et si les questions lui inspiraient des réponses originales, il pouvait parler vingt minutes, voire une demi-heure, jamais plus. En revanche, à la moindre contrariété, dès qu'un sujet l'embarrassait, il allumait une cigarette. Rien de plus, pas un mot de protestation, pas un geste d'agacement, juste une Winston et une allumette. A moi alors d'intervenir sur-le-champ, de dire que le délai imparti était dépassé et de prendre par la main l'enquiquineur pour le raccompagner à la porte sous le regard navré de Bruce qui, par ses mimiques et ses yeux levés au plafond, jouait le pauvre gars asservi par les chiens de garde du service de presse. Comme hypocrite, il se posait là. Toujours enclin à ironiser sur les caprices des autres vedettes mais n'oubliant jamais de faire faxer ses propres exigences. Ce fameux séjour au Bristol n'avait pas échappé à la règle. Son agent avait établi une liste longue comme le bras de tocades fairfieldiennes. Le Bristol, d'abord, obligatoire. Dans une suite avec deux chambres ! Puis une Mercedes pour les déplacements, et uniquement cette marque – Bruce disait d'ailleurs une « Benz ». Avec un chauffeur expressément prié de la boucler : le grand artiste avait gardé un souvenir atroce d'un conducteur trop bavard à Londres. En revanche, il se souvenait avec plaisir du coiffeur chargé de lui lors de son passage précédent : il le lui fallait à tout prix, et lui seul. Pas de consignes à son sujet, donc. Pour le chauffeur, au contraire, des instructions précises : ne jamais fumer et ne pas écouter de musique autre que celle apportée par Bruce lui-même. Et cela ne s'arrêtait pas là. Si des fleurs entraient dans la suite, mieux valait qu'elles soient blanches. Et il convenait de prévoir un prof de gym deux heures par jour (Bruce n'a jamais enfilé une paire de tennis pendant le séjour) et une séance chez Carita, au bout de la rue, tous les deux jours (là, au contraire, il n'en a manqué aucune). Je passe sur les instructions téléphoniques purement verbales concernant sa marque de whisky préférée. Ne croyez pas que j'en ai fini avec les lubies de Bruce. On devait aussi mettre à sa disposition un téléphone portable – forcément un Samsung car les Coréens fournissaient l'équipement stéréo de son appartement new-yorkais. Et pas le premier venu : il fallait qu'il soit aussi appareil photo numérique, avec double écran à millions de pixels et sonnerie Digital Sound. Tout juste s'il ne lui fallait pas un numéro personnalisé. N'oublions pas l'argent de poche : comme convenu, je lui remettais chaque matin mille euros en liquide. J'arrête là mais j'en oublie. Et si je le rapporte aujourd'hui, c'est à cause de l'affaire et des drames qu'elle a provoqués. A l'époque, je n'avais attaché aucune importance à ces fantaisies. Tant d'autres sont plus exigeants. Je le répète : dans mon quota de stars, Bruce était popote. Avec lui, il n'y avait jamais d'histoires.

Attention : ne me croyez pas innocente et dupe. Je ne le prenais pas pour saint Vincent de Paul. Pour lui comme pour les autres, je n'étais que le gravier sur la route du château. Si tout allait bien, je fournissais le cadre doré qui mettait en valeur l'œuvre d'art ambulante baptisée Bruce Fairfield. Dès qu'un détail clochait, je devenais la fée Carabosse. Le jour, en 2002, où il s'est aperçu qu'il passait à Nice quinze jours après David Bowie, j'ai cru qu'il allait m'abattre. Lors d'une réunion de crise, il m'a détruite point par point. Même mes tenues et ma coiffure y sont passées. Le réquisitoire d'un petit procureur vicieux qui exigeait, sans le formuler expressément bien sûr, mon licenciement. A la fin, il ne manquait que la pelle à tendre pour m'enterrer moi-même. Deux jours plus tard, il m'a offert les anneaux Cartier. Dans son esprit, tout était effacé. Dans le mien aussi, du reste. Du moins, le croyais-je. A présent je sais qu'il a autant de sensibilité qu'une commode en merisier. Je ne confonds plus loyauté et complicité, je n'assimile plus critique à déloyauté. L'affaire Agnès de Courroye m'a ouvert les yeux. Ainsi que les portes des Assedic quand Olivier et Continental ont refermé les leurs sur moi.

Je dois dire que, dès son premier coup d'œil, Bruce a craqué. Soudain ce vieux ramolli s'est transformé en un de ces adolescents qui voient le Graal dans tous les soutiens-gorge. Je l'ai vu fondre comme un caramel mou. Puis s'asseoir derrière le piano, afficher un air de ravi du village et laisser ses doigts faire des allers et retours sur les touches pour interpréter je ne sais quel morceau classique, fade, somnifère et sans copyright. C'était tellement mélo que j'ai cherché de l'œil le metteur en scène et son porte-voix. En vain. Mais je me suis limé les dents et j'ai gardé mon ironie pour moi. Sur quoi, il m'a carrément renvoyée aux cuisines. En deux coups de cuiller à pot, cette précieuse ridicule l'avait monté en neige. Il l'a prise dès le premier jour pour Mme de Staël. Facile : il a dû lui arriver de finir un livre, une fois dans sa vie. Sa culture se résume à *Vogue* et *Vanity Fair.* Non qu'il soit analphabète, d'ailleurs. Parmi ses exigences, il y avait son *New York Times* quotidien avec lequel, c'est vrai, il passait presque deux minutes chaque matin. Cela dit, il me changeait des punks habituels débarqués de l'Ohio qui mettaient deux heures à localiser Rome ou Berlin sur une carte. Là, avec cette maîtresse d'école dont on voyait le porte-jarretelles, il s'est mis à planer si haut qu'il a disparu des écrans radar. Le lendemain de la visite à Bercy, monsieur s'est envolé. Où donc ? Mystère. Continental n'existait plus. La plupart de ses affaires étaient restées dans la suite, la « Benz » attendait dans le parking du Bristol et Bruce marivaudait ailleurs, quelque part dans la nature. Il n'avait pas de concert programmé. On ne s'affolait pas trop. Mais tout de même. Olivier pestait. Il exigeait que je remette la main sur sa star. Vite ! Et discrètement. Pas question de prévenir la police. Qu'étais-je censée faire, alors ? Aucune idée. Sans doute pensait-il que j'allais appeler tous les relais et châteaux d'Europe ? Je m'y serais peut-être résolue si, miracle, trois jours après la disparition, je n'avais reçu un coup de fil providentiel. De qui ? Mais de ce cher Edouard, le roi fainéant de *Scoop*, devenu rédacteur en chef par miracle, rencogné à son poste par paresse et revenu de tout sans être jamais parti nulle part.

Je dois dire que je suis tombée des nues quand sa secrétaire m'a annoncé son nom au téléphone. Monsieur n'appelait jamais. Les sujets «people» n'étaient pas dignes de sa grande culture. Quand je mettais enfin la main sur lui, j'avais toujours l'impression de jouer avec ses nerfs. Il n'avait naturellement pas donné signe de vie après le dîner au Cristal Room. Mais il avait publié l'interview de Bruce sur huit longs feuillets derrière une magnifique photo du héros sur une plage de Long Island, devant sa maison de vacances. Quatre pages dans *Scoop*. Enchanté, Olivier lui avait sur-le-champ envoyé une boîte de Monte-Cristo n° 4. J'ai cru qu'il appelait pour remercier. Pas du tout. Les journalistes sont aussi faciles à acheter qu'un paquet de chewing-gums mais, avec Edouard, no comment. Il acceptait les voyages de presse pour ses protégés de la rédaction et il ne renverrait pas la boîte mais, jamais, au grand jamais, personne n'aborderait un tel sujet. Sa vie de petit marquis médiatique ressemble à un libre-service : on se sert à tous les rayons et on ressort sans avoir dit un mot à personne. A part ça, il posait à l'incorruptible. Juché sur les échasses de ses chiffres de vente, il prétendait n'avoir besoin de personne. D'où ma stupeur quand il m'a priée de le recevoir. Sur-le-champ. Et dans un endroit discret. Surtout qu'on ne nous aperçoive pas ensemble. J'ai dit oui. On a passé en revue cinq ou six cantines. Pour finir, il a suggéré qu'on déjeune chez lui, à la Bastille.

Edouard n'est pas laid. Ni vraiment beau. Il est entre

les deux, séduisant mais étrange. Les cheveux noirs et raides d'un Inca mais la peau pâle d'un Scandinave, le nez droit des Grecs et les lèvres pulpeuses des Tahitiens, un cou très long, un front assez court… Visiblement, sa mère n'avait jamais su dire non. Personne à première vue ne peut deviner sa nationalité. A la seconde, c'est enfantin : costumes classiques, chemises Lacoste à manches longues et chaussures anglaises ruineuses, il porte la panoplie intégrale des bourgeois bohèmes de la Muette-Ranelagh-Jasmin. Classique avec quelque chose de négligé. Jamais de cravates, mais jamais de tennis non plus. Des écarts mesurés avec la règle, mais inévitables. Ce type ne s'assume pas. Il donne des gages à tout le monde. Dans son appartement, des tableaux modernes côtoyaient des miroirs anciens, les canapés de cuir étaient posés sur un parquet à damier, l'écran à plasma de la télé était encastré dans une bibliothèque en chêne cérusé remplie à craquer de livres disposés en tous sens : tout faisait farine dans son moulin. Rien d'étonnant, du reste, de la part d'un journaliste : pour remplir les pages, ils mangent de tous les plats. De là à passer au fourneau, non. A part déboucher une bouteille, Edouard ne sait rien faire dans une cuisine. La sienne ressemblait à un bloc opératoire. Magnifique et sûrement ruineuse mais purement décorative. Quand j'ai ouvert le frigidaire, l'inventaire était vite fait : un étage de Coca light, un étage de yaourts, des bataillons de sashimis, une vodka Absolut dans le bac à glaçons et c'est tout. Pour la circonstance, Edouard avait fait des courses chez Fauchon et m'a servi du melon au jambon de Parme. Suivrait directement un moelleux au chocolat. Il ne prenait pas de risque. Mais le vin serait grandiose : il l'a garanti. C'était un chianti et j'en ai noté le nom car, en effet, il tenait sa promesse : du Montepulciano 1998. On a tout posé sur une table roulante et on est repartis pour le salon dont les immenses fenêtres, face à l'Opéra, dominaient la place. Dans un silence complet, on voyait s'agiter toute la ville. La nuit, le spectacle des lumières devait être lyrique.

M'accueillir, couper le melon, sortir la glace, me dire où prendre les assiettes et les couverts et préparer son frichti lui a pris un bon quart d'heure. Edouard en a profité pour faire son malin. Encore un qui a des idées sur tout. J'en ai oublié la plupart, je me rappelle seulement la plus saugrenue. Toujours à médire des vedettes de Continental, il se réjouissait du succès des starlettes de la télé-réalité. Elles démodaient les stars et leurs caprices dont le public avait appris à se méfier :

— Ces filles de la «Star Ac» parlent comme toi et moi. Elles n'ont pas encore la langue de bois. Elles n'ouvrent pas uniquement le bec pour évoquer leur merveilleux nouveau film, son talentueux metteur en scène et le tournage idéal qui restera un souvenir à part.

J'avais déjà entendu cent fois ces arguments. De la part des journalistes, attaquer les stars qu'ils mettent en couverture, c'est mordre la main qui vous nourrit. Si de pauvres cloches ne résistent pas à ce petit plaisir, tant pis pour elles. Je n'ai pas discuté. En revanche, dès qu'on a installé notre pique-nique sur la table basse du salon, je l'ai interrogé sur la raison de cette convocation.

Et là, stupeur, il m'a sorti un jeu de photos du petit cartable abandonné à côté de lui sur son canapé. Un coup d'œil et j'avais compris : Agnès avait mis le grappin sur Bruce. On les voyait allongés sur des transats blancs au bord d'une piscine, attablés sous une treille devant une nappe blanche et un couvert luxueux, enlacés sur un sentier au-dessus de la mer, en train de s'embrasser… A première vue, on était en Corse, à San Remo ou dans les parages. Les images sentaient l'huile solaire et le Martini on the rocks. Des pins et des lauriers-roses se glissaient sur chaque plan. Agnès avait bien entendu un look 100 % Jackie Kennedy : pantalon corsaire, T-shirt assorti, grosses lunettes noires et mocassins Tod's. Message implicite : je suis une femme toute simple mais, dans ma poche minuscule, ne tiennent que les Visa Platinium de la Banque Lazard. Bruce avait les cheveux dans les yeux, un jean fatigué et une chemise blanche, le vacancier sans façon, humble et discret, genre *Gatsby le Magnifique* à la pêche. On se serait cru dans *La Dolce Vita*. Et la souris jouait son rôle à la perfection. Tandis que lui, bizarrement, n'avait pas dû être prévenu qu'il suivait à la lettre le scénario écrit par une autre. Son indifférence coutumière s'était dissoute comme un sucre dans le café. Un cliché sur deux le montrait plongé dans le spectacle de la femme de ses rêves. Franchement, c'était du roman-photo. Ça ne m'a pas tourné les sangs, mais presque. Cette punaise était en train de réussir son coup. J'ai pris un ton très pro pour demander où nous étions. Edouard m'a répondu sur un ton funèbre :

— A Porto Ercole, sur la presqu'île du Monte

Argentario, près de Rome, au Pellicano, un bar-tabac qui surplombe la mer Tyrrhénienne. Les villas disparaissent dans un parc méditerranéen et on descend à la plage de terrasses en patios. Truman Capote, Tennessee Williams et toutes les grandes tapettes yankees y ont eu leurs habitudes. C'est sûrement Bruce qui a choisi l'endroit…

Hou là là, la grande douleur le rendait amer. Il reprenait sans le dire les insinuations habituelles contre Bruce auquel on prêtait volontiers une vie sentimentale clandestine et équivoque. Contrairement à ce que j'avais cru un instant, nous n'allions pas seulement négocier un scoop. J'arrivais en plein drame. Edouard, à son tour, était tombé amoureux de la Agnès. Quelqu'un leur avait interverti les fils du crâne pendant ce dîner au Cristal Room. Qu'avaient-ils tous ? Ils la prenaient pour l'Immaculée Conception, ou quoi ? J'ai préféré mettre tout de suite un point final à la féerie dramatique :

— Franchement, je ne comprends pas. D'habitude, l'éternelle histoire me touche : un garçon habile, une fille curieuse et les violons jouent. Mais là, non. Je n'entends que la grosse caisse – enregistreuse. La fille et le garçon connaissent depuis trop longtemps toutes les ficelles. Que cherchent-ils ? Elle, c'est l'argent. Mais lui ? Ne me dis pas qu'il est tombé sous le charme de cette pimbêche décatie. Il espère peut-être qu'elle va le présenter à Louis XIV ?

Après ce petit numéro, Edouard a compris que mieux valait ne pas trop m'assommer les tympans avec la grâce de sa vieille toupie. Gentleman, après avoir médit sans en avoir l'air de Bruce, sans y paraître, il a fait l'éloge d'Agnès :

— On ne fantasme pas tous sur les gamines de vingt ans au Q.I. inférieur à leur tour de taille. Le charme ne se décompose pas en mensurations. Elle est très drôle, tu sais.

C'est ça. Je savais. Ces messieurs dégustaient chaque bon mot de leur Célimène comme un fruit confit. Pour ne pas faire monter ma tension, je l'ai prié d'abattre ses cartes. Pourquoi me montrait-il ces photos ? Et là, je vous le donne en mille : le rédacteur en chef de *Scoop* voulait les voir paraître dans *Voici*. Un instant, je suis restée baba. Prise au dépourvu, j'ai juste joué les grandes dames :

— Comment ça, *Voici* ? Tu parles de ce journal allemand. Il y a encore des gens qui lisent leurs salades ?

Des gens. Oui. Des centaines de milliers. Et d'abord tout le milieu. Je le savais bien. Edouard, aussi. Il a quand même jugé bon de s'expliquer :

— On ne peut pas les sortir nous-mêmes. Ce serait du harcèlement. Nous ne fonctionnons pas ainsi. On n'espionne pas les stars. On ne les prend pas en photo à la sortie des hôtels avec leur maîtresse. Ça, c'est le registre de *Voici*. En revanche, si je te donne une ou deux images de la série et si *Voici* les publie, nous, la semaine suivante, on peut donner la parole à Bruce et faire un joli sujet sur son histoire d'amour avec une Française. Mais avec son accord. C'est-à-dire le tien.

Ça tenait debout. Ce genre de calcul existe. De même qu'on fait de fausses planques de paparazzi. Les stars savent qu'on va les photographier mais la prise de vue est lointaine, le texte sous contrôle et une partie du prix de vente des clichés revient aux modèles. Ils sont dans *Scoop*, ça leur rapporte de l'argent et ils semblent de pauvres proies victimes de leur notoriété. Trois mois plus tard, leur avocat pourra attaquer *Gala* pour des photos bien moins intimes en affirmant que jamais son client ne s'est servi de sa vie privée. Franchement, cette suggestion ne me choquait pas. Je me fichais que *Voici* soit condamné à payer à Bruce le prix de son petit séjour chez les macaronis. Mieux encore, cette suggestion m'arrangeait plutôt. Quinze journaux, déjà, avaient insinué que Bruce noyait dans le whisky son impuissance ou une homosexualité refoulée. Cette escapade musclerait son image, attirerait l'attention sur lui et accélérerait peut-être la vente des billets pour ses deux concerts à Bercy – où, pour l'instant, on songeait plutôt à annuler une des dates. Je n'ai donc prononcé le mot « amoral » que par réflexe. Edouard a quand même sauté dessus :

— Arrête tout de suite avec ça. La morale a beau avoir grande réputation, ce n'est rien du tout, juste un mot sacré dont, depuis dix mille ans, les riches et les curés font la promotion. Le monde est amoral ; parler de morale, c'est vouloir que rien ne change. La révolte, la méchanceté, le calcul, l'insolence... Tout ce qui est utile est amoral. C'est pour ça que tu devrais réfléchir à ma proposition.

Mais bien sûr. Je ne demandais pas mieux. Mais je voulais comprendre. Et, d'abord, pourquoi Edouard s'occupait lui-même de l'affaire. Il avait fallu le supplier pour qu'il rencontre Bruce. Les sujets « people » l'ennuyaient à mourir. Et là, au lieu de refiler le bébé à une de ses journalistes, il remettait lui-même le couvert. Dans ce milieu où on est amis comme la main et le pied, il n'agissait pas pour me rendre service. Après avoir longuement regardé le plafond à la recherche d'une réponse, je lui ai posé la question. Bêtement, simplement. Et la réponse fut bête et simple :

— J'aime cette femme. Je ne veux pas qu'elle parte avec Fairfield. Que puis-je faire ? Pleurer. C'est fait. Ou essayer de glisser un grain de sable dans l'engrenage. C'est ce que je tente. On verra bien.

Ce qu'il voyait surtout, c'était la photo qu'il contemplait depuis trente secondes : Agnès, penchée vers Bruce, lui parlait à l'oreille et posait la main sur son épaule. On avait l'impression de se glisser dans leur intimité. Edouard, mélancolique, a juste dit qu'elle en était déjà à lui révéler des secrets. Excédée par ce nigaud, j'ai émis une hypothèse :

— Son âge, peut-être ?

Eh bien, croyez-le, ça ne l'a même pas fait rire. Donc, je suis passée aux choses sérieuses. Après s'être juré respectivement de ne jamais révéler le pot aux roses, on s'est mis d'accord sur le scénario de l'intrigue. Un : il postait trois ou quatre photos à *Voici*. Deux : mine de rien, aujourd'hui même, je prenais date pour déjeuner avec le rédacteur en chef du journal. Trois : au cours du repas, je confirmais l'information et les rassurais en laissant entendre qu'on n'attaquerait pas pour ça. Quatre : on attendait et on voyait. Edouard récupérerait peut-être sa mante religieuse et moi je servirais la réputation de ma star. Je n'avais pas grand-chose à gagner, mais rien à perdre. En prime, j'allais prouver ma grande efficacité à Olivier en révélant où roucoulait son rossignol. Enchantée, je suis allée faire moi-même les espressos dans la cuisine. A mon retour, Edouard cultivait son spleen vautré dans son canapé. Je lui ai suggéré de fumer un des superbes Monte-Cristo dont la boîte traînait sur la table basse. Pas question. Monsieur ne fumait jamais le cigare en public. Il trouvait ça « nouveau riche ». Ce genre de plaisirs, il les pratiquait en solitaire. C'était tout lui : un faux jeton chic. Je l'ai planté là.

Une fois dans la rue, sur le chemin de la station de taxis, la seule question importante m'est enfin venue à l'esprit. Comment s'était-il donc procuré ces images ? Je me serais giflée de ne pas le lui avoir demandé. Puis j'ai haussé les épaules. Pour rester à l'écart de la combine, sans doute valait-il mieux que je l'ignore. On se rassure comme on peut. Aujourd'hui, je m'en mords les doigts. Répondre à cette mystérieuse question aurait peut-être éclairci toute l'affaire. C'est forcément cette garce qui avait donné leur adresse à Edouard.

CHAPITRE 5

Agnès de Courroye. Malgré la fraîcheur, on dînait aux chandelles sur la terrasse, abrités du vent par un petit pan de mur ocre à la teinte garantie couleur locale. A part quelques fleurs qui avaient l'air de pousser sur la table, une ou deux carafes en cristal, un peu d'argenterie et la veste blanche du maître d'hôtel, tout restait très simple pour le Pellicano : la nappe n'était pas brodée. Aucun risque, cela dit, de voir débarquer une bonne grosse mamma, son minestrone et ses commentaires. Dès les commandes enregistrées, les serveurs passaient en cuisine se faire trancher la langue. Rien de Fellini dans cette Italie-là ; du pur Visconti. Personne n'avait l'air de s'en rendre compte. De s'en formaliser, encore moins. Autour de nous, tous les clients se ressemblaient comme des morceaux de sucre, vivant à voix basse comme s'ils avaient toujours eu des armées de domestiques à leur service. Heureusement qu'un peu de féodalité ne me choquait pas, loin de là. A tribord, la lune était au rendez-vous, et en contrebas, une mer argentée reposait du sommeil du juste. Des effluves de jasmin embaumaient l'air – peut-être provenaient-ils des bougies mais je n'en jurerais pas et je ne tenais pas à lever l'équivoque. Pourquoi le jasmin ne fleurirait-il pas début février à 1 500 kilomètres au sud de Paris ? De toute manière, ne comptez pas sur moi pour faire la différence entre l'odeur du jasmin et celle de la fleur d'oranger, ni entre celle de l'herbe coupée et celle du fumier. Parlez-moi plutôt du métro de Londres et de celui de Paris, ou bien de Jicky et de Mitsouko : chez moi, j'établis des catégories. A la campagne, j'ai l'impression d'être de passage dans un film d'époque. Ce soir-là, on baignait carrément en plein Ancien Régime. Dieu sait pourquoi, Bruce avait accepté de dîner avec Jean-Pierre Renard.

Vous ignorez son nom, je ne le connaissais pas non plus, mais dans l'univers de la musique, il est aussi célèbre que Bill Gates dans l'informatique. En deux décennies, il est passé par la plupart des multinationales du disque. Bouquet final : trois mois plus tôt, il avait battu tous les records homologués en quittant Continental, le groupe de Bruce, lesté d'un chèque de 10 millions d'euros. Sans doute pas en remerciement de ses bons et loyaux services. En trois ans l'action avait chuté de 60 %, le chiffre d'affaires avait complètement stagné, et plusieurs stars avaient déserté son catalogue. Seule réussite indiscutable : il avait licencié 30 % de la masse salariale du groupe en Europe – car il était le patron de Continental Europe, le supérieur hiérarchique d'Olivier. Il incarnait une version irréprochable du capitalisme paléolithique d'avant-garde : Wall Street pour les patrons et l'Ukraine pour les salariés.

Tout cela, je le tenais de Bruce. La veille, quand il avait aperçu le Renard au bord de la piscine, il s'était caché derrière son journal. Peine perdue : l'autre nous avait repérés et, comme s'il avait vu un billet de Loto gagnant traîner au bord de la piscine, il avait cinglé sur nous. Ou, plutôt, sur Bruce. Je n'apparaissais pas sur son radar. Il s'était assis et avait entamé un discours sans fin. D'une voix caverneuse sortie directement des entrailles de la terre, il avait passé en revue tout le milieu. C'était très drôle et instructif. Sa méchanceté ne loupait aucun ridicule, sa mémoire avait retenu toutes les anecdotes, ses réseaux continuaient de l'informer de chaque projet. Pour chacun, il avait une formule. D'Olivier, sujet particulier de son ironie et patron de Continental France, il a par exemple annoncé à Bruce qu'il pourrait absolument compter sur lui jusqu'au jour où il en aurait besoin. Je me rappelle la formule car notre histoire en a bientôt illustré le bien-fondé. Mais ne croyez pas que Renard s'adressait à moi. J'aurais pu m'évanouir, me trancher les veines, me faire le maillot, n'importe quoi devant lui, il ne s'en serait pas aperçu. Monsieur ne voyait que Bruce, trente fois disque d'or. Du moins, jusqu'au moment de nous quitter. Le soleil frappait fort et il a préféré aller se mettre à l'abri. « Parce que j'ai la peau sensible ! » Je m'en suis mêlée :

— Eh bien, au moins, vous avez une chose de sensible. Préservez-la soigneusement. Et bye-bye.

Soudain, l'ogre est devenu un ange, tombé sous le

charme de son agresseur. Et de s'excuser : il ne savait pas, n'imaginait pas... Je lui ai enfoncé la tête sous l'eau :

— Qu'est-ce que vous n'imaginiez pas ? Que Bruce pouvait être accompagné. Qu'avaient donc murmuré vos sources à son propos ?

Rien, bien sûr. Les cascades de dollars qui accompagnent Bruce couvraient la musique des sources médisantes. Or Renard comptait bien refaire surface dans le métier et, si possible, subtiliser Bruce à Continental, l'ancienne maison qu'il haïssait maintenant qu'il l'avait lessivée. Le lion rugissant s'est fait descente de lit pour me répondre :

— Ne me prenez pas pour une brute médiévale. Bruce est un vieux partenaire de jeu et si j'avais compris que vous l'accompagniez, je vous aurais fait la révérence. Je fais totalement confiance à son goût. C'est son arme fatale. Qu'il ait choisi la fille de Jackie Kennedy plutôt que le top model acéphale habituel des pop stars achève de me convaincre de son jugement infaillible. Du reste, si vous pardonnez ma grossièreté, je serai ravi de vous inviter à dîner demain soir...

Nous y étions. Bruce avait accepté. Le numéro de la veille a recommencé. Renard dînait avec Bruce et deux potiches les observaient. Car lui aussi était accompagné. Par un vrai spectre, Mademoiselle Anorexie en personne. Au lieu d'un ventre, elle avait un creux avec, autour, les hanches saillantes d'une adolescente gorgée de magazines punk. Songer qu'elle s'allongeait dans le même lit que cette montgolfière, c'était le Rocky Horror Show. Mais s'apercevait-elle de quoi que ce soit ? Pas sûr. A peine assise, elle s'est égarée dans ses rêveries. Quand Bruce a proposé de lui servir un verre de vin, elle a levé les yeux au ciel si haut que j'ai cru qu'ils avaient roulé derrière les orbites. Renard a gentiment dit que Jenifer ne buvait que du Coca light. Puis il l'a oubliée, et moi avec. Seul Bruce l'intéressait. Il voulait à tout prix l'entraîner dans son combat contre les pirates du téléchargement. Ce n'était même plus un businessman qui parlait, mais carrément son remake : un businessman exagéré, au carré, puissance dix. Le décor ne l'intéressait pas, ni le vin, ni la nourriture, ni les deux femmes assises entre Bruce et lui. Seuls ses projets occupaient son esprit. On était au-delà de la muflerie. Je n'ai même pas essayé de nous ramener sur les rails d'un dîner urbain entre mâles et femelles archéo-civilisés du troisième millénaire. Gardant mes idées de bonne éducation bien au chaud, je suis partie dans mes propres songes.

Pas de cris de grenouilles, de scies des grillons, de sifflements métalliques de cigales ; un silence anonyme effaçait les ténèbres alentour. J'ai observé ce qui me plaisait en Bruce. Son cou, d'abord, très long, très fin. Son sourire. Ses cheveux tombant sur les yeux. Sa voix, surtout. Après huit jours ensemble, son charme éclipsait toujours sa personnalité. C'est d'ailleurs ce qu'il voulait. Il soignait son apparence du matin au soir mais, ensuite, jour et nuit, il l'entourait de mystère. Vivre avec lui, c'était le voir mettre un masque, puis un autre. Obtenir de lui un aveu sur ses goûts relevait de l'impossible. On aurait dit un Japonais. Il ne portait jamais de jugement.

Plus on passait de temps avec lui, plus il se cachait. Il mettait des silences entre lui et les autres comme certains repoussent des portes. Si je lui posais une question trop personnelle, il se fermait. Son père, sa mère, sa première femme étaient des sujets tabous. Par peur d'être emporté par le flux des confidences, il n'en livrait aucune et restait au sec, sur le bord, silencieux. Si je me moquais de cette pudeur majuscule, il m'envoyait promener : « Arrête un peu, il ne faudrait pas me prendre pour Paris Hilton. » Cela ne me faisait pas de peine. Pour tout dire, j'étais plutôt séduite. Face au Renard, c'était carrément amusant.

L'autre cherchait des alliés pour déclarer la guerre aux flibustiers d'Internet. Ayant quitté Continental, il visait à prendre la tête d'un syndicat professionnel et à déclencher la croisade. Mais il voulait enrégimenter des artistes dans ses bataillons pour donner une couleur culturelle à sa chasse aux milliards envolés. Inutile de dire que Bruce freinait des quatre fers. Il avait mis vingt ans à se bâtir une image de dandy désinvolte qui collectionne les tubes sans le vouloir. Pourquoi se transformer en huissier tapant du pied pour faire payer les gamins qui téléchargeaient ses chansons sur leur ordinateur ? Egal à lui-même, il préférait laisser le sale boulot à ses producteurs ou à ses jeunes confrères aux coffres moins remplis que les siens. Rien néanmoins ne décourageait le Renard, pas même la fausse indignation :

— Mais enfin, ouvre les yeux. Il ne s'agit pas de harceler des teenagers. Ce sont de sales tricheurs mais d'accord, on fera semblant de les prendre pour des fans sincères qui ne pensent pas à mal. On ne va pas vous fâcher avec ces petits malins. Je m'y résigne. Plutôt amener les couleurs sur ce terrain que de vous entendre, toi et les autres, parler avec des trémolos dans la voix de «votre public». Ça, je n'en peux plus. Mais tu ne vas pas me dire que ton cœur est sur la même longueur d'onde que Google, Lycos, MSN, Yahoo et les autres. Ce ne sont que des machines à faire du cash. Et cet argent, ils viennent le piquer dans nos poches. Les connexions Internet indispensables pour piller nos titres tombent directement dans leurs escarcelles. Fais-leur confiance : ils ne fermeront jamais d'eux-mêmes les sites de téléchargement. Il faudra leur mettre le couteau sous la gorge. Et là, tu dois te bouger. C'est toi que ces trusts volent…

Voilà que Monsieur stock-options en personne beurrait ses tartines d'une grosse couche de gauchisme antitrust. Bruce ne l'a pas loupé, trop content d'esquiver la réponse en s'abritant derrière une raillerie. Comme pour achever de désarmer le Renard, il a d'ailleurs demandé à Jenifer si elle-même chargeait des titres illégalement. Interpellée, elle a d'abord paru agacée. Visiblement, on la dérangeait. Elle n'avait pas fini de contempler la salade de haricots verts à laquelle elle ne se décidait pas à toucher. Mais, enfin, si elle ne savait pas mâcher, sa bouche pouvait articuler quelques mots. Et même mordre. Après cinq ou six longues secondes, elle a planté ses crocs sur nous. Depuis le début du repas, elle nous regardait sans nous voir mais, visiblement, elle écoutait ce qu'elle entendait. Chaque mot était piquant comme l'ortie :

— Evidemment. Sur mon iPod. D'ailleurs, c'est Jean-Pierre qui me l'a offert. Hier, parce que vous êtes à l'hôtel, j'ai chargé une vingtaine de vos titres. Pour lui, je vous le dis tout de suite. Pas pour moi. Ce n'est pas moi qui vous fais les poches, c'est lui.

Bruce a éclaté de rire. Renard, lui, s'est tu et a posé en silence sa main sur celle de Jenifer. Avec douceur. Comme s'il la remerciait de cette gifle donnée en public. Je me suis demandé ce qu'elle lui infligeait dans leur chambre. Je sais bien que chaque casserole trouve son couvercle mais, si vingt-cinq ans les séparaient, je voyais mal ce qui les rapprochait. A moins que cette brindille d'acier lui ait cinglé les fesses avec les lanières de cuir de son blouson noir. L'hypothèse m'a plu. Ce gros dur devait être masochiste. Soudain, il devenait beaucoup plus sexy. Par gentillesse, pour lui faire plaisir en somme, j'y suis donc allée de ma petite claque :

— Franchement, vous croyez-vous le mieux placé pour parler de morale des affaires ? Le rôle de Zorro vous va comme un tablier à une vache. Dans le registre du loup qui prend la défense de ses chers agneaux, la presse va vous adorer.

Croyez-le : il n'attendait que ça. Un grand sourire a éclairé son visage. Enfin, on l'agressait. Aucun risque qu'il détourne la conversation. Ce pervers jouissait. Et comme il aimait les coups, pas question pour lui de baisser pavillon. Son cynisme, il le revendiquait :

— Bien sûr que la morale m'est indifférente. Je rêve

de déontologie comme une vieille fille rêve d'épouser l'évêque. Mais ne pas croire à un discours ne retire aucune force à ses arguments. Parce que je connais les chiffres, parce que je sais pressurer le citron, parce que je ne lâche jamais ma proie, les autres, en face, négocieront. Et faites-leur confiance, eux aussi vont y mêler les bons sentiments. La vertu est un paramètre comme un autre. Nul ne lui accorde le moindre prix mais personne ne la néglige.

Il se saoulait de ses propres incongruités mais son aplomb m'amusait. Jenifer, en revanche, n'en pouvait plus. Elle devait connaître son numéro par cœur. Tout à coup, elle s'est levée. S'adressant à lui et uniquement à lui, sans un regard pour Bruce et moi, elle a dit au Renard qu'elle remontait dans leur chambre voir un D.V.D. Puis, elle l'a embrassé avec douceur sur les lèvres et a disparu. Cela ressemblait de plus en plus à un jeu sexuel. Décidément, leur couple m'intriguait. Bruce, lui, n'a apprécié qu'à moitié :

— Tu devrais la faire examiner. Ta jeune épouse semble souffrir d'un déséquilibre chimique. Elle ne voit pas sur les côtés. Elle a cru qu'elle dînait en tête à tête avec toi.

— Oh, ça, chimiquement, elle déraille. Ce qu'elle appelle D.V.D., c'est une espèce de L.S.D. new wave. Je le sais très bien. Mais je m'en moque. Avec l'argent que je lui donne, elle ne s'enverra pas n'importe quoi dans le cigare. Si ça lui plaît, ça me convient. Je ne suis pas contre les liaisons dangereuses. Et je lui réussis. Quand je l'ai rencontrée, ce n'est pas d'un maquilleur qu'elle avait besoin, c'était carrément d'un paysagiste. Son visage ressemblait à la lune : gris et plein de creux. Tu verras : dans six mois, elle aura l'air d'une bimbo. Dès que j'ai le dos tourné, elle dévore les paniers de fruits que je fais déposer dans la chambre. Gramme par gramme, elle gonfle.

Il s'envoyait une gamine qui avait l'âge de ses filles, il lui payait de la dope, il ratissait les dividendes de ses actionnaires, il faisait les poches des adolescents surfant sur le Net, il jetait à la rue des centaines d'employés, puis, enchanté de lui, il se remettait du stress de toutes ses obscénités en jouant les pachas au Pellicano. Il aurait essuyé ses bottes sur un tapis de prière. Comme les aristocrates libertins du XVIIIe siècle, il se croyait tout permis. J'ai beau adorer l'histoire, il a fini par me tourner les sangs :

— Si on a une révolution, je viendrai vous dire merci. Quand on vous observe, on a l'indécence en personne sous les yeux. On se croirait revenus sous l'Ancien Régime. J'ai l'impression d'être en 1788. Une caste infime de gens richissimes gagne en un an ce que leurs employés n'économiseraient pas en mille ans et ils s'exhibent sans le moindre complexe, comme si tout cela relevait d'une organisation normale de la société. Un de ces quatre matins, on vous retrouvera accroché à une lanterne.

Si vous croyez que mes prémonitions l'ont troublé, revenez sur terre. Elles ne lui ont fait ni chaud ni froid. Avant de répondre, il nous a resservi du chianti historique dont Bruce et lui éclusaient des lacs entiers. Puis il a tourné la tête de gauche à droite, observant toutes les tables, savourant le panorama. Un seul mot : c'était rassurant. Rien ne l'angoissait :

— Ma chère amie, il n'y aura plus jamais de révolution en Occident. Du moins de notre vivant. Et je vais vous dire pourquoi : parce qu'on est vieux ! En 1789, Louis XVI avait 35 ans, Robespierre et Danton à peine 30 et je ne parle pas de Saint-Just qui habitait encore chez ses parents. A l'époque, Paris, c'était Alger. Des hommes jeunes et sans le sou n'avaient rien à perdre. On vivait sur un tonneau de poudre. Aujourd'hui, des armées de retraités tremblotent à l'idée qu'on menace leurs pensions. Regardez Mai 68. Tous les gagas sont sortis de l'hospice pour aller acclamer le général Mathusalem. Il n'y a plus de corps social, juste un énorme édredon. Quant à la classe politique, elle file droit devant les nababs. Elle a trop peur qu'on aille dépenser notre argent ailleurs. Ce pays ne vit que grâce au talent de 300 grandes entreprises, tout le reste sombre. Jamais aucun gouvernement ne nous déclarera la guerre. En cinq ans, toute activité aurait déserté l'hexagone. Si on vous lâche, vous coulerez. Au lieu de nous emmerder, on ferait mieux de nous amadouer. Du reste, on y vient. Vous verrez, demain on supprimera l'impôt sur la fortune. C'est révoltant mais c'est ainsi. On est revenus au temps des super riches. Vous avez bien fait de vous mettre à la colle avec Bruce.

Je ne m'attendais pas à ce dernier coup de pied de l'âne. Humiliée, je me suis sentie rougir comme une adolescente prise en faute. J'ai pris mon ton le plus aristocratique pour le renvoyer dans les cordes :

— Vous vous trompez complètement. Ce ne sont pas les pauvres qui font les révolutions. Jamais. Heureusement, du reste, sinon il y en aurait tout le temps car des pauvres, on en fabrique sans cesse. Ceux qui déclenchent la révolte, ce sont les riches, le jour où ils commencent à avoir des états d'âme. Quand eux-mêmes trouvent odieux le système dont ils profitent. Vous oubliez la nuit du 4-Août. Quinze jours après la prise de la Bastille, quand tout le pays reste paisible, les nobles se réunissent à Versailles et abolissent spontanément leurs privilèges. Ils en ont honte. Un système ne sombre pas parce qu'il est injuste mais parce qu'il est indigne. Le tsar Nicolas II abdique en trois jours parce que plus personne ne songe à défendre un gouvernement aussi cynique. Aujourd'hui, on en est là ; les riches abusent tellement qu'eux-mêmes sont dégoûtés. Regardez le P.-D.G. de Carrefour. Il refuse un euro par jour à la cantine de ses employés et il s'en accorde 30 millions en fin de contrat mais ne comptez pas sur lui pour aller s'expliquer devant la presse. Il la fuit. Mieux : il rend une partie de ses indemnités. Comme le patron d'Alcatel et celui de Rhodia. Et d'autres encore que j'oublie. Les riches sont mûrs pour l'échafaud car ils ont honte d'eux-mêmes. Bientôt, vous devrez vivre dans des forteresses entre super riches sous les yeux des armées de pauvres que vous aurez créées et excitées jusqu'à la rage. L'Histoire ne fait que se répéter.

Il aurait fallu plus de précisions pour l'angoisser. Au

contraire, ces perspectives l'ont excité. Il aimait les coups et la bagarre. Mon agressivité ne le choquait pas. Non seulement, le dîner s'est poursuivi sans tension particulière mais, au moment du dessert, son pied s'est glissé contre le mien. Le Renard avait enlevé sa chaussure et, doucement, habilement, il allait et venait le long de ma cheville. Soyons franche : qu'un copain me mette la main aux fesses n'a jamais provoqué chez moi d'arrêt cardiaque. Je trouve cela plutôt flatteur. Là, cependant, j'ai eu un choc. Jenifer ne lui suffisait plus, il lui fallait des femmes superposées. Ce mufle ne manquait pas de culot. Me draguer sous les yeux de Bruce auquel il avait fait du gringue toute la soirée ! Il se berçait de sa richesse, de son dynamisme, de son prétendu charme mais, s'il croyait avancer dans la vie comme le Mississippi, sa crue n'allait pas m'emporter. Tranquillement, sans faire d'esclandre, j'ai du bout du pied éloigné de lui sa chaussure et j'y ai vidé une cuiller de glace à la vanille pendant que ces deux pochetrons se resservaient du vin. Comme si de rien n'était, j'ai ramené le piège vers lui et j'ai suggéré qu'on aille boire un café sur la petite terrasse en contrebas, au-dessus de la plage. Auparavant, j'ai demandé à Bruce d'aller à notre chambre me chercher un châle supplémentaire. Un instant plus tard, quand le Renard a demandé la permission de monter dire bonsoir à Jenifer, j'ai refusé. Sèchement. Comme je savais qu'il aimerait :

— Non, vous, vous restez avec moi. Vous retirerez cette chaussure quand je vous le permettrai. C'est clair ?

— Oui.

— Oui qui ?

— Oui, madame.

Je le tenais. Si j'avais voulu, je l'aurais expédié se baigner. J'ai préféré l'envoyer promener. A son retour, j'ai prié Bruce de m'accorder une promenade en amoureux au clair de lune. Ravi de se débarrasser de Renard, il lui a dit bonsoir et l'a laissé regagner sa tanière et réchauffer ses coussinets. Puis, première chose, je lui ai raconté l'incident. Résultat : zéro. Il a juste trouvé ce comportement cocasse. Et m'a conseillé de n'accorder aucune importance à ce genre d'avances :

— Je ne vais pas en faire un fromage sinon, demain, à New York, tu te croiras autorisée à en faire tous les soirs. Tu n'imagines pas le nombre de femmes prêtes à ouvrir leur lit à une star. Fais comme moi, tranche-toi les nerfs. Du reste, ne te gêne pas, si le Renard te tente, tu es libre.

Je n'ai même pas répondu. J'ai posé un baiser sur la main qu'il laissait sur mon épaule, je l'ai enlacé par la taille et on a descendu le petit sentier du douanier qui courait au-dessus de la mer. Le vent venait d'Afrique, très doux. Dans le noir, on avait l'impression d'avancer à travers un paysage calciné plein d'odeurs. Au loin, très loin, un phare perçait la nuit d'un minuscule halo doré. D'imperceptibles éclats lumineux marquaient la côte comme un pointillé. Le premier soir, Bruce avait emporté sa guitare et, assis sur le parapet, m'avait chanté tout le répertoire des Beatles, ainsi que *Je t'aime, moi non plus* de Gainsbourg. Passant par là, un couple de l'hôtel l'avait reconnu et s'était assis un peu plus loin. Le lendemain, ils nous avaient fait déposer une jolie carafe en terre cuite, reproduction d'une pièce du musée étrusque voisin. Là, on a seulement marché un moment. Inutile d'espérer de Bruce la moindre curiosité sexuelle en extérieur – à laquelle je ne demandais qu'à répondre. Il n'y a pas plus pudibond que lui. Au bout d'un moment, on s'est assis sur un banc, il s'est collé contre moi et basta. Il n'aimait vraiment que la tendresse en silence. On s'en est gorgés. Juste avant que, transformés en glaçons, mes orteils ne tombent, j'ai donné le signal du retour. Quand je suis remontée dans notre suite, comme chaque nuit, il est parti pour le salon de musique jouer au piano.

Dans le noir, près du lit, le téléphone clignotait. Quelqu'un avait déposé un message. C'était Coco en personne. Navrée de nous déranger et confuse d'apporter de mauvaises nouvelles : le lendemain matin, nous recevrions par Federal Express le dernier numéro de *Voici*. C'est ainsi qu'elle avait eu notre adresse. On nous consacrait quatre pages sous le titre : « Cœur de rocker ». Ça ne m'a pas empêchée de dormir mais, dès 7 heures du matin, j'étais dans les starting-blocks, pétillante d'impatience. Alors, croyez-le, à l'arrivée du petit déjeuner et du fameux journal, l'article de *Voici* m'a rassurée. C'était officiel : j'étais heureuse. Comment mettre en doute ce postulat : la presse l'avait écrit noir sur blanc. On naviguait à mille lieues de la réalité mais, au moins, c'était instructif. Pour une historienne, même amateur, se retrouver le sujet d'un papier ouvrait des perspectives nouvelles sur les « sources » auxquelles on se réfère. Après avoir lu *Voici*, l'histoire d'Héloïse et d'Abélard m'a paru suspecte. Leur passion n'avait peut-être pas été si romantique qu'on l'a rapporté. Si les journaux écrivent aujourd'hui n'importe quoi, les chroniqueurs d'autrefois devaient déjà se fier plus à leur imagination qu'aux faits. Ayant assisté aux quelques accrochages de la libération de Paris et ayant lu le lendemain le récit d'une bataille épique, Paul Morand disait ne plus croire à la prise de la Bastille. Je pensais qu'il faisait de l'esprit. Je n'en suis plus si sûre. Lire *Voici* m'a plongée en pleine fiction :

> *S'accorder un léger répit pour savourer son bonheur. Tous les hommes en rêvent, Bruce Fairfield l'a fait. Après trois longs jours de vie commune à Paris, Bruce et sa tendre Agnès ont éprouvé le besoin de tout quitter. Direction : le paradis sur terre, une petite auberge italienne à flanc de coteau juste au-dessus de la mer, un lieu tout simple où l'on sert des salades (au homard) et des poulets à l'huile d'olive (farcis au foie gras). Pas d'amplis, ni de sound system, juste le bruit des vagues et le murmure des mots soufflés à l'oreille. Que reste-t-il à faire ? Partager des moments simples que le souvenir rendra précieux : trempettes dans la piscine, promenades dans les pinèdes, découverte des spécialités locales (Cinzano, Martini, chianti, limoncello...) Qu'elles étaient loin, pour Bruce, les longues séances en studio : il n'était plus à l'écoute que de son élégante compagne. Soudé à elle, le chanteur était visiblement branché sur sa longueur d'onde.*
>
> *Venu à Paris présenter son nouvel album et rencontrer Nicolas Sarkozy, Bruce a trouvé l'amour. Le grand solitaire de Manhattan a craqué pour Agnès, la guide touristique qui lui faisait visiter le Gay Paris. Aux Etats-Unis, on appelle ça « Love at first sight ». Le coup de foudre. Du coup, tel Robinson Crusoé, Bruce a emmené Agnès dans son île déserte. Un vrai paradis zen où il n'y a rien à faire, sinon s'aimer, se prendre par la taille et regarder dans la même direction (à gauche les mouettes, à droite*

l'exquis petit bar). A mille lieues de l'ambiance survoltée des shows à Bercy et des nuits fauves de New York, un couple sans histoire vit son conte de fées main dans la main. A 40 ans passés, Bruce s'éclate pieds nus, en jean, vivant d'amour et d'Americano on the rocks. Il plane, comme sa musique. Son cœur de rocker a des langueurs. Si, après ça, il ne nous compose pas des slows, c'est à désespérer.

Epinglées à cette couronne d'âneries, des photos ridicules. Sur l'une, je ressemblais à un spectre ; sur l'autre, enchenillée autour de Bruce, j'avais l'air d'avoir une petite culotte au fond des yeux. Sur la troisième, celle où je portais un pantalon tube blanc et un T-shirt noir sur la terrasse face à la mer, on aurait dit Josiane Balasko dans le rôle de Coco Chanel. L'angle de vue me rajoutait 20 kilos. Lui, au contraire, était plus mignon que jamais, le cheveu en bataille, un air d'éternel adolescent. La légende, moqueuse, le traitait en bon petit gars : *Sacré Bruce, avec tout son argent, pas les moyens de s'offrir un peigne.* Les pauvres, s'ils savaient ! Dans la salle de bains, mes affaires tenaient sur une plaque de verre grande comme un mouchoir. Notre couvre-lit king size n'aurait, en revanche, pas suffi à étaler l'attirail de Bruce. Entre la pharmacie qu'il avalait chaque matin et les crèmes qu'il étalait sur son front, ses yeux, son cou et ses fameux cheveux, il pouvait ouvrir un hôpital de campagne. Et j'ai l'impression qu'il se servait de tout. Sa toilette prenait une bonne heure. Cela dit, j'ai tort de me moquer. Le jour où on a reçu le magazine par FedEx, il a prouvé qu'il portait moins d'attention à son image que moi à la mienne.

Quand le room service a déposé le pli avec le plateau du petit déjeuner, il dormait encore. J'ai donc lu l'article toute seule. Puis je l'ai relu. Et relu encore au bord de la piscine. Le mot « indiscrétion » ne provoque pas non plus chez moi d'arrêt cardiaque mais, là, pour le coup, j'aurais fait rouler des têtes. Encore un peu, j'aurais réveillé Bruce pour lui faire part de ma colère. Rassurez-vous : je m'en suis bien gardée. En une semaine, il m'avait mise au pas. En plus de tous ses talents, j'avais compris qu'il était ceinture noire en dérobade à l'anglaise. Les affaires des autres ne l'intéressent pas. Mais alors absolument pas. Jamais ! Inutile d'essayer de le changer. Autant allonger les pattes d'un canard en tirant dessus. Bruce était un ange, il m'offrait tout ce que je voulais, sauf son intérêt. J'étais là, on ne se séparait pas mais on se contentait d'être à côté l'un de l'autre. Ce que je pensais, il s'en fichait bien.

Je dis la stricte vérité mais les autres voyaient autre chose. On ne se quittait pas. Le déjeuner, les longues promenades sur le sentier côtier, les randonnées à vélo, le dîner, on semblait scotchés l'un à l'autre. Et rien à dire sur son humeur : un gentleman victorien, toujours calme, ironique, pas très bavard mais accueillant à l'égard de mes discours, de mes commérages ou de mes commentaires. J'étais un peu trop l'animatrice à mon goût mais il ne mégotait pas son plaisir. Comme ami, il est unique. Comme amant, c'est autre chose. Homosexuel, j'en doute. Impuissant, absolument pas. Mais neutre à un point troublant. Pendant nos dix premiers jours ensemble, entre la visite chez Sarkozy et notre départ du Pellicano, il m'a fait trois fois l'amour. Comment ? Convenablement. C'est tout dire et c'est navrant car, s'il y a une chose que je n'exige pas en ces matières, ce sont les convenances. Il savait s'y prendre mais ça ne l'amusait pas. Soyons précise : je crois que ça lui faisait peur. Le soir, s'il avait osé, il m'aurait donné des somnifères. A défaut, il m'envoyait au lit à minuit et lui traînait au bar jusqu'à l'aube. Avec ses deux seuls vrais amis : son verre et son piano.

A 6 heures du matin, un zombie remontait vers moi, se mettait au lit en somnambule et entamait une diète totale jusqu'au dîner. Rien d'étonnant à ce qu'il réussisse à se saouler chaque nuit sans se transformer en montgolfière. Quand il émergeait, il nageait des heures dans la piscine et m'emmenait en promenade. Son corps n'avait pas besoin de nourriture. Quelques fruits, du Coca-Cola et il tenait toute la journée. Bruce vivait à son propre rythme. Il ne remettait aucun code en question et se contentait de ne pas tenir compte d'eux. Comme tout le monde, il ne pensait qu'à lui mais il y songeait différemment. Si je l'avais ignoré, son attitude face à l'article de *Voici* m'aurait ouvert les yeux.

Le papier ne lui a fait ni chaud ni froid. Ne le croyez pas niais. Il parlait bien assez le français pour « goûter » les insinuations du journal : la visite du gay Paris, les nuits fauves de grand solitaire, le Martini et le chianti… Sans l'écrire, tout laissait entendre qu'il noyait une homosexualité latente dans l'alcool. De là à s'en agacer, non :

— Rien ne serait plus bête. Qui s'excuse s'accuse. Laisse-les dire. A New York, ce genre de fourberies traînaient dans les journaux, il y a dix ans. Ça passera chez vous aussi. La province est plus longue à la détente. De toute manière, à mes yeux, « pédé » n'est pas une insulte. Il n'y a qu'une chose à faire : composer de la musique. Et remercier le directeur artistique d'avoir choisi de bonnes photos. On a l'air d'un couple posant pour la publicité de Winston. Surtout, ne pas bouger. Si des paparazzi nous surveillent, ils ont forcément des dizaines d'images où on verra notre ventre flasque et notre menton lâche. Qu'on les attaque et ils les publieront. Mieux vaut laisser courir.

Sans doute. Mais on pouvait quand même leur faire cracher quelques dizaines de milliers d'euros. Moi, en tout cas. Des centaines de milliers de lecteurs découvraient mon existence. On violait ma vie privée. Le mot a fait rire Bruce :

— Pourquoi violer ? Rien dans ce texte n'est faux. Aux Etats-Unis, on dit que l'information, c'est quelque chose qui dérange quelqu'un. Si cela te dérange, ça prouve que c'est de l'information. Je n'arrête pas de donner des interviews et de faire des photos. Pourquoi, soudain, prendrais-je des airs effarouchés ? *Voici* n'a pas inventé l'indiscrétion. N'imitons pas les abrutis de Washington qui accusent Hollywood de répandre la violence. Homère n'a pas imaginé la guerre, les romans policiers n'ont pas rêvé les meurtres et personne n'a besoin des tabloïds pour être curieux. S'intéresser aux gens riches remonte à la nuit des temps. Si on doit vivre ensemble, mieux vaut t'y faire. Y a-t-il motif à souffrance pour nous ? Non. Alors ne jouons pas les chochottes fatiguées par le cirque médiatique.

Sur quoi, il a tiré le rideau. Pendant quatre heures, je m'étais remontée toute seule comme une pendule. Si je comptais sonner le tocsin, que j'aille plus loin. Je m'en suis gardée. Pour l'instant, ce tintouin me dépassait. Mieux valait attendre. Bruce, du reste, n'avait pas tort. Il réagissait en bon Yankee de base. Chez eux, entre les maisons, ils ne mettent pas de clôture. Nous, on dresse des haies, on plante des arbres et on lève des murs. Mon indignation lui passait par-dessus la tête. Je n'ai pas insisté. Mieux valait. C'étaient mes affaires. Une heure plus tard, j'ai compris ce qui passionnait Bruce : les siennes. J'étais en train de manger une salade sous la pergola près de la piscine quand je l'ai vu attraper son portable. Et parler, parler, parler… Sans fin. Quand il a raccroché, immédiatement il est venu me rejoindre. Affreux dilemme : son agent venait de lui faire une proposition à ne refuser « sous aucun prétexte ». Hollywood voulait de lui. ABC, une chaîne américaine, lui proposait cinq millions de dollars pour jouer dans un téléfilm. Je vous passe les détails de cette offre mirobolante mais sachez seulement que, par une malencontreuse étourderie, l'agent avait prononcé le mot « soap-opera ». Si j'avais mis en doute les affres que vit une star, alors toutes mes réserves se seraient envolées. Pendant trois jours, j'ai vu Bruce peser, repeser, peser encore les conséquences d'un possible accord préalable : le reste du monde n'existait plus. Le lendemain, après réception du scénario, tout s'est encore compliqué :

— Un soap-opera, oui, c'en est un. Mais on peut aussi le présenter comme une satire de soap-opera. Ou un détournement, si tu préfères. C'est un peu sanglotant mais c'est aussi très drôle. J'interpréterais une star finissante prête à toutes les bassesses pour revenir au premier plan. Donc, c'est une comédie noire. Avec des éléments de soap-opera mais avec également des scènes décapantes. D'une certaine manière, ils espèrent tourner le *Citizen Kane* des soap-opera...

C'est ça ! Le mot « soap-opera » revenait toutes les deux minutes. Lui seul comptait. Le film lui-même n'importait pas tant. Quand je lui ai demandé ce qu'il pensait du scénario, Bruce a admis qu'il n'avait lu que son rôle. Qu'importe. Il a consulté le monde entier pour demander conseil. Et le monde entier lui a dit la même chose. Coco Danceny : « Soap-opera, cela veut dire décors médiocres, réalisation médiocre, acteurs médiocres. » Le Renard : « Je vois ça d'ici : ce sera mélo prévisible et pleurnichard. » Madonna, sa meilleure amie : « Tu signes ça et tu deviens officiellement has been. » Seul son agent s'accrochait aux cinq millions de dollars :

— Réveille-toi, Bruce. La télé, c'est la gloire universelle. Tu gardes les ados et les musicos et tu gagnes tous les autres. Rappelle-toi, l'an dernier, à Boston, au grand gala de solidarité contre la maladie d'Alzheimer : la table à ton nom a rapporté 35 000 dollars et celle présidée par Bono en a récolté 95 000. Tu dois te battre pour rester dans le peloton de tête. Si tu conserves tes manières désinvoltes, on ne t'invitera plus à ces raouts. Tu finiras par signer des autographes.

Et ainsi de suite pendant soixante-douze heures. Pour finir, Bruce a dit non. Mieux valait rater le train que dérailler avec. Je n'avais jamais vu hésiter si longtemps devant un si gros chèque. J'ai commencé à comprendre où j'avais mis les pieds : dans un nouvel univers, chez des gens capables de refuser l'Eldorado.

CHAPITRE 6

Jean-Pierre Renard, P.-D.G. Cette femme m'a tout de suite plu et intrigué. Dans le monde du rock, on rencontre assez peu de bourgeoises conventionnelles. Pourquoi était-elle tombée sous le charme de ce pédé analphabète et faux jeton qui ne surveillait que son poids, ses cernes et ses mèches ? Comment l'avait-elle ferré ? Depuis le temps que je le fréquente, je connais cet égoïste frileux : pour Bruce, les gens sont méchants et dangereux, mieux vaut n'entretenir aucun rapport avec eux. Je l'imagine très bien n'avoir que des contacts anonymes et brefs dans des saunas ou des back rooms avec des inconnus qu'il se garde de ramener chez lui. Trouver Agnès installée dans la place me l'a tout de suite rendue fascinante. Son attitude à mon égard, odieuse mais joueuse, a achevé de la rendre magnétique. Comme je suis presque aussi riche que Bruce, je savais avoir mes chances. Comme moi, elle attendait l'occasion. Je ne l'ai pas fait traîner.

Le surlendemain de notre dîner, je l'ai trouvée dans la matinée au bord de la piscine. Mocassins Todd's, col roulé en cachemire blanc, costume androgyne beige, elle cultivait le look de la femme trop mince et trop chic pour s'alourdir de bijoux. Elle m'a regardé approcher avec un petit sourire ironique. Intrigué, un peu excité, goûtant d'avance la méchanceté qu'elle trouverait à me balancer, je lui ai demandé ce que Bruce avait dit de moi. Elle s'est montrée telle qu'en elle-même, griffeuse :

— Rien. Il ne m'a rien dit non plus à propos de votre conversation de l'autre soir. Je ne pense pas que vos propositions le passionnent. J'ignore même s'il a une opinion sur vous. L'autre jour, quand vous êtes apparu à la piscine et qu'il s'est caché derrière son journal, je lui ai demandé qui vous étiez. Il a juste répondu : « Personne. »

— Eh bien, pour une fois, il était sincère. Pour lui, les autres n'existent pas. Sauf vous, semble-t-il.

Elle a levé les yeux au ciel et poussé un léger soupir. Elle n'aurait pas juré des sentiments de Bruce. De là à en perdre le sommeil, non. Elle préférait s'amuser des obscurités du caractère de son amant :

— S'il éprouve quelque chose de particulier pour moi, il ne l'a pas encore admis tout à fait. Ce cher Bruce est un peu lent à la détente. En amour, il faudrait peut-être lui greffer un ou deux moteurs d'appoint. C'est sans doute pourquoi il me séduit. Je n'apprécie pas tant que ça les gens qui vous font du pied dès le premier dîner. J'aime bien mériter mes récompenses ; un peu comme d'autres attendent les fêtes de Noël. Vous, par exemple, je vous trouve trop rapide en besogne. Vous voyez un fruit qui vous tente, vous le piquez dans le panier du voisin et vous rejetez le noyau un peu plus loin.

Comme les gens se font des idées ! Voilà qu'elle me prenait pour Don Juan. Si elle avait su ! J'ai baisé des syndicalistes, ça oui. Des conseils d'administration aussi. Des stars même – dans les annexes des contrats que je leur faisais signer. Mais c'est à peu près tout. Si on insinue que je trousse et détrousse tout le monde, rien n'est plus faux malheureusement. Des femmes, par exemple, j'en ai eu très peu, et pas grâce à mon charme. Mes partenaires n'ont jamais cédé à la beauté de mon physique d'ours. Elles ont toutes vu en moi l'armoire à confitures. Au lieu de m'agacer, la réaction d'Agnès m'a flatté. Enhardi, je lui ai pris la main quelques secondes. Ça m'a paru long et si prometteur que je commençais à dresser des plans quand elle m'a prié de retirer mes moufles. J'ai protesté. Elle s'amusait :

— Excusez-moi. Ne soyez pas froissé mais, comme je ne sentais absolument rien, j'ai cru que vous aviez gardé vos gants. Cela dit, n'insistez pas. Je n'ai pas le point G dans le creux de la main. Du reste, je ne souhaite pas marcher sur les plates-bandes de Jenifer.

Quelle déception ! Elle allait rester collée à cet eunuque de Bruce. Tant pis pour moi. Et dommage pour elle : avec moi, cette petite pimbêche ne se serait pas endormie avant le mois de mai. Son menton d'adolescente qui n'a jamais bu une goutte d'alcool, son cou de cormoran et ses cheveux brillants de concubine chinoise m'auraient fait grimper aux rideaux. Mais inutile de rêver, elle préférait jouer les poisons. Ça ne me gênait pas tant que ça. Moi aussi, je peux griffer. Avec un grand sourire, je l'ai priée de ne pas se soucier de l'éventuelle jalousie de Jenifer :

— Elle vous trouve sympathique. Votre allure l'a impressionnée. Au dîner, elle a beaucoup aimé votre pantalon en satin noir. Elle pense que sur une fille mince, disons une fille comme elle, il aurait été très joli.

Agnès me ressemblait. Elle encaissait bien les coups. Elle a éclaté de rire, enchantée de ne pas s'ennuyer avec moi. Mieux : comme elle n'avait rien à faire dans les trois ou quatre heures suivantes, elle m'a demandé si j'avais des idées. J'en regorgeais. Toutes lubriques. Ça ne lui convenait évidemment pas. En revanche, elle avait envie d'aller visiter un musée étrusque à dix ou douze kilomètres de là. Si j'acceptais de l'accompagner, elle serait mon homme. Inutile de préciser que je n'ai pas tergiversé.

Ne me demandez pas de vous raconter la civilisation étrusque. Avant qu'Agnès ne les mette sur le tapis, je n'avais jamais entendu parler de ces paléo-Romains. La vie des sauvages établis il y a trois mille ans en Ombrie me laisse complètement indifférent. Je pensais qu'à l'époque ils étaient encore cannibales. Pas du tout. Sur la route, Agnès m'a fait un bref topo. L'histoire était son truc, aucun doute là-dessus. Je me rappelle seulement que ces gens ont fondé Rome, Pompéi et Capoue mais qu'on ignore complètement quand et pourquoi ils sont venus s'installer en Toscane. Les Carthaginois étaient leurs alliés, les Romains leurs sujets, les Grecs et les Gaulois leurs ennemis. Et voilà tout!

Comme toujours : des bribes d'informations, lumineuses comme une allumette, laissent apercevoir tel ou tel détail d'un sujet dont l'immensité demeure obscure. Ça ne m'intéresse pas. L'Histoire a beau se vanter de son éternelle jeunesse, à mes yeux, ce n'est qu'une vieille radoteuse mais puisque Agnès cultivait un côté rongeuse de parchemin, pourquoi la contrarier ? Elle pense sincèrement que l'Histoire est utile. Son topo sur la Révolution française lors de notre premier dîner reflétait sa conviction : ce qui s'était passé il y a deux siècles ne manquerait pas de se reproduire. Ce genre de prophétie me paraît débile. Agnès prenant le P.-D.G. de Mercedes pour Louis XVI, c'était aussi niais que ces journalistes qui prennent Le Pen pour Hitler. C'est en 1933 à Berlin qu'il fallait arrêter le fascisme, pas en 1990 dans le Luberon. Vous imaginez qu'observer des lampes à huile ébréchées et des boucliers rouillés ne m'intéressait qu'à moitié. Eh bien, miracle, j'ai échappé à la corvée. Le musée était fermé. Aucun fonctionnaire culturel dans le monde n'est un foudre de travail mais, en Italie, au mois de février, ça bat tous les records. Il fallait passer le dimanche ou le jeudi, point final. A défaut, une pizzeria, un café avec une terrasse au soleil, la première auberge venue aurait fait mon affaire. Je ne suis pas un consommateur insatiable de matière artistique mais Agnès était affamée de vitrines, de collections et d'expositions. N'importe quelle chapelle en ruine et elle salive. Au bout d'une ruelle garantie Quattrocento, logé dans une vieille église, elle a trouvé le musée d'art moderne régional. Elle s'est jetée dessus.

Ne me parlez pas d'art contemporain. Dès 1880, je décroche. A partir de Monet, je trouve tout mal peint. On ne sait jamais pourquoi l'artiste a décidé que son œuvre était finie. Je ne suis pourtant pas exigeant, je demande seulement de belles images. Je n'arrive pas à m'extasier devant des défilés d'aspirateurs, des éponges à motifs écossais et des sculptures en coquillettes. Sans un diplôme des Beaux-Arts, impossible d'affirmer où finit la fumisterie et où commence le sens. En général, je la boucle. Je m'en suis tenu à cette habitude. L'endroit incitait au silence. Une petite nef entièrement vide au sol en dalles de pierre et aux murs de brique. Ne restaient que dix objets disposés au hasard dans la salle. Agnès s'est promenée de l'un à l'autre sans songer à moi. Le loufoque côtoyait le vulgaire. Sur un écran télé, une vidéo diffusait en noir et blanc le tir d'un bombardier sur un carré noir. A côté, un chromo aux couleurs enfantines représentait un paysage de montagne avec sapins, cascade et pics lointains. Plus loin, un caisson métallique vert avait l'air oublié par les services de la maintenance mais un petit panneau signalait qu'il avait été crée par un certain Werner Reiterer. Il y avait aussi la statue d'un petit nègre suçant son pouce ou, encore, deux étagères remplies de livres dont la couleur des reliures allait du noir au blanc en passant par toutes les teintes de l'arc-en-ciel. Et ainsi de suite. J'ai laissé Agnès se pencher sur ce hangar de farces et attrapes et je suis allé l'attendre près de l'entrée. J'ai été patient : il lui a fallu une demi-heure pour faire le tour de son bazar. Mieux : avant de me rejoindre, elle a pris des photos du chromo avec son portable. C'était la goutte d'eau qui fait déborder le vase, elle m'a fait pitié, je ne me suis pas gêné pour le dire. Elle l'a pris comme je m'y attendais, en maîtresse d'école :

— Excusez-moi, Jean-Pierre, mais que représente exactement cette vue des Alpes ?

— C'est l'image primitive et niaise d'un pâturage coincé entre des falaises. Le genre de carte postale qu'on rapporte de Suisse pour sa femme de ménage.

Sourire aux lèvres, elle m'a demandé s'il m'arrivait d'ouvrir les yeux ou de tendre l'oreille. A l'entendre, je me comportais comme un ours qui casse tout sur son passage sans s'en apercevoir. Ça m'a agacé. Je veux bien qu'une précieuse ridicule prenne les réverbères pour des étoiles mais qu'elle n'exige pas que je l'imite. Je l'ai envoyée paître avec ses vaches :

— Arrêtez votre cinéma. Ce tableau est nul. L'artiste met la barre si bas qu'on ne la voit plus.

— Ça, c'est sûr, vous ne voyez absolument rien.

Sur quoi, elle m'a pris par le bras et elle m'a ramené vers la toile de Philippe Mayaux. N'oubliez pas ce nom ; moi, je l'ai gravé dans ma tête une fois pour toutes. Agnès était furieuse. Elle a parlé tout bas, très lentement, en articulant chaque mot. Elle s'adressait à un débile :

— Vous souffrez d'une dégénérescence maculaire ou quoi ? Les deux pics au premier plan, cette cascade entre eux, le bosquet de sapins juste au-dessus, la prairie arrondie qui domine le premier plan et les deux monts à l'arrière-plan, vous continuez à ne rien voir. Ce sont deux jambes, un sexe de femme, son pubis, son ventre et ses seins. Ouvrez les yeux, bon sang. Du reste, Mayaux est sympa : pour vous faciliter la tâche, il a donné à sa toile la forme d'un œuf comme si on l'apercevait par le trou d'une serrure. On vous peint une reproduction ingénieuse, cocasse et pleine d'humour de *L'Origine du monde* de Courbet et vous, vous ne reconnaissez rien. Vous passez partout comme un boulet, vous jugez de haut sans rien savoir et vous ressortez en traitant le monde entier de nullité. Franchement, c'est vous qui êtes affligeant.

J'ai eu l'impression qu'on m'avait tranché les paupières au rasoir. Comment n'avais-je pas vu ce que montrait Mayaux ? Soudain cette étiquette pour boîte de camembert devenait une estampe libertine. Pendant des siècles, des artistes avaient déjoué les pièges de la censure et Mayaux le résumait en une image évidente, simple, pédagogique et, en effet, drôle. Agnès m'avait cloué le bec. Je lui ai présenté mes excuses. Décidément, cette femme m'impressionnait. Mais elle n'a pas abusé de son triomphe. Elle réfléchissait beaucoup. Devant une toile, par exemple, mais aussi au sujet des gens qui l'entouraient – moi, en particulier :

— Votre problème, Jean-Pierre, c'est que vous voyez le monde comme s'il était dans son ordre définitif. Vous ne l'observez pas, vous croyez le connaître d'avance. Du coup, vous voyez flou.

Ressortis de l'église, on s'est promenés dans le village, le nez au vent, presque sans parler. Au bout d'un quart d'heure elle m'a demandé de lui faire la liste des dix œuvres exposées dans l'église. Je n'en ai retrouvé que quatre. Agnès trouvait cela très instructif. Moi aussi.

Soudain, l'idée de la raccompagner au Pellicano me nouait le ventre. Il m'a fallu dix longues minutes pour oser lui proposer de déjeuner sur la route. Tourment inutile : j'avais une chance de fer à cheval, elle m'a elle-même ramené sur une petite place où nous attendait une auberge pour escapades amoureuses de businessmen romains. Si, aux murs, les reproductions de Raphaël étaient sous cadre, les pizzas étaient surgelées. Aucune importance : Agnès n'avait pas faim et voulait surtout boire le champagne qui accompagnerait sa salade de tomates. Ils n'en servaient pas. On s'est rabattus sur un vin blanc pétillant local et des langoustines si fraîches qu'elles dansaient encore dans l'assiette. Quand j'ai levé mon verre à notre amitié, elle a retrouvé le petit ton sarcastique qui fait son charme :

— N'en rajoutez pas dans le romantisme, Jean-Pierre. J'ai l'impression que vous tombez amoureux dès que vous changez de trottoir. Ce n'est plus de notre âge. Enfin, du vôtre.

Sa voix coulait comme l'eau, son regard glissait comme la lumière mais c'était son truc : approcher en souplesse et vous assommer. Elle vous décochait alors un sourire de première communiante et observait votre réaction. Je suis entré dans son jeu. Sans me prendre pour un tombeur, je peux aussi offrir mon bras, faire des grâces et tendre mes filets. J'ai mis sans tarder la conversation sur Bruce, mon meilleur ennemi. Elle a tout de suite compris où je voulais en venir. La franchise lui a paru plus amusante que l'hypocrisie :

— Bruce et moi nous aimons selon un principe simple mais pour des raisons mélangées. Le principe, c'est l'attirance réciproque. Je le trouve beau, je le sais intelligent, il joue divinement du piano et sa voix me fait un effet envoûtant. Lui aime que je ne me maquille pas, que je ne porte pas de bijoux et que j'aie plus d'allure que les arbres de Noël du Tout-New York. Ensuite interviennent les arrière-pensées. Si nombreuses que je préfère ne pas épiloguer. Disons que j'ai un préjugé très favorable à l'égard des hommes très riches dont je pressens qu'ils me laisseraient très libre.

A cet instant, elle s'est interrompue. Ebahi par ses aveux, je l'observais en silence, fasciné par son mélange de grâce et de cynisme. Sa peau très pâle et ses yeux très noirs, ses cheveux sombres et son sourire pur, sa tenue élégante, ses propos si peu convenables, j'avais un échantillon de la grâce assassine parisienne. Je reprenais mon souffle quand elle a achevé de se dévoiler :

— Seriez-vous un homme de ce genre, Jean-Pierre ?

A côté d'elle, j'étais un débutant. Cette sorcière avait un doctorat d'Etat en marivaudage. Mieux valait que je la joue paysan du Danube. Ça me convient tout à fait : les renards sont roublards. Elle s'en doutait, ça lui agréait, on s'est lancés.

Après des semaines de dîners en tête à tête avec Jenifer, j'ai eu l'impression que le jour se levait. Je n'avais plus à faire les questions et les réponses. Pour la première fois depuis des lustres, je ne plaidais pas coupable pour mon âge. De là à me laisser aller, impossible. Comme elle aime la bagarre, Agnès a un don pour trouver le sujet qui fâche. Parlant de l'église qu'on avait visitée et voyant qu'elle ne ferait pas monter ma tension en parlant de la religion catholique dont je me fiche comme de l'an 40, elle a déplacé la conversation vers les sectes. Là non plus, je n'ai pas d'opinion arrêtée, sinon un préjugé vaguement hostile. Cela lui suffisait largement. Puisque j'étais plutôt contre, elle était franchement pour. Non pas qu'elle aimât les gourous mais elle détestait ceux qui les attaquent :

— Toute l'hystérie contre la scientologie m'agace. Leur psychothérapie fait du bien à certains comme la prière soulage quelques chrétiens. Mais, dans leur cas, on s'indigne, on déforme leurs propos, on ridiculise leurs thèses.

— Pour tout vous dire, j'ignore tout des thèses de la scientologie mais, comme tout le monde, je me pose des questions sur son argent.

— Pourquoi alors ne pas vous interroger sur celui des chrétiens ? Pendant des siècles, leurs curés et leurs évêques ont rançonné l'Occident. La fortune énorme du clergé a provoqué la Révolution française. Des générations de familles ont eu leur patrimoine spolié par une Eglise dont les confesseurs vendaient l'immortalité à leurs ouailles en échange de leurs biens. Personne n'y trouvait rien à redire. Aujourd'hui, quand un scientologue fait un chèque à son gourou, la presse tire la sonnette d'alarme. Pourquoi ? Parce que l'argent est devenu le dernier dieu. Personne ne peut comprendre qu'on se soucie de son âme mais tout le monde compatit au malheur des familles qui voient filer leurs économies.

— Ça me paraît naturel et ce qui est naturel me semble rassurant. Je crois plus aux bienfaits de l'argent qu'aux vertus de la prière. Pas vous ?

— Si. On manque plus vite d'argent que de ferveur. C'est pourquoi je trouve choquant qu'on reproche à une religion de s'en soucier. Une foi n'inspire le respect que si elle semble riche. C'est également vrai pour les gens. Je ne me vois pas vouer un culte à un homme qui ne serait pas riche. Cela vous surprend ?

— Pas du tout. Ce qui m'étonne, c'est que vous l'avouiez.

Elle a haussé les épaules. Pourquoi aurait-elle caché ce que tout le monde soupçonnait dès qu'on l'observait aux côtés de Bruce ? L'hypocrisie ne faisait pas partie de ses moyens de subsistance :

— Il est riche, je suis pauvre. Il est célèbre, je suis inconnue. Mais rien n'est joué. La vie ressemble à une partie d'échecs : un pion peut éliminer un roi.

— Pas tout seul.

— Suis-je seule à cette table ?

En clair, elle déjeunait avec moi avec l'idée que Bruce pourrait s'en émouvoir. Et elle me le disait sans détour. Cela paraît grossier mais c'était surtout audacieux. Moi, par exemple, face à elle, je n'ai pas osé lui demander ce qu'elle exigerait pour coucher avec moi. Les mots ne sortaient tout simplement pas de mes lèvres. Dans ma bouche, une telle franchise aurait paru obscène alors que, dans la sienne, elle semblait libertine. Mon embarras l'a mise en joie :

— Cessez de vous demander ce que vous pourriez dire. Ce ne sont que des mots. Tous les hommes naissent libres et inégaux et le discours a pour mission d'y remédier. Laissez-vous aller. On est sur terre pour s'amuser.

Son discours me donnait le tournis. Etait-elle en train de me proposer la botte ou de me tourner en ridicule ? Je ne pouvais me raccrocher qu'à son visage, si fin, si racé, si femme du monde. Si la vie habituelle fait l'âme et si l'âme fait la physionomie, alors je partageais mon repas avec une personne spirituelle et ironique. Si l'expérience crée le masque et si le masque dicte le propos, j'étais face à une charmeuse de serpents mais il aurait fallu une double dose de Viagra à mon cerveau pour onduler en rythme avec elle. Intimidé, je suis resté silencieux. Amusée, elle a demandé si la terre avait tremblé, ou quoi :

— Quelque chose vous a tranché la langue ?

Puis elle a ri et rentré ses griffes. Comme toutes les femmes enfermées avec des débiles, elle m'a interrogé sur mon métier, puis sur Jenifer, sur mes projets ensuite. J'étais le petit garçon qu'on sort une fois par an et auquel on accorde une heure d'ennui mortel. A la fin du repas, alors que la serveuse avait apporté les cafés, je lui ai demandé si l'odeur des cigares la dérangeait. Pas du tout. Elle avait pour les havanes le même respect que pour les grands vins. Cela relevait de la culture et de la civilisation. La fumée d'une Gauloise la dérangeait, pas celle d'un barreau de chaise cubain. Les étuis en cuir, les humidificateurs en bois précieux, les jolis coupe-cigares en argent gravé… tout ce décorum la séduisait comme une marque de savoir-vivre. Pour lui donner raison, la serveuse a déposé sur notre table un ravissant cendrier en porcelaine aux bords argentés. Nous sommes encore restés un bon moment à table afin de déguster mon Cohiba et de profiter du temps qui, soudain, ne passait plus. Avant de partir, j'ai déploré de ne pas l'avoir rencontrée dix jours plus tôt. Elle m'a prié de me consoler :

— Si vous m'aviez croisée avant que Bruce ne m'accompagne, vous ne m'auriez même pas aperçue. Je vous l'ai déjà dit, Jean-Pierre, vous ne voyez rien. Ne soyez pas amer. Vous n'avez rien loupé.

— Je suis quand même désolé. Pas vous ?

— Pas du tout. Mais je suis très heureuse que vous le regrettiez. Et j'espère que cela durera quelque temps.

Sur quoi, inscrivant de longs points de suspension à sa phrase, elle s'est levée et elle est partie m'attendre près de la voiture qu'elle a exigé de conduire car elle se méfiait du mélange chianti-limoncello-havane. Et nous sommes rentrés au Pellicano.

Un peu plus tard dans l'après-midi, une employée a monté dans ma chambre un paquet-cadeau enveloppé de papier d'argent. Un petit mot d'Agnès l'accompagnait :

Merci pour cette promenade. Gardez en souvenir ce joli cendrier qui vous plaisait tant à l'auberge. Je l'ai emporté pour que, la nuit, quand vous fumerez seul en mijotant vos sales coups de renard du CAC 40, vous pensiez parfois à moi. On ne sait jamais. Il faut donner sa chance à l'argent des riches qu'ils dépensent si mal. Peut-être qu'un jour vous serez mon Néron et moi votre Mécène (les deux mots sont dans le Larousse). Cela dit, ne me prenez pas pour une voleuse, j'ai seulement des faces cachées. Très peu, je vous rassure. Mais elles font le sel de la vie. Sans elles, l'existence ressemblerait à une montagne sans crevasses. Ce serait bien moins excitant !

Votre dévouée Agnès.

Si elle avait été à côté de moi, j'aurais demandé sa main sur-le-champ. Soudain, j'ai eu la certitude d'avoir trouvé la femme auprès de qui, toute ma vie, je m'amuserais. Bien entendu, elle a lévité beaucoup moins haut que moi lorsque j'ai évoqué ce rêve avec elle, le soir même, au bar du Pellicano où Bruce jouait le *God Save The Queen* au piano.

— Se marier, Jean-Pierre, c'est choisir la personne qu'on haïra dans deux ou trois ans. Vous devriez le savoir puisque vous en êtes à votre troisième divorce. Pour l'instant, je préfère provoquer ce cher Bruce. A terme, je n'exclus rien. On pourrait avoir des disputes fructueuses.

C'était vraiment elle : repousser les réponses au loin, escamoter le débat et tout résumer en une formule équivoque qui promettait le meilleur comme le vide. J'ai mis un mouchoir sur mon rêve et j'ai pressenti que Bruce allait en baver.

CHAPITRE 7

Bruce Fairfield. Je n'ai jamais connu une femme comme Agnès. Elle ne posait jamais de questions. Mon travail, mes parents, ma première femme… rien ne semblait la préoccuper. Le matin, au Pellicano, elle quittait la chambre sans un bruit et ne s'impatientait pas. Que je survienne à midi ou à trois heures de l'après-midi ne changeait rien. Parfois elle avait déjeuné, d'autres jours non, elle avait l'air de s'en moquer. Elle lisait ses livres et ses journaux ; à mon arrivée, elle les posait. Sa vie semblait se résumer à ouvrir des parenthèses puis à les refermer. Si on était auprès d'elle, tant mieux ; sinon, tant pis. Souriante, accueillante, elle restait plus ou moins ailleurs. Dès la première semaine, elle m'a donné l'impression d'être rassasiée de notre histoire. Mais pas du tout. Quand je l'ai suggéré, elle a ri et a posé un baiser sur mes lèvres ; rien de plus. Sans aller jusqu'à être rassurante, elle savait très bien être apaisante. Juste après, elle effaçait sa gentillesse en affichant son indifférence. Aucun relief sur son paysage sentimental : ni colline, ni mur ; ni colère, ni bouderie ; juste une prairie paisible avec quelques arbres derrière lesquels elle disparaissait un instant. Elle est allée passer une journée au musée du Vatican sans me prévenir. Le lendemain, elle est partie faire du cheval. C'était son truc : mener sa vie sans s'expliquer ni s'excuser. A son retour, gentille, elle s'asseyait contre moi et me racontait sa journée. De là à demander le récit de la mienne, non. Tant mieux, du reste ; je ne tenais pas à lui avouer trop vite la vérité : en son absence, je manquais d'air. En dix jours, si tel était son but, elle l'avait atteint : j'étais amoureux. J'avais besoin d'elle car elle n'avait pas besoin de moi. Elle ne donnait jamais l'impression de m'attendre. On couchait ensemble, on était intimes, mais ses moments de bonheur, elle se les concoctait elle-même. Et si elle vous les faisait partager, elle ne vous y associait pas tout à fait. Ça m'a sauté aux yeux au Musée étrusque.

Elle y était allée avec Jean-Pierre Renard mais avait trouvé porte close. Le surlendemain, jour d'ouverture, elle m'y a emmené. Jamais je n'y serais entré. A la rigueur, parlez-moi du Louvre ou de Fontainebleau mais Civitavecchia et ses jouets en terre cuite ! Non que je n'aime pas l'art. Il m'arrive à New York d'acheter des tableaux ou des photos de collection mais par calcul plus que par passion. Sans le souci de placer joliment mon argent, je n'aurais jamais acquis une toile de ma vie. Dans ma famille, parents, oncles, tantes, grands-parents, cousins…, je n'ai pas le souvenir que quiconque ait un jour songé à une telle fantaisie. Cette forme de culture ne manquait à personne. Au fond, je n'ai pas changé malgré mes épreuves signées d'Irving Penn, de Mapplethorpe ou de Bruce Weber. Je peux bien entrer dans une galerie de Soho avec l'arrière-pensée de laisser un chèque, en revanche, je ne mettrais jamais les pieds seul au Metropolitan ou à la Frick Collection. Mon métier, ma vie, mon plaisir, ma vocation si vous voulez, c'est de trouver des accords sur un piano – rien d'autre. Pourquoi m'encombrer l'esprit avec des formes et des couleurs alors que je pourrais passer l'après-midi à écouter des musiques anciennes ou étrangères susceptibles de me donner des idées ? Il ne faut pas connaître trop de choses, on y perd son élan vital. Devenu bateau, l'arbre ne redevient plus arbre. Avec mes jeans Diesel et mes vestes Hedi Slimane, je peux bien porter chaque jour deux mille dollars sur le dos, je reste un rocker. Traîner dans ce musée me plaisait parce que j'accompagnais Agnès, c'est tout.

Rien de spectaculaire dans le bâtiment. C'était l'ancien consulat d'Angleterre auprès des Etats du Pape. La couronne ne jetait pas son argent par les fenêtres. A Manhattan, une famille riche de 1850 aurait dédaigné un pareil logement mais les curateurs de musées new-yorkais se seraient jetés sur les trésors présentés. C'était à ne pas le croire. Tu poussais la porte d'une pension de famille et tu tombais sur le trésor de Priam : des casques de combat, des chandeliers d'argent aux formes de palmiers, des plats en or, des épées en bronze et leur fourreau en bois ouvragé, des flasques de cuir, des javelots, des pièces de monnaie gravées avec des lions ou des visages de Gorgone, des colliers en faïence… Posés sur des étagères, à peine commentés par des étiquettes en italien, ces « trucs » ne parlaient guère. Si tu n'avais pas étudié trente ans les civilisations préromaines, tu avais l'impression de traverser le dépôt d'accessoires du Metropolitan. Ils t'entassaient au même endroit le mobilier royal et la vaisselle du pêcheur local. C'était vite rasoir. Du moins, pour moi. Agnès, elle, poussait la porte des musées comme on ouvre un cadeau. Elle m'a planté là pour aller se greffer sur un groupe mené par une conférencière. Comme je ne comprenais pas un mot, je suis parti fumer une ou deux cigarettes dans le jardin. A quoi bon toutes ces épées et tous ces casques pour disparaître corps et âmes. Le nombre de héros morts pour des patries oubliées ! L'Antiquité me rendait mélancolique. Vingt minutes plus tard, mon agrégée d'histoire personnelle était de retour, enchantée, enrichie, les yeux dessillés. Une chose était claire : il n'y avait rien de romain dans ces reliques, tout était grec. Une vraie supercherie. Elle n'en revenait pas :

— Les Romains ont volé la gloire des Grecs. Ils ont simplement conquis un univers conçu par d'autres. A Marseille, en Espagne, ici, partout, ce sont les Grecs qui ont introduit la civilisation. Les autres n'ont fait que la confisquer. Sur toutes les terres qu'ont envahies les Romains, des villes, des commerces, une organisation prospéraient avant eux. Ce ne sont pas les philosophes grecs qu'ils admiraient tant, ce sont leurs marins, leurs commerçants et leurs administrateurs, comme des paysans mal dégrossis bavent devant l'aisance du banquier voisin. Du reste, quand leur empire s'est fracassé, les Grecs ont tout repris en main. Byzance a contrôlé la

Méditerranée plus longtemps qu'eux. En l'an 600, on parlait grec partout autour de leur fameuse *Mare Nostrum*...

Enchantée, elle a vidé la boutique du musée. Une razzia de livres et de cartes postales qu'elle a posés dans mes bras avant de m'envoyer d'une tape sur les fesses à la caisse. Elle m'avait ramené sur terre vitesse grand V. En temps normal, je ne paye rien. Avec elle, c'était le contraire : même pour demander un citron pressé, elle faisait appel à moi. Coco ne m'aurait pas reconnu. Je m'étais chargé tout seul des billets d'avion pour Rome, de la réservation au Pellicano, de la location de la voiture. C'était très simple : il suffisait de composer un numéro. Je n'en revenais pas : en trois jours, j'avais découvert que je pouvais me débrouiller seul dans la vie – ce que Continental m'avait sorti de la tête depuis des années. A New York, un robinet qui fuyait et je téléphonais à mon agent. L'idée d'appeler le plombier m'aurait paniqué. Agnès m'a ouvert les yeux : mes amis n'étaient pas forcément mes employés.

En sortant, il a fallu trouver un restaurant. Pas facile. J'en avais repéré un très joli avec une terrasse en plein soleil mais, Dieu sait pourquoi, Agnès n'a pas voulu y mettre les pieds. Finalement, on a repris la voiture et on a dégoté une auberge les pieds dans l'eau à l'entrée de Tarquinia. La serveuse nous a donné une table juste au-dessus de la Méditerranée et nous a apporté une bouteille de chianti classico. Agnès vivait une journée parfaite : son cerveau, son cœur et son estomac marchaient du même pas. Elle a commandé une pizza et réservé une double part de tiramisu. Le panorama lui ouvrait l'appétit. Tout à coup, comme une évidence, il lui paraissait que la vie est belle :

— Le sexe, l'amour, le travail, la culture, la promenade, la rêverie, tout est en vente libre.

D'habitude aucun aveu personnel ne franchissait ses lèvres. Je lui ai fait observer que la méchanceté, le pessimisme, la pauvreté étaient également disponibles en libre-service. Très bonne remarque, ramenée sur terre, Madame a montré son vrai visage :

— Bien sûr, mieux vaut ne pas naître paysan indien dans un village sans électricité mais même là, on peut échapper au désastre. Il suffirait, par exemple, de ne pas faire d'enfant. Les êtres humains ne sont pas assez égoïstes. On devrait ne chercher que son bonheur personnel.

J'ai hésité avant d'évoquer son fils. Elle n'en parlait jamais. Elle ne l'avait cité qu'une fois, trois jours plus tôt, alors qu'elle lui envoyait une carte postale, mais son propos m'a paru si simpliste que j'ai abordé le sujet. Parler de Thomas a paru lui faire du bien :

— Ne me crois pas mauvaise mère. Je n'ai pas abandonné un petit garçon. Je l'ai confié à ma propre mère. Pendant les trois premières années, j'ai vécu avec lui. Je me suis battue pour le garder. Son père voulait nous l'enlever sous prétexte que c'était moi qui étais partie. Je n'ai repris mon indépendance qu'une fois le différend tranché par la justice. Comment l'aurais-je élevé toute seule ? Quinze ans après, je n'ai toujours pas un sou d'économies et je ne possède qu'un deux-pièces au Trocadéro. Chez ma mère, Thomas vit en pacha. On se voit souvent, il ne manque de rien, surtout pas de tendresse. Aucun enfant ne réclame un père et une mère, un grand-père et une grand-mère, chacun tenant un rôle bien établi. Les gamins prennent la vie comme elle vient. C'est de la méchanceté, de l'indifférence ou de la pauvreté qu'ils souffrent ; les statuts juridiques leur passent par-dessus la tête. Thomas le voit peu mais porte le nom de son père et ne se tourmente pas pour ça. Quand j'en avais, je n'ai pas caché mes amants. Il ne les a jamais pris en grippe. Dans la vie, il n'y a pas le bien et le mal. Il suffit souvent de choisir entre le très bien et l'assez bien. Pourquoi aurait-il mieux valu que Thomas s'installe avec moi ? J'aurais tiré le diable par la queue et ma mère m'aurait sermonnée jour après jour. Là, il est heureux, moi aussi et sa grand-mère rayonne. Elle a 75 ans et elle en paraît 60. Elle surfe sur l'ordinateur, elle règle mes portables, elle n'a pas vu passer les années. Elle a l'âge de son petit-fils.

C'était trop beau pour être vrai et je le lui ai dit. Qu'à cela ne tienne. Elle m'a promis, à notre retour, de m'emmener chez Thomas. Et elle l'a fait. Pas plus tard que le surlendemain…

Pour tout dire, je serais bien resté huit ou dix jours de plus au Pellicano. Toutes les nuits, je passais quatre ou cinq heures au piano, je tenais deux bonnes mélodies, je dormais plus et mieux que jamais, j'avais Agnès dans la peau, j'avais l'impression de prendre mes marques avant le paradis. Seulement voilà, j'avais promis d'assister à la fiesta donnée par Continental pour la sortie à Paris du nouvel album de Moby. Concert à Bercy, dîner je ne sais où et soirée au Globe. Bowie serait là, Paris Hilton aussi et dix autres que Coco considérait comme le top du top new-yorkais. Depuis trois mois, elle me bassinait avec cette réunion. On aurait dit qu'elle organisait un sommet à Camp David. Pour ne prendre aucun risque, elle m'a donc envoyé par Federal Express deux billets en first Rome-Paris et annoncé qu'une limousine nous prendrait à l'hôtel trois heures avant le vol. Le pli nous attendait au retour de Civitavecchia. Le départ était fixé deux jours plus tard en milieu de matinée. Dans l'après-midi, on m'organisait une signature chez Virgin. Je n'avais qu'à obtempérer. Ce que j'ai fait. Sans qu'Agnès ait l'air contrariée. Elle a appris la nouvelle comme s'il s'agissait d'un bulletin météo qu'on peut déplorer mais non discuter. Capable de retourner dans tous les sens un point d'histoire ou la valeur d'une œuvre d'art, elle appuyait sur l'interrupteur dès qu'il s'agissait de la vie quotidienne. Elle s'est contentée de prendre l'album sur la civilisation étrusque qu'on avait acheté au musée et elle est allée le lire sur la terrasse. Plus tard, à son retour dans la chambre, elle m'a rejoint au lit où je faisais la sieste, elle s'est entortillée autour de moi et on a fait l'amour au coucher du soleil. Deux heures plus tard, aux chandelles, je lui ai demandé de venir vivre avec moi à New York. Je marchais sur des œufs. Surtout ne pas trop parler, ni trop promettre. Ne pas entrer dans les détails non plus. Comme le vent abat un chêne, une simple phrase détruit un rêve. J'ai donc parlé doucement, comme si j'exprimais juste une idée, heureux des huit jours qu'on venait de passer, inquiet à la perspective de changer notre rythme de vie à deux :

— L'idéal serait de continuer sans se poser de questions. Je serais aux anges si tu m'accompagnais à New York. C'est la ville la plus excitante au monde. Elle te passionnera. Et je la mettrai à tes pieds. J'habite au 18e étage. Juste au-dessus du parc.

Je ne m'attendais pas à la voir m'embrasser sur la bouche et éclater de rire pour marquer son bonheur. Agnès est gaie, curieuse et avenante mais déjà, à l'époque, je la pressentais prudente, calculatrice et cachottière. Elle ne révélait jamais rien de ce qu'elle souhaitait laisser dans l'ombre. Au déjeuner, quand j'avais demandé qui était le père de Thomas, elle avait écarté le sujet avec une sécheresse de porte qui claque :

— Mon mari. Je n'ai rien à en dire. Pour moi, c'est 1 500 euros par mois versés à ma mère. Point final.

Je n'avais pas insisté. Là non plus. Je l'ai observée en silence. J'espérais qu'elle prendrait ma main et tournerait une jolie phrase. Pas du tout ! Au lieu de se jeter toutes affaires cessantes à l'eau pour nager vers moi, elle s'est enfoncée contre le dossier de sa chaise comme s'il convenait d'abord de prendre du recul. Au bout de vingt longues secondes, sa première phrase m'a ramené sur terre :

— Est-ce que tu crois que je pourrais faire visiter Manhattan à des touristes français ?

Cette réponse en forme d'énigme commerciale m'a traversé le cerveau comme une pierre tombe dans un puits. Je suis resté sans voix. Je m'attendais à un faux-fuyant de Parisienne espiègle, pas à ce ton d'expert-comptable penchée sur sa caisse. Elle s'en est rendu compte. Pour me rassurer, elle m'a montré la Méditerranée :

— Tu vois, Bruce, cette mer tranquille, bleue, bordée de jardins et ensoleillée. Imagine cette même étendue sans les côtes. Là, on n'est plus du tout au septième ciel. On tombe en enfer. Juste la solitude au milieu d'un immense vide. C'est un peu ce que tu m'offres : abandonner le rivage parisien où j'ai mille repères, quelques amis, ma famille, mon appartement et un métier pour ton appartement new-yorkais, une espèce de petite barque où je ne connaîtrai que toi, où je n'aurai aucun revenu, où il ne me restera qu'à observer le souffle du vent…

Je suis tombé sur le cul. Elle m'aurait demandé de l'épouser comme ça, gentiment, poétiquement, je crois que mes boutons de braguette auraient sauté et que je lui aurais dévoré les lèvres. Elle, pas du tout. Elle pesait le pour et le contre. Ça, on n'était pas encore mariés ! Madame respectait le temps du rodage. D'émotion, j'ai fini la première bouteille. J'ai bien fait. Boire ouvre l'esprit. Au lieu de sombrer dans la mélancolie, j'ai admis qu'elle n'avait pas tout à fait tort. Du coup, j'ai donné un grand coup de pied dans la porte :

— OK, chérie, n'aie pas peur. On ne part pas pour le fin fond du Midwest. Manhattan, c'est Paris. Tu trouveras tes marques en deux temps trois mouvements. Si tu veux travailler et faire ton métier, ça ne posera aucun problème. Même si tu ne m'épouses pas, Continental t'obtiendra vite fait la carte verte. Et je ne te poserai pas dans mon salon comme un bouquet de fleurs. Si tu veux, on signera un contrat, je t'engagerai comme professeur de français et tu auras un salaire. Il n'est pas question de te transformer en ménagère.

C'était si précis que j'en avais honte. Pas Agnès. Mais alors pas du tout. Tout sourire, elle a admis que, sous cet angle, ma proposition devenait infiniment séduisante, puis elle a embrassé ses doigts et les a posés sur ma main. J'adorais ce geste. D'une voix de vahiné, elle a mis un terme au débat à sa manière habituelle, brutale et veloutée à la fois, lâchant doucement mais bien à plat le mot cru que je n'osais pas prononcer :

— Merci d'avoir abordé toi-même cette question de l'argent. C'est bien joli l'amour et la culture. Mais la culture sans argent, c'est comme une selle sans cheval.

Sur quoi, elle m'a adressé un sourire ambigu de Joconde et a trempé les lèvres dans son verre pendant que je sifflais le mien. Tout redevenait simple. Cette brève frayeur, au fond, c'était la vie : pour obtenir un arc-en-ciel, il faut d'abord la pluie. J'allais vivre avec Agnès. Bien entendu, je me trompais. Nous n'avions même pas eu encore notre première scène de ménage. A ce propos, je n'ai pas eu longtemps à attendre. Le repas avec son fils a mal tourné…

Je n'aurais jamais cru que des horaires intangibles balisaient un dîner privé avec une vieille dame et un adolescent. Grave erreur ! Agnès avait annoncé qu'on arriverait chez sa mère à 20 h 30 et cela signifiait 20 h 30. Il paraît qu'à Paris, chez les gens « convenables », c'est l'heure convenable – et on ne transige pas avec ce mot. Malheureusement, je signais des disques chez Virgin et je ne suis rentré au Bristol qu'à 20 h 15. Agnès était déjà agacée. Il y avait le feu, on allait être en retard, il fallait filer tout de suite. Je devais pourtant me changer. Il allait de soi que je porterais une cravate pour faire la connaissance de sa mère. J'avais oublié les miennes au Pellicano. On a dû appeler le concierge pour qu'il m'en prête une. Noire ! Avec mon costume bleu marine, j'avais l'air d'un croque-mort. J'ai cru qu'Agnès allait me griffer à l'instant où j'ai demandé au chauffeur de s'arrêter en route chez un fleuriste. Elle ne s'est pas retenue longtemps. Quand j'ai montré du doigt une jolie gerbe de glaïeuls à la vendeuse, grosse sans doute mais pas monumentale, elle m'a bondi dessus :

— Ça suffit maintenant ! On n'est pas à Miami, ma mère n'est pas la veuve Somoza et tu n'es pas le rappeur de banlieue de service. Alors cesse ton numéro à la Scarface. Tu arrives à l'heure avec un joli bouquet de fleurs des champs et tu nous épargnes ton cirque de bouseux yankee qui débarque avec deux heures de retard et une composition florale pour banquet de sidérurgistes ! Ici, c'est le XVIe arrondissement de Paris, ce n'est pas Little Italy. Une grosse mamma en tablier ne va pas te servir des spaghettis en roulant des yeux de caniche sur le nouveau mâle du clan.

Pauvre chérie : elle paniquait. Introduire un rocker dans le caveau familial, c'était comme amener un Black plein de bagouzes et de dents en or à la Maison-Blanche. Je me le suis tenu pour dit. Finalement, toute cette adrénaline a giclé pour pas grand-chose : on a sonné à la porte de sa mère un peu après 21 heures. La vieille n'avait même pas remarqué notre retard. De toute façon, elle avait décidé, une fois pour toutes, de ne jamais rien observer de déplaisant. Sa cinglée de fille lui ramenait un hurluberlu yankee, aucune importance : on allait jouer le jeu habituel puis il repartirait dans sa lointaine Amérique et ouf ! Changer le caractère d'Agnès ou refroidir le soleil, c'était pareil : mission impossible. Elle n'essayait même pas. Puisque sa fille l'avait demandé, elle avait organisé son cérémonial archaïque de dîner à la Cour mais jamais elle n'émettrait une remarque personnelle à l'encontre des manants qu'elle accueillait. J'aurais bien pu arriver à minuit, elle aurait trouvé ça tout à fait normal. Si j'avais songé à comprendre ces putains de bourgeois français avant que cette punaise d'Agnès me cloue au pilori, l'appartement de sa mère m'aurait tout révélé. Prudence, silence, décence, suffisance : cette tribu s'enfermait chez elle comme on s'enroule dans un châle. Il y avait moquette et tapis. Aux murs, ils superposaient molleton et tissu avec, autour de chaque porte et de chaque fenêtre, des passementeries. Chaque rideau (double) avait ses embrasses. Tu pouvais égorger ta bonne, il y avait tant de couches de tissus qu'aucun voisin n'entendrait rien. De la discrétion à tout prix. Avec ça, l'étalage de la culture et de l'argent : des cadres couvraient tous les murs. Un vrai musée. Agnès n'avait pas volé sa particule. Et je ne parle pas de la taille du salon, au format du Bristol. Deux portes-fenêtres ouvraient sur un balcon et donnaient au loin sur l'appartement d'en face, exactement le même dans exactement le même immeuble. On se serait cru au cimetière. Ces gens avaient pris la meilleure place et comptaient y camper sans bruit jusqu'à la fin de leurs jours. Américain, fils d'un livreur et d'une secrétaire, j'ai vite établi le diagnostic : j'étais sur leur route comme un caillou. A une distinction près : le caillou était gros comme le Ritz – et une telle nuance n'échappait pas à la perspicacité de ces gens-là. Donc Mamie allait être aimable. De toute manière, arriver à énerver ces morts-vivants bien nés, c'est comme sortir un zèbre de ses rayures. La mère d'Agnès m'a demandé comment s'était passé notre séjour en Italie et a commencé à citer une liste sans fin de villes ravissantes qu'elle connaissait. Florence et Sienne, Ravenne et Venise, Rome et Michel-Ange, Botticelli et Leonard de Vinci, patati et patata... Sa voix, sa tranquillité, son sourire ineffaçable, ses régiments de coussins, ses abat-jour tamisés murmuraient : «Tout va bien. Ne haussons pas le ton. Accordons à Agnès ce qu'elle demande. Dans deux heures, bouillotte et dodo.» Avec ça elle avait du charme et donnait une bonne image de ce que deviendrait sa fille dans vingt-cinq ans. Encore mince, la peau très claire, le visage à peine ridé, des cheveux mi-longs gris, elle portait une robe grise moulante mais pudique, montant jusqu'au cou et cachant ses bras. Ses talons hauts, son épais bracelet en argent, un solitaire à la main droite, aucun détail ne manquait. Comme dans un film d'époque.

Enfin Thomas est arrivé et a déposé un plateau d'argent avec une bouteille de champagne et quatre coupes.

Un baiser rapide sur chaque joue, un « bonjour Agnès » sans tendresse et il s'est tourné vers moi, radieux :

— Je suis le fils d'Agnès. Je n'arrive pas à croire qu'elle vous a trouvé entre deux armures dans un de ses musées. Je croyais qu'elle ne parlait que le vieux français. Elle ne sait même pas ce qu'est un iPod.

Assise dans le canapé, Agnès lui a donné du bout du pied un petit coup dans les fesses et l'a prié d'ouvrir la Veuve Clicquot au lieu de faire son malin. Il était grand, décontracté, en tennis et en jean, avec une chemise blanche : le gamin ouvert et bien dans sa peau, entre blond et châtain, un peu dégingandé, avec des yeux gris étonnants, un sourire perpétuel qui ferait craquer les filles et la longue mèche de cheveux inévitable dans les quartiers chics. A première vue, il traverserait dans les clous toute sa vie mais il n'emmerderait pas le monde et ne pesterait pas contre les voyous qui passent à l'orange. A peine les coupes servies, il est reparti pour sa chambre chercher deux de mes anciens albums vinyles qu'il était allé acheter aux Puces. Il me les a tendus avec un Bic pour que je les signe en même temps que mon dernier C.D. Là, j'ai été très maladroit :

— C'est gentil de ta part d'avoir retrouvé mes vieilles chansons. Ça me fait plaisir. Ta chère maman n'a pas eu ta curiosité. Quand je me mets au piano, elle réclame toujours Liszt et Chopin.

Depuis le début de la soirée, Agnès ne me regardait pas. Je l'exaspérais. J'avais l'impression de traîner une bombe derrière moi. A tout moment, elle risquait de me péter à la gueule. Ça n'a pas manqué :

— Tu n'es pas plus curieux. Tu n'as même pas demandé à voir où je vivais. Pour toi, une compagne, c'est la personne qui t'accompagne. Point final. N'attends pas des autres l'intérêt que tu ne leur portes pas.

Une seule chose à faire : changer de sujet de conversation. Je me suis tourné vers la mère d'Agnès que ce bref échange amusait. Elle se fichait de moi et elle avait depuis longtemps renoncé à comprendre sa fille. Elle m'a adressé un sourire faussement navré :

— Nous ne sommes pas commodes. Il faut nous laisser libres mais ne pas nous négliger, ne pas nous espionner mais rester attentifs, être à la fois mari et amant, aimer les caresses et les griffures. Entre les cinglées paranoïaques américaines et les geishas, juste à mi-chemin, il y a nous. Parfois, on est charmantes ; parfois, odieuses. Mais n'essayez pas de nous changer. Reprenez plutôt un peu de champagne et versez-m'en une goutte.

Elle savait y faire, la tension était retombée, sauf qu'au lieu de la boucler, j'ai dit qu'Agnès ne me traitait ni en amant, ni en mari mais en enfant non désiré qu'on garde à ses côtés sans s'en occuper. A la seconde où j'ai prononcé la phrase, j'ai vu Thomas. J'allais m'excuser quand il a éclaté de rire :

— Vous verrez, c'est assez agréable.

Le gamin me vouvoierait jusqu'à la fin des temps mais, à part ça, il était charmant. Quand il nous a resservis, il s'est excusé de nous quitter mais il devait filer aux fourneaux. C'est lui qui avait préparé le dîner. Il adorait faire la cuisine et a emmené sa mère avec lui.

C'était vraiment un chouette gamin. Sa grand-mère ne risquait pas de me contredire. Elle bavait de tendresse :

— Thomas ne s'énerve jamais. Vous savez pourquoi ? Parce qu'il est sage. Etre abandonné si petit par sa mère l'a blindé. Il répète sans cesse qu'« il faut accepter les gens comme ils sont, ne jamais essayer de les changer ». J'espère qu'avec Agnès, vous aurez sa sagesse. Les hommes prennent les femmes pour des livres de coloriage qu'ils vont peindre à leurs nuances préférées. Ma fille n'a jamais été une fille tendre, ni présente. Son mari n'a pas compris ce qui lui était arrivé. Les Arabes ont beau dire qu'il y a des peignes pour toutes les barbes, j'ignore quel anneau pourra un jour se glisser au doigt d'Agnès. Ne vous faites pas trop d'illusions… En revanche, servez-moi une dernière petite coupe.

Elle a prononcé ces mots avec la douceur souriante de celle qui observe le monde avec attention mais de loin, à l'abri dans sa boîte capitonnée, l'émotion pondérée par le champagne. Nos vies l'intriguaient et la distrayaient. Elle ne comptait pas s'en mêler mais tenait à ne pas passer pour dupe. Pour la remercier de ses précieuses leçons, j'ai choqué mon verre contre le sien :

— Je garderai religieusement votre avis quelque part dans mon cœur. Mieux vaut être inquiété par la vérité que rassuré par un mensonge.

Agnès a annoncé que Thomas nous attendait. A notre entrée dans la salle à manger, il achevait d'allumer des bougies. Tendue de velours vert et jaune, la pièce avait un air napoléonien – ce qu'un Américain juge ainsi, en tout cas. On dînait autour d'une grande table en acajou sur laquelle, au lieu d'une nappe, étaient posés des sets en lin rouge. Tel le maître d'hôtel d'un trois-étoiles, Thomas a désigné le plat qui nous attendait et prononcé à voix haute : « Mille-feuille de betterave au chèvre frais ». Des lamelles rondes alternées rouges et blanches ressemblaient à des petites boîtes à bijoux japonaises en laque. C'était délicieux. Je lui ai demandé s'il voulait être chef plus tard. Réponse : oui, sans doute. Agnès a tiqué :

— Dans la famille, ce serait une première.

Eût-elle prononcé ces mots avec humour qu'ils seraient passés comme une lettre à la poste mais son ton un peu pincé a exaspéré sa mère. On ne touchait pas aux rêves de Thomas. Elle a sorti les griffes :

— Grâce à toi, chérie, la famille a pris le goût des premières inattendues. Tu t'y feras. Avec son talent et son bac, Thomas entrera facilement à l'Ecole hôtelière de Lausanne.

Primo : elle clouait le bec à sa fille et rappelait qui était le véritable interlocuteur de Thomas. Secundo : en bonne bourgeoise, elle inclinait prudemment la pente suivie par son petit-fils pour la dévier sans le dire vers une case plus XVIe. A Lausanne, on vous donnait des cours de cuisine pour devenir directeur de palace, pas pour suer derrière les fourneaux. J'étais au spectacle. Ces deux femmes s'arrachaient un adolescent qui faisait mine de ne pas s'en rendre compte et m'expliquait sa recette. Ensuite, avec un rôti d'agneau, il avait mijoté une émulsion de pois chiches. Agnès n'en revenait pas. Sa mère l'a enfoncée :

— Et tu n'as pas goûté son sauté d'artichauts à l'huile d'olive.

Elle poussait son avantage. Chacune de ses apparentes tendresses soulignait l'indifférence d'Agnès à l'égard de Thomas. La tension montait. Seule l'imperturbable gentillesse du gamin empêchait Agnès de décocher ses flèches habituelles. Je la sentais bouillir, mais en silence. Jusqu'à l'instant fatal, quand mon portable a sonné. C'était Coco. La voiture m'attendait en bas. Le concert s'achevait. Je devais les rejoindre au Globe, place du Châtelet. Pas dans une heure, sur-le-champ ! Quand je l'ai dit, j'ai cru qu'Agnès allait me jeter son assiette à la figure. Sa mère, elle, m'a prié de ne pas me tourmenter :

— Vous êtes revenu à Paris pour cette soirée. Ne les faites pas attendre. Votre Moby n'est là que pour une nuit. Moi je vais encore traîner ici dix ou vingt ans. Ma porte vous sera toujours ouverte.

Thomas n'a fait aucun commentaire. Il m'a juste demandé si je voulais emporter quelques macarons aux grains de cacao. C'était une recette personnelle. Je les ai pris et je l'ai embrassé. Il n'a pas voulu venir à la soirée Moby. Il n'aimait pas les fêtes où il ne connaissait personne. Sa mère, elle, a annoncé qu'elle verrait plus tard si elle me rejoignait. Avant de refermer la porte, elle m'a juste dit, glaciale :

— Une telle grossièreté de ta part. Chez ma mère ! Tu me le paieras !

CHAPITRE 8

Edouard Breda. Donc, j'étais là le soir du drame. Dois-je écrire « drame » ? Ou faut-il parler de la machination, du viol, de l'accident… ? J'ai mon idée mais ce n'est pas une conviction. Seule certitude : j'ai assisté aux débuts de ce que la presse a appelé « l'affaire Fairfield ». Et pour cause : espérant revoir enfin Agnès, j'avais promis à Coco d'assister à la soirée donnée au Globe pour Moby. Fallait-il que je sois amoureux pour surmonter la perspective de rencontrer même de nuit des people et des journalistes ! Toujours à monologuer devant leurs copains, leur nombril, leur miroir, leur dealer et leur agent, les premiers m'assomment d'ennui. Quant aux seconds, j'ai beau être l'un d'eux, ce jour-là, ils m'exaspéraient. Dans l'après-midi, un de nos fameux « grands reporters » m'avait apporté une interview exclusive et des photos prises en famille d'Oscar Temaru, le nouveau président élu de la Polynésie française. Depuis des années, cette même méduse collée aux souverains nous avait proposé des reportages et des entretiens avec Gaston Flosse, le précédent « roi » des îles. Le degré zéro du journalisme : il lui léchait les bottes. Mais comme les photos montraient toujours des lieux de rêve, on en passait parfois. Et là, à peine son protecteur éliminé, il entamait de nouvelles ondulations devant le successeur et l'interrogeait avec la même complaisance, soucieux d'entretenir de bons rapports avec celui qui détenait désormais les clés du lagon et du faré où ce baroudeur roucoulerait à l'œil – sans mentionner les vahinés dont chaque coupe de champagne passerait sous mes yeux en note de frais. Son numéro d'opportuniste vantant son scoop m'avait tourné les sangs mais je n'avais rien dit. A quoi bon ? Je déteste les incorruptibles encore plus que les corrompus. C'est affreux : j'ai 46 ans et je voue le monde entier aux gémonies. Pire encore : je me venge de ma bassesse sur les autres. Dans l'heure qui avait suivi, j'avais présenté la note à ce pauvre Maurice Béjart, tombé là comme une ballerine dans le potage. Un hommage à sa carrière faisait l'ouverture du cahier culture et le papier ne cessait de le présenter comme le grand maître du ballet français. Aigri et tirant parti d'une retraite qui n'arrivait pas, j'avais titré la rétrospective : «Du balai, grand maître». Sur le moment, cette muflerie m'avait réconcilié avec moi-même. Je me trouvais très drôle. Et puissant : la presse restait une arme. Résultat : dans le taxi qui m'amenait à la soirée, honteux, je cherchais un nouveau titre. C'est simple : je me méprisais. La presse me dégoûtait et tout le monde m'ennuyait. Si je voulais faire bonne figure à Agnès, je devais avant toute chose siffler un ou deux whiskies.

Une foule piétinait sur l'avenue Victoria devant

l'entrée du Globe, le nouveau lieu à la mode, dans les sous-sols du Châtelet. Avec mon complet et ma cravate, j'avais l'air déguisé. Je devais être le seul à ne pas m'être hérissé les cheveux de gel. Quand j'ai repéré l'entrée des invités, trente personnes m'ont regardé remonter la petite allée avec le regard hébété de l'amputé qui voit l'ambulance emmener d'abord une entorse. Je ne parle pas du gorille qui m'a demandé le carton : il m'a dévisagé d'un œil furieux comme si j'introduisais le virus H5N1 dans sa boîte. Restait à se repérer. On aurait dit un hall d'embarquement démesuré mais tout en acajou, une sorte de Buckingham Palace revu par Eurodisney pour Air France. Pendant que j'essayais de prendre mes marques, des hurlements venus de l'extérieur ont salué une jolie blonde inconnue au bataillon qui, cachée derrière ses lunettes noires, remontait le tapis rouge. Son visage ne me disait rien et quand j'ai demandé son nom à une des hôtesses, elle m'a visiblement pris pour un pauvre mulet à peine débarqué de son chalutier :

— Mais enfin, c'est Kiki Hyatt.

— Elle chante ou elle est actrice ?

— Non mais vous plaisantez. C'est l'héritière des hôtels Hyatt. Son métier, c'est « héritière ». Et c'est une héritière géniale. Tout le monde l'adore.

My God ! Elle ne faisait rien et ils étaient tous là à l'applaudir. Tant de fans pour admirer votre façon de vous habiller : les petites sources donnent de grands deltas ! J'ai préféré aller boire.

A lui seul, le bar avait entraîné le ratiboisage de deux ou trois hectares de forêt amazonienne ; tout ce qui m'est venu à l'esprit, c'est «bien fait pour ces cons d'écolos». Je n'avais pas encore bu, je cuvais sans doute mon amertume. Il était temps de me reprendre en main. J'ai commandé un double scotch.

— Non, mais tu as des lunettes en contreplaqué, ou quoi ? Qu'est-ce que tu fous là ? Ici, c'est l'enclos des refusés, chéri, le banc des remplaçants, la deuxième division. L'enfer, putain ! Pousse tes fesses jusqu'au carré V.I.P., montre ton carton argenté. Et attends-moi. J'ai deux ou trois trucs à te dire.

Impossible de répondre. Coco avait déjà disparu. J'avais oublié ces histoires de carré V.I.P. Le seul que je connaisse, c'est ma table, près de la fenêtre, au Narval, le bistro où je déjeune de temps à autre en bas du journal. Ils n'ont jamais vu mon patron, ils prennent le rédacteur en chef pour Dieu le Père, je laisse planer l'équivoque. Avant de gagner mon siège en première classe, j'ai sifflé mon whisky. Disons plutôt mon esquisse de whisky. Dans le verre, il n'y avait que des glaçons. Heureusement que j'avais précisé «double whisky». En cherchant bien, le palais finissait par trouver un petit goût écossais à ce gros coup de froid. Avec la chaleur ambiante et les hurlements de la musique, j'ai commencé à voir la vie sous un jour plus bienveillant. J'ai desserré le nœud de ma jolie cravate Charvet rose à rayures mauves – des tons assez jeunes, m'avait-il semblé – et je me suis dirigé vers l'enclos des vaches sacrées. Rien que d'y pénétrer, on bronzait. Tout le monde était jeune, beau, bien habillé et en pleine forme. Je me sentais mal. Quarante-six ans, des cheveux gris, un costume-cravate ; si, au moins, j'avais eu une oreillette, j'aurais pu passer pour un garde du corps. Là, au mieux, on allait me parler comme à un serveur. Heureusement que cette vieille Coco a réapparu. Elle m'a pris par le bras et accompagné à la table de Moby. Avec elle, ni demi-mesures, ni scrupules, juste de l'efficacité brute : elle m'a présenté comme le directeur de *Scoop*. Ce qui n'a fait ni chaud ni froid à Monsieur le créateur génial dont l'œil m'a effleuré un quart de seconde, mais, miracle, a enchanté une exquise petite pépée blonde assise autour de la même table basse. Se poussant contre sa voisine et écartant son petit ami (?), elle m'a fait une place à côté d'elle. C'était cette chère Kiki Hyatt. Croyez-le ou pas : cette poupée Barbie adorait *Scoop*. Elle avait même des choses à en dire :

— C'est rose et c'est noir, c'est triste et c'est gai, c'est grave et c'est futile. Quand je le feuillette, je n'ai pas l'impression de lire de la presse écrite mais de parcourir la version papier du journal télévisé. J'adore. Alors que *Time* et *Newsweek*, c'est illisible. Ils disent tous la même chose, tout est trop long et il n'y a pas d'images.

J'étais tout à fait d'accord. Cette petite avait les idées claires. Peut-être grâce au Gatorade, sa boisson énergisante :

— Je ne bois que ça. A trois heures du matin, quand vous serez tous pétés, je serai en pleine forme. C'est important : les paparazzi nous attendent à la sortie. Dans les nouveaux journaux pour ados, ils ne passent que ces clichés-là : nous, détruites, saoules, rigolardes et froissées. Après, ils publient l'image en cerclant de rouge les marques de transpiration. Je ne leur ferai pas ce cadeau.

Ne courant pas le risque de me retrouver dans *Closer* ou dans *Public*, j'ai repris du whisky. Les bouteilles et les glaçons étaient devant nous, on n'avait qu'à se servir. Cette Kiki me plaisait beaucoup. Dorée comme la bière blonde et souriante, c'était une vraie bombe sexuelle ; beaucoup trop jeune pour moi, elle avait entre 20 et 25 ans mais encourageait les vieux à se laisser aller :

— Vous avez bien raison de ne pas vous priver d'alcool. Comme dit mon père : « Il faut vivre chaque jour comme si c'était celui de son anniversaire. »

J'imagine que, quand on s'appelle Hyatt, c'est facile mais je n'ai pas commencé à faire du mauvais esprit. Cette môme était adorable. Du reste, toute Hyatt qu'elle fut, elle avait ses malheurs, elle aussi :

— Mon Dieu, la semaine dernière, j'étais au Venezuela. Je ne souhaite une telle expérience à personne. Il y a des insectes, l'humidité frise les cheveux et les portables captent mal. C'était *La Planète des singes*. Ils voulaient que je fasse du cheval. Comme si j'allais retirer mes talons hauts dans la journée ! Sans eux, j'ai le mal de mer.

Perché sur eux, j'aurais eu plutôt le vertige. A défaut, son pia-pia a commencé à me le donner. Elle n'arrêtait pas de parler. Tendre l'oreille dans ce tohu-bohu demandait un effort constant. Surtout pour tout saisir en anglais. Quand elle a vanté le courage de je ne sais pas quelle chanteuse qui s'était teint les cheveux en châtain, je me suis branché sur le courant alternatif. Puis je lui ai demandé ce qu'elle pensait de Bruce. Là encore, elle avait des tas d'idées :

— Il y a au moins dix ans que je n'écoute plus ses disques. Mais il en vend encore aux vieux de votre âge. C'est un bon rocker, dommage qu'il veuille jouer les gentlemen. Le pauvre est fait pour ça comme moi pour être femme de chambre. Il paraît qu'il s'est fait mettre le grappin dessus par une aristocrate française. Elle en fera ce qu'elle veut. Il n'a pas inventé le café au lait et il est snob comme un maître d'hôtel. Si elle s'y prend bien, elle lui fera restaurer tout son Wyoming natal.

Je l'aurais bien fait parler plus longtemps sur le sujet mais le garçon à côté de moi a pris Kiki par la main pour l'emmener danser. Je me suis resservi une bonne rasade de Glenfiddich et je suis allé rôder parmi les célébrités. Je ne reconnaissais personne. Hormis ceux de Johnny, d'Eddie Mitchell, d'Etienne Daho et d'une quinzaine de vieillards, je serais bien incapable de donner le nom d'une star française de la musique. A entendre les conversations des uns et des autres, le fond de sauce de cette sauterie était constitué de rappeurs et de gamins issus de la « Star Academy ». Je n'avais rien à leur dire et, plus encore, ils n'avaient pas la moindre intention de me prêter l'oreille. Je me sentais complètement en dehors du coup mais j'ai repris un whisky et toute fatigue ou tout ennui s'est envolé. J'ai dit bonsoir à Nathalie Baye qui m'a jeté dans les bras une épave dont, visiblement, elle souhaitait se débarrasser. C'était Charles de Deyer, une des huiles de Cineprod, une grande agence d'acteurs. Régulièrement, *Scoop* négociait avec lui pour obtenir que ses poulains nous accordent des séances photos ou des entretiens. Il n'était pas commode. Si ses canassons ne sortaient pas un film, la réponse était invariablement non. On ne plaisantait pas avec lui. Une actrice se devait d'être sur un écran – point final. Moins on la verrait ailleurs, mieux sa carrière s'en porterait. Il ne nous facilitait jamais la tâche. Pourtant, les membres imbibés d'alcool, l'homme de fer s'était transformé en morceau de caoutchouc. Il aurait eu du mal à épeler son propre nom mais il situait très bien *Scoop* et m'a mis une main sur l'épaule pour murmurer qu'on faisait le meilleur journal photo du monde. C'est bien vrai et, affamé de compliments, je suis resté avec lui au lieu de le laisser cuver dans son fauteuil. Bonne idée : sans que j'aie à bouger, tout le monde est venu nous présenter ses hommages. « Charles » par-ci, « Charles » par-là, toutes les jeunes actrices françaises venaient lui baiser l'anneau, puis filaient dès qu'elles comprenaient son état. Lui, la paupière lourde mais l'œil encore vif, les rhabillait pour l'hiver d'une formule mortelle. L'une, trop maquillée, avait sa vie tracée à l'eye-liner. L'autre, trop maigre et vêtue d'un T-shirt orange, avait l'air d'une carotte. Il manquait de cœur et l'alcool n'arrangeait rien. Soudain, un squelette est venu s'asseoir sur ses genoux et l'embrasser sur les deux joues. J'entendais s'entrechoquer ses omoplates et ses clavicules. Polie, elle m'a aussi dit bonsoir et, gentil, je lui ai conseillé de rentrer se coucher parce qu'à son âge, on devait se lever tôt pour aller à l'école. Elle a haussé les épaules :

— Les horaires normaux sont pour les gens normaux. Moi, je suis une star. C'est mon métier. J'ai des horaires de star.

Sur quoi, elle nous a plantés là. Qui était cette cinglée ?

— Une fille de la « Star Ac », m'a expliqué Deyer. La seule vraiment intelligente. Elle lisait le soir avant de s'endormir.

« Avant » ou « pour » s'endormir ? Je n'ai pas posé la question. De toute façon, si ce pauvre poivrot croyait que lire est une preuve d'intelligence, il avait quitté la sphère normale. Je lui ai conseillé de consulter la liste des best-sellers avant de porter des jugements prématurés. Il a souri mais m'a répliqué de ne pas négliger cette gamine :

— C'est un vrai numéro. L'an dernier, arrêtée par la police parce qu'elle fonçait à 180 kilomètres à l'heure sur l'autoroute, elle a expliqué qu'elle allait être en retard à la messe. Et ils l'ont laissée partir. Elle l'a raconté sur le plateau de TF1. Sarko, qui était ministre de l'Intérieur, a téléphoné pour lui passer un savon en direct. Un vrai sketch : elle s'est fait un nom et il a encore gagné des électeurs.

Sarko ! Il se faufilait même au Globe. Et, une fois installé, plus question de filer. Deyer avait des reproches à adresser à *Scoop* à son sujet. Il trouvait choquant qu'on ait publié des photos de sa femme en vacances avec un autre.

— Déjà, vous aviez enterré Gaymard en le faisant parler de son appartement. A présent, vous affaiblissez le seul homme capable de rétablir l'économie française. Par futilité, vous nuisez à ce pays. Ne vous mêlez pas de la vie privée des hommes politiques. Cette chasse gardée est un des charmes de la société française.

Tartuffe, vautré dans un canapé où il sirotait du champagne aux frais de la princesse, versait des larmes sur le surintendant des Finances. C'était du Molière. Dans cette microsociété d'aristos médiatiques, la solidarité ne souffrait aucune faille. Qu'on évoquât l'adultère d'une femme de ministre et l'agent de Johnny Hallyday s'indignait. Ils avaient tous quitté la vie réelle et n'attendaient des autres que des applaudissements. Aucun d'entre eux ne se rappelait que, dans le jardin d'Eden, il y a aussi le serpent. Quant à nous, les journalistes, il ne nous restait qu'à transmettre aux foules la voix de leurs maîtres, sans commentaires, en fermant les yeux quand cela leur convenait et en ne posant que les questions habituelles et convenues. Alors ils nous inviteraient à leur table et nous traiteraient en amis mais selon le protocole habituel, eux dans le rôle de l'huile et nous dans celui de l'eau, toujours le même au-dessus. Cela marche en effet ainsi mais je n'aime pas qu'on me le dise sur le ton du majordome qui rappelle les bonnes manières à ses soubrettes. Si je voulais obtenir un jour un service de Charles, mieux valait ne pas m'aplatir. Je l'ai renvoyé dans les cordes :

— Ce qu'on attend du rédacteur en chef de *Scoop*, ce n'est pas qu'il veille au moral de la nation mais qu'il vende son journal. Que chacun fasse son travail et les vaches seront bien gardées. *Scoop* est un journal de voyous et de gentlemen. Le jour où nous ne publierons que ce qui ne dérange personne, nous n'intéresserons plus personne. Et vos stars ne viendront plus chez nous. Je regrette d'être fâché avec Sarkozy mais, à la fin de l'année, quand nous sortirons nos chiffres de diffusion, on fera la paix. Nous ne faisons pas partie du cortège royal, nous l'escortons. Et si nous sommes puissants, à l'occasion, nous le défendons. Mais on a le droit de garder l'œil ouvert quand vous vous donnez en spectacle.

Quand une de leurs stars sortait un film, les bureaux du cher Charles savaient très bien qui solliciter à *Scoop*. Cette réponse ne pouvait le surprendre. Il n'a pas poussé la discussion plus loin :

— Vous n'avez pas tort. Vos petites révélations qui n'en sont d'ailleurs pas font l'effet d'une migraine. C'est pénible mais ça ne laisse pas de trace. Du reste, vous n'allez pas me croire mais…

Mais quoi ? Mystère. Dans le brouhaha il n'était pas facile de saisir chacun de ses mots. L'alcool n'arrangeait rien : ses dents nageaient. La communication a carrément été coupée. Deyer s'étant penché pour se resservir une coupe de champagne, il a glissé par terre. Le temps de se relever, ses idées l'avaient fui. Il s'est renfoncé dans son fauteuil, hagard et, juste à ce moment-là, qui ai-je aperçu, trois mètres plus loin ? Agnès ! Je me suis jeté sur elle. Elle parlait avec une gamine à peu près aussi squelettique que la bambine de la « Star Ac » qui, dès mon apparition, s'est enfuie. Bon débarras. Pour bien marquer que je n'appartenais pas à la faune du zoo environnant, j'ai baisé la main d'Agnès. Elle m'a ramené sur terre :

— Dites-moi, Edouard, avez-vous compris où nous

sommes ? Ce n'est plus le Cristal Room. Ici, tout le monde s'embrasse. C'est le showbiz.

Elle n'avait pas changé. Dédaigneuse avec le sourire. Elle portait une robe en satin gris très moulante sur les hanches mais montant jusqu'au cou. Avec ses talons vertige, elle avait presque ma taille. Je l'ai trouvée plus sexy que jamais et j'ai demandé comment Bruce la laissait seule, offerte à la convoitise générale. Elle m'a ramené sur terre :

— Dites-moi, mon chou, il vous arrive d'ouvrir les yeux ? On a vingt-cinq ans de plus que les neuf dixièmes du troupeau. Si on m'offre quelque chose, ce sera un fauteuil où déposer mon grand âge. Quant à Bruce, il est quelque part par là.

Esquissant un vague geste de la main comme si elle indiquait la direction du portemanteau où poser son chapeau, elle a dit ces derniers mots sur le ton indifférent de celle qui ne s'aperçoit même pas qu'elle parle. Cette entrée en matière m'enchantait. La place semblait s'être libérée. En vrai truffier de la presse (moi !), j'ai poussé l'investigation :

— Je dois trop lire *Voici*. Je vous croyais en pleine lune de miel.

— Vous feriez mieux de ne pas prendre au pied de la lettre tout ce que vos confrères et vous publiez. Depuis notre dernière rencontre, tout ce que j'ai eu, c'est un mois de plus.

Elle vous renvoyait tout le monde à son cambouis sur un ton coupant comme la glace mais elle souriait et elle dégageait de prometteuses perspectives. Pas question de passer à un autre sujet. J'ai creusé le filon :

— Moi qui cherchais déjà un cadeau pour ce mariage et un titre pour ma couverture.

— Nous n'en sommes plus là, chéri. La période de rodage s'achève et ces modèles américains ne me conviennent pas vraiment. Bruce est une espèce de 4 × 4 pour bouseux du Middle West ; je crois que je préfère les vieilles Jaguar européennes.

Décidément, avec les femmes, ne jamais oublier que derrière les lèvres pulpeuses, il y a les dents. Sauf que, soudain, cette spécificité physiologique me réchauffait le cœur. En général, je vois ma vie sentimentale en noir. Un petit nuage et le soleil s'efface. Là, rien de tel. Un minuscule rayon de soleil et tout s'était éclairé. Quand Agnès m'a prié d'aller lui chercher une coupe de champagne, je tirais déjà des plans sur la comète. La suite de ses confessions a achevé de me réjouir. La police devrait rafraîchir ses suspects au Moët et Chandon. Agnès lâchait la bonde :

— Les Américains sont des Américains. Quand ça brille, ça vous éblouit mais il n'y a pas la lumière à tous les étages. Bruce a l'air civilisé mais il reste un paysan. On n'a rien à se dire.

— Eh bien, tant mieux, il ne vous embêtera pas. On n'épouse pas un homme pour sa conversation.

— Mon chou, quelle que soit la raison pour laquelle on épouse un homme, elle fane vite. Mais lui, ça m'agace de le laisser filer. J'ai vécu dix ans sur les dépouilles arrachées à mon premier mari, j'avais bien envie de renouveler l'exploit.

— Ça n'est pas très moral.

— C'est vous, un journaliste, qui me parlez de morale ? Oubliez ce mot. Le prononcer devant moi, c'est comme faire l'appel dans un lycée le 15 août. J'ai 43 ans et je suis seule dans Paris. A mon âge, chercher l'amour, cela revient à chercher un emploi. Le pire, c'est que je l'avais ferré, ce paysan. Mais c'est toujours pareil : à la dernière seconde, je craque. Et puis je ne veux pas quitter Paris.

Tous ces aveux m'ont ramené sur terre. Jamais elle ne se serait livrée ainsi devant un successeur potentiel. Mon étoile ne brillait plus très fort. Et l'alcool n'arrangeait rien. Aucune idée habile ne me venait à l'esprit. Je n'allais quand même pas lui proposer de venir se reposer chez moi. Au lieu de ça, je lui ai suggéré d'enterrer la hache de guerre. Elle a éclaté de rire :

— En plein dans son crâne, vous voulez dire ? C'est une idée. Je vais y réfléchir.

Comme je l'ai découvert dès le lendemain, ses menaces n'étaient pas que du vent dans une cage mais, sur le moment, je n'ai pas pris cet avertissement au tragique. Pourquoi ? Par manque de temps. Tout à coup, Kiki Hyatt m'a pris par le bras. Elle était arrivée avec sa sœur mais celle-ci avait disparu. Pas question pour une star de son envergure de repartir seule. Un « gentleman séduisant » ferait très bien dans sa collection de photos. Si j'acceptais de l'accompagner jusqu'au Ritz, son chauffeur me déposerait ensuite chez moi. Dans mon état, ne pas avoir à trouver un taxi était un vrai miracle. Et puis, quel triomphe à venir au journal ! Chevalier servant de Kiki Hyatt : Aurélie, Benjamin et les autres petites vipères du service people n'en reviendraient pas. J'ai abandonné Agnès à sa colère et je suis parti défiler comme un roi devant les paparazzi qui piétinaient à la sortie. Kiki était un ange. Un peu venimeux, cela dit. A peine nous étions-nous éloignés d'un mètre d'Agnès, elle a observé que « mon amie » semblait encore plus éméchée que Bruce lui-même :

— Et ça n'est pas facile.

Petite chérie, va. Elle ne savait pas à quel point sa remarque était juste. Bientôt, tout Paris se poserait la même question : qui était le plus saoul des deux ?

CHAPITRE 9

Agnès de Courroye. Cette Kiki Hyatt, elle m'a tuée. Quinze jours plus tôt, *Scoop*, le propre journal d'Edouard, avait titré un papier sur elle : « Kiki Hyatt, profession : pétasse ». Et voilà que le rédacteur en chef, sifflé comme un caniche, accourait à sa suite et me plantait là. A peine si ce mufle m'a dit « Bonsoir ». Une chape de découragement s'est abattue sur moi. En un instant, tout le vin et le champagne bus depuis le début de la soirée se sont métamorphosés en fatigue. En épuisement, même. J'en ai eu marre. J'étais là, étrangère à tout le monde, inconnue des centaines de gamins qui nous entouraient, uniquement identifiée par une poignée de pipelettes comme le nouveau coup de Bruce. Et j'attendais. Qui ? Aucune idée. Ou plutôt, si : je n'attendais plus rien. S'il fallait suivre Bruce à New York pour bâtir des châteaux en Espagne, la réponse était non. De toute manière, avec lui, je m'ennuierais à mourir. Une chose qui ne m'arrive jamais quand je suis seule : je descends en bas de chez moi, j'achète le journal, je m'assieds à la terrasse du café du Trocadéro, j'observe les passants, je rêvasse et je suis heureuse. A New York, au lieu de ça, je devrais suivre cet ignare et faire de la figuration vieille France dans les loges de MTV. Merci bien.

Et cet Edouard ! Le premier soir, je l'avais ferré. Je ne parle pas de ses galanteries au téléphone quand j'avais appelé du Pellicano pour révéler, mine de rien, où nous étions. C'est simple : il se liquéfiait de tendresse. A croire qu'il couvrait de baisers son combiné téléphonique. Monsieur ne pensait plus qu'à moi ; je n'avais qu'à faire signe et monsieur accourrait… Tu parles. La première bimbo venue, maquillée comme un Picasso et fagotée comme une entraîneuse, il me lâchait tel un vieux sac démodé. Je parle au sens propre. En un quart de seconde, je me suis retrouvée seule au milieu de la foule et du vacarme en train de me demander ce que je fichais là au lieu de relire Michelet, Saint-Simon ou Mme de Sévigné au fond de mon lit. Inutile d'attendre un miracle, le chevalier blanc n'allait pas surgir, je ne connaissais personne. J'avais bien aperçu la petite Jenifer mais elle n'avait même pas traîné son squelette jusqu'à moi pour dire bonsoir et Jean-Pierre, encore un soupirant imaginaire sorti de mes rêves, n'avait pas pointé son nez. Seule Coco Danceny m'avait repérée, posant deux ou trois fois sur moi un regard froid comme la pierre qu'elle détournait aussitôt, comme dégoûtée. Et ce bruit ! Effrayant. Comment des gens normaux pouvaient-ils parler dans ce vacarme ? Que peut-on se dire d'intéressant en hurlant ? Comme je n'avais aucune envie d'enquêter à ce sujet, je suis partie, dans l'indifférence générale. A commencer par celle de Bruce. Quand je suis passée à côté de lui en route pour le vestiaire, il m'a prise par le bras et m'a demandé où j'allais. S'il imaginait que j'avais passé l'éponge sur son comportement chez ma mère, le cow-boy se trompait. Je lui ai dit que je rentrais me coucher et que j'en avais par-dessus la tête de ce brouhaha et de ces essaims de moustiques tournant autour de chanteurs dont je me fichais. Tu penses que « le gentleman du show-biz » aurait songé à me raccompagner ? Il m'a chassée d'une tape sur les fesses et d'une bonne claque pour mon amour-propre :

— C'est ça, chérie, prends un comprimé de sens de l'humour et couche-toi. Ça ira mieux demain.

En clair : dégage et reviens quand tu seras de meilleure humeur. Je ne lui ai pas fait répéter. Cinq minutes plus tard, j'étais au grand air, absolument polaire, sur la place du Châtelet. Bien entendu : aucun taxi et trente personnes poirotaient déjà à la borne. C'était ma soirée ! Je suis rentrée à pied. Un brouillard diffus achevait de vous réfrigérer. J'avais l'impression que, dans mes escarpins, les orteils se figeaient en sorbets. Dans cette brume humide, le halo adouci des lampadaires donnait à la rue Saint-Honoré un air anglais. On aurait pu croire cette vieille artère protégée des bouffées du vent ; quittant la rue de Rivoli, j'avais pensé trouver un refuge, loin de là, il se faufilait partout. Pour que la fête soit complète, il ne me manquait plus que de tomber sur Jack l'Eventreur. Enfin, il n'y avait plus de bruit. Aucun parasite ne venait troubler mes idées noires : j'avais misé sur Bruce, mon chiffre était sorti et, à présent, j'allais quitter la table de jeu en abandonnant mes gains. Bien sûr, je voulais toujours son argent, mais plus lui. Jamais je ne m'éloignerais de Paris. C'était elle, l'homme de ma vie. Et, comme un signe du destin, la rue Saint-Honoré semblait m'avoir attendue juste ce soir-là. Rien que de la remonter, elle me ramenait à chaque pas à des souvenirs, des idées, des rêves. Le temple protestant de Gaspard de Coligny, la Comédie-Française, l'église Saint-Roch, la boutique Guerlain et l'Eau Impériale de mon père, les petits carnets de chez Cassegrain de ma mère, les vitrines d'Hermès, l'ambassade anglaise de cette vieille Nancy Mitford. Les héros de mon panthéon coudoyaient ceux de mon snobisme. Je ne tenais qu'un tout petit rang sur cet Olympe mais j'étais chez moi. Partout, je me repérais. Aucune fausse valeur ne me trompait. Ici, on ne me ferait pas prendre des vessies pour des lanternes et le plateau de Thierry Ardisson pour le salon de Mme du Deffand. Je savais qui était qui, d'où nous venions, ce que nous nous cachions. Transférée à New York, ignorant leur histoire, leur littérature, leur peinture, leurs jeux de mots, tout, que resterait-il de moi ? Une fine mouche ignorante. En six mois, je passerais pour une péronnelle. Quant à me débrouiller toute seule, inutile d'y songer. Là-bas, dans le paradis capitaliste, qui possède trois sous vaut trois sous. A moins d'être Mme Fairfield, je serais peanuts. Et ainsi de suite. Un feu flambe longtemps si on y ajoute de nouvelles bûches et je n'arrêtais pas. Mes illusions ont brûlé jusqu'aux dernières. Arrivée au Bristol, ma décision était arrêtée : j'allais boucler ma valise, commander un taxi et rentrer chez moi. Sur-le-champ ! Ne pensez pas que je m'étais échauffée toute seule. Jamais je n'avais eu aussi froid de ma vie. Mes idées étaient claires comme la glace. Face à une crise, ne comptez pas sur moi pour allumer des cierges. Je préfère mettre les voiles et aller ailleurs. Si on dressait la liste des métiers que j'ai exercés en vingt ans, on verrait bien que je ne m'accroche jamais.

Dans la suite, les miroirs, les tapis, le luxe, le silence, la chaleur se lisaient comme une carte postale : « tout va bien ». J'ai pris une douche brûlante et, pour en chasser l'odeur de tabac, j'ai accroché ma robe sur un cintre devant la fenêtre de la salle de bains puis j'ai rangé mes affaires dans le sac de voyage Vuitton que Bruce m'avait offert le jour de notre départ pour l'Italie. Ça n'a pas traîné. Au fond, je ne revenais que pour les livres d'histoire étrusque et romaine achetés à Civitavecchia. Pas question de les abandonner à Bruce qui les expédierait à la poubelle. J'ai tout jeté pêle-mêle avec ma trousse de toilette et mes sous-vêtements puis j'ai tiré un bon coup sur la fermeture éclair. Je ne voulais surtout pas m'éterniser, je déteste les grandes explications. Quant tout va mal, je ferme les écoutilles et je plonge en immersion, seule, toute seule, avec moi-même. C'est garanti : la crise passe vite. Dans ma tête, Bruce avait déjà disparu du décor, j'allais filer avant son retour…

Manque de chance : à deux minutes près, un grain de sable a grippé ce scénario idéal. Au moment où je renfilais ma robe, j'ai entendu qu'on poussait la porte de la suite. Au premier coup d'œil, Bruce a vu le sac sur le canapé et il a compris. Filant vers le bar, il s'est servi le cinquantième whisky de la soirée puis, s'approchant de moi, il a éclaté de rire :

— Moi qui nous croyais amis pour la vie. Tu t'apprêtais à déguerpir sans me dire au revoir.

Il ne faut pas croire que la vérité me désarçonne. Je les ai envoyés promener, elle et Bruce :

— Ne parle pas d'amitié, Bruce. Ton verre est ton seul ami, le seul que tu ne quittes jamais. Moi, j'étais de passage. Et c'est fini. Tu n'es qu'une pauvre gravure de mode bourrée de dollars. Pour tout dire, tu es rasoir et j'en ai marre de lutter contre le sommeil à côté de toi.

J'imagine que, noyés de whisky on the rocks, ses nerfs étaient couverts d'une bonne couche de givre. Il n'a pas tiqué et m'a servi la monnaie de ma pièce :

— Il ne faudrait pas prendre ta mère pour la reine d'Angleterre. Vos grands airs vous montent à la tête. Il y a cent fois plus d'intellectuels, de savants, de chercheurs et d'artistes inventifs à New York que dans votre capitale vermoulue. Si tu n'y viens pas, c'est parce que tout le monde verrait en trois jours que votre supériorité repose sur du sable. Les petites bêcheuses dans ton genre finissent en personnages secondaires de Woody Allen, rien de plus. Sans moi, ce n'est même pas la peine de poser le pied à Manhattan, tu ferais rigoler tout le monde.

Le chien galeux. Lui aussi chassait la vérité comme un moustique. Il renversait les rôles. A croire que c'était lui qui me limogeait. Il a commencé à m'énerver. La suite n'a rien arrangé. Il s'est demandé comment il avait pu être assez bête pour me proposer le mariage :

— Tu dis toi-même qu'épouser quelqu'un, c'est choisir la personne qu'on haïra dans trois ans.

Très juste : je l'avais déjà dit. Mais à Jean-Pierre, en Italie. Et à lui seul, j'en étais sûre. Comment Bruce connaissait-il cette formule ? Je vous le donne en mille : il avait parlé de moi avec Jean-Pierre.

— Il voulait savoir comment tu baises.

Ce n'est pas le genre de confidence à me livrer quand je commence à sortir de mes gonds. Mon sang n'a fait qu'un tour. Cet eunuque notait mes performances au lit. Vous m'auriez vue : une vraie cannibale. Il ne me manquait que la marmite bouillante et l'os dans le nez :

— Pauvre tapette. Tu joues les gros mâles avec les mufles pour te donner le genre viril. Je lui ouvrirai les yeux, moi, à Jean-Pierre. Je lui dirai que tu touches mon clitoris comme s'il s'agissait d'un homard et je te noterai sur 10 : entre 2 et 3. Au lit, tu es une nullité.

Bon, j'abrège. Je battais tous mes records de vulgarité. J'éructais. Pas lui. Très calme, il s'est demandé comment il avait pu tomber amoureux d'une telle virago :

— Quand je t'observe, je m'aperçois que tu n'as aucune qualité féminine.

Ça, c'était sûr. S'il voulait que je cuisine, que je pleurniche et que je le suce, il pouvait repasser. Folle de rage, j'ai foncé vers la salle de bains pour me passer le visage sous l'eau et là, gag inattendu, Bruce a pensé que je me jetais sur lui. Pour se cacher derrière la porte, il l'a poussée vers moi. Je sais bien qu'il n'avait pas la moindre mauvaise intention mais je suis rentrée dedans de toutes mes forces. J'ai cru que j'allais tomber dans les pommes. Erreur, j'étais seulement sonnée. Dès que j'ai repris mes esprits, consciente de sombrer dans le ridicule, je suis revenue vers le canapé et j'ai saisi mon sac. J'étais au Bristol, pas au mur des Lamentations. J'irais pleurer chez moi pour me calmer les nerfs. Je me suis contentée d'envoyer valser la porte – détail important car les voisins, dérangés par mon hystérie, l'ont bien entendue claquer et se le sont rappelé.

Seulement on était toujours au Bristol. Les couloirs y sont longs comme une piste d'aéroport. Et le sac, bourré de livres, pesait un âne mort. Or, excédée et perchée sur mes escarpins instables, au lieu de prendre l'ascenseur, je me suis jetée dans l'escalier et là, je me suis cassé la figure. Une toute petite chute mais atroce : j'ai cru qu'on m'arrachait le bras gauche. J'ai tout de suite deviné qu'il était cassé. Dans un état second, j'ai atteint la réception où le concierge de nuit a cru que j'allais rendre l'âme sur son tapis. D'après lui, j'avais l'air terrorisée. Il m'a assise dans un fauteuil, m'a donné un verre d'eau glacée et, deux minutes plus tard, il m'installait dans un taxi. Direction : l'hôpital. Ne me demandez pas plus de détails. J'ai tout oublié. Sauf que je n'avais plus mon sac de voyage. Ils me l'ont livré le lendemain soir. Encore une précision utile car le Bristol prétend l'avoir pris dans la suite de Bruce. En clair, j'étais sortie les mains vides comme une pauvre petite victime chassée manu militari de la caverne de l'ogre. Mais là, j'anticipe. Car, après avoir aboyé, j'ai mordu.

Croyez-moi : je n'en avais pas la moindre intention. Je suis arrivée à Lariboisière l'esprit aussi vierge qu'une page blanche. Qu'ils me plâtrent et m'endorment pour trois jours, c'est tout ce que je demandais. Jamais de ma vie, je n'avais été aussi fatiguée. Sans la douleur, je me serais assoupie debout comme une vieille jument. Avant que je ne m'évanouisse entre ses bras, l'infirmière de garde m'a allongée sur un lit roulant au milieu d'une pièce immense compartimentée en cabines que séparaient des rideaux. Combien de temps s'est-il écoulé ? Aucun souvenir. J'ai l'impression que tout est allé très vite. Toujours sur le même lit, je me suis retrouvée à la radio entre les mains d'une vieille dame pour qui j'avais beaucoup de chance. Le mercredi, à 3 heures du matin, c'était le calme plat. Si j'avais débarqué un samedi, j'aurais pu attendre des heures :

— Ce soir-là, ce n'est plus de la médecine de ville mais de champ de bataille. On recoud toute la nuit, les bras cassés patientent…

Elle parlait, elle parlait… Un vrai robinet. Inutile de dire que je ne répondais pas. Ça a fini par l'agacer. Elle a pris mon visage entre ses mains :

— Madame, ça fait trois fois que je vous pose la question : dois-je vous faire un scanner ? Avez-vous reçu des coups violents sur la tête ?

Que racontait cette vieille fille ? D'où croyait-elle que je sortais ? Je n'étais pas une Beurette qui reçoit des trempes. Je lui ai dit d'une voix épuisée que j'étais tombée dans l'escalier. Sur le bras. Et rien d'autre. Je n'avais jamais reçu de coups au visage. Vous ne le croirez pas mais, à Lariboisière aussi, on chassait la vérité d'un revers de main :

— Vous dites toutes la même chose. Ce n'est pas en tombant sur le bras qu'on récolte un œil au beurre noir. Vous devriez vous regarder dans une glace. Vous avez l'air d'une panthère tachetée. Quelqu'un vous a balancé un coup de poing en pleine figure. Et croyez-moi, j'ai l'expérience de ces choses. Si vous ne portez pas plainte, il recommencera.

La scène de la salle de bains ! Je l'avais déjà passée aux oubliettes, celle-là. Sans entrer dans les détails, j'ai murmuré que je m'étais tapée dans une porte. A mon insu, sans aucune préméditation, j'ai alors sorti la grille gagnante du loto. La porte a convaincu cette pauvre illuminée de ma bonté :

— Vous me faites pitié, madame. On vous tabasse et vous prétendez avoir bousculé les murs… Enfin, si vous n'avez pas mal à la tête, je vais vous ramener à l'interne de garde pour votre bras. On verra plus tard pour un scanner…

C'est tout ce que j'attendais de cette souris. Seulement voilà, elle aimait jouer les bons samaritains. Du coup, elle a accompagné l'infirmier qui poussait mon lit et, quand le médecin est entré dans la petite salle de plâtrage, elle s'est jetée sur lui pour entamer une longue messe basse. Sous ses allures de chaisière bienveillante, c'était vraiment le mauvais prêtre qui répète les secrets obtenus en confession. Quand Ambroise Paré s'est approché de moi tout sourire, il s'était déjà fait tout un film de mon histoire. Très joli garçon, cela dit. Doré comme un légionnaire, des cheveux lisses comme l'enfance qui lui tombaient sur le front, un sourire plein de jolies dents n'ayant jamais bu autre chose que du lait... Comme camarade de plage, on ne faisait pas mieux. Avec ça, scrupuleux et attentif. On sentait qu'il voulait bien faire. Préparer son plâtre, l'appliquer, le lisser, l'enrouler de gaze et de bandelettes, à chaque fois qu'il exécutait une manœuvre, il tirait une appétissante petite langue. Puis il expliquait ce qu'il faisait, d'une voix douce, sans en rajouter, sobre comme un dictionnaire, très rassurant, très humain. Mais, finalement, curieux lui aussi. Il a fini par mettre les pieds dans le plat, gentiment, avec une ironie caressante :

— On dirait que vous avez aussi perdu l'usage de la parole. Les jeunes filles de l'accueil et notre radiologue ne trouvent pas très convaincante votre version de l'incident qui vous a amenée chez nous. Il est très rare qu'une femme se casse un bras et défonce toute seule une porte à coups de tête. Pourquoi ne pas raconter exactement ce qui s'est produit ? Je ne suis pas commissaire de police. Je ne passerai les menottes à personne. En revanche, nous pouvons vous aider. Vous mettre en relation avec des associations. Nous accueillons souvent des femmes battues. Ne croyez pas que notre seule attitude consiste à briser leur couple. Nous pratiquons également la chirurgie réparatrice conjugale...

Je ne mens pas quand je dis qu'au début, je n'écoutais même pas. J'avais autant besoin de leur compassion que d'un trou dans la tête. Je ne rêvais que de rentrer chez moi, de me coucher et de tout oublier. Il ne manquerait plus maintenant que d'apparaître devant Bruce le visage jaune et bleu, le bras en écharpe et le cœur en morceaux. Mon silence a fini par l'intriguer. Il est donc revenu à la charge, sur la pointe des mots, tout en délicatesse, soulevant chaque syllabe comme une pierre :

— On dirait, madame, que vous regardez le plafond comme si une idée allait en sortir. Si vous ne parlez pas maintenant et si je n'ai rien à mettre dans mon rapport, je crains que vous ne passiez votre tour. Et vous le regretterez. Même si tout semble s'arranger demain, mieux vaut laisser des traces exactes des incidents de cette nuit. Je ne suis pas un auxiliaire de la P.J. Nous n'allons rien transmettre à quiconque. Mais, ici, chez nous, si une dispute aussi triste se reproduit, vous aurez la preuve, un jour, que vous ne racontez pas de salades. Votre propos sera conforté par une autorité médicale.

Sans doute pensait-il que je ne lis que les gros caractères. Il mettait carrément les points sur les i. Si je voulais «balancer» quelqu'un, saint Vincent de Paul était tout ouïe. Du coup, un peu comme l'escargot s'approche de la laitue, l'idée s'est développée en moi. Sans hâte mais inexorablement. Des scrupules ont glissé sur moi mais, pour finir, assez brefs, pas beaucoup plus longs qu'une ombre à midi. Au fond, je ne commettais qu'un petit mensonge, rien d'irréparable. Peut-être avais-je passé un peu vite la porte de la salle de bains par pertes et profits. Pourquoi ne pas la retirer de la colonne «pertes» pour la transférer dans celle des «investissements à terme»? Je vous le demande. Et la question s'est autodissoute peu à peu. Donc, j'ai parlé.

Pas beaucoup. Juste quelques phrases. Une très brève œuvre de fiction. Mais que l'hôpital a soigneusement enregistrée. Et, sans le vouloir, certifiée. Lançant l'« Affaire ». Car, une fois en route, la fable a grossi comme une boule de neige dévalant une pente. Encore aujourd'hui, je n'en reviens pas. Cette invention, quand je l'ai confiée à l'hôpital, dans mon esprit, ce n'était rien du tout, un peu de dentifrice qui s'échappe du tube. Seulement tentez donc de l'y remettre !

Impossible. Surtout quand on n'essaye pas. Ce qui fut mon cas. Tout est allé très lentement et très vite. En fin de matinée, après quelques heures de repos, l'hôpital a signé ma levée d'écrou en me donnant des comprimés pour dormir. Je suis rentrée à la maison et je me suis couchée. Douze heures plus tard, à minuit, quand j'ai émergé, mon plan de bataille était prêt. Au lieu de prendre une douche froide, je suis sortie sur le balcon aiguiser mes idées dans l'air froid. La lune brillait au-dessus de la tour Eiffel. Une grosse boule argentée comme mes rêves d'avenir. Rentrée, j'ai bu une tasse de thé pour m'éclaircir la voix et j'ai composé le numéro de portable du cher Edouard. Bruce ne me laisserait pas sur le carreau comme ça. Pas question que cette vache à lait retourne ruminer tranquille à Manhattan. D'abord, j'allais me constituer une petite pelote.

CHAPITRE 10

Edouard Breda. Myriam Raynal, attachée de presse chez Gallimard, a la bonne idée d'habiter au coin de la rue du Temple et de celle des Francs-Bourgeois, en plein Marais, à dix minutes à pied de la maison. Ce carrefour, c'est la place Saint-Pierre du Vatican bobo. Vous pouvez faire un sondage, 100 % de la population déteste les OGM, les Tiberi, la télé-réalité, TF1, Aussaresses, la scientologie, le sexisme et la pluie en vacances. Surtout ne pas prononcer le nom de Sarkozy dans ces parages, ils le classent entre Franco et Pinochet. Mais enfin, Myriam est jolie et, trois semaines plus tôt, elle nous avait obtenu une interview exclusive de Kundera. J'aurais préféré dîner avec elle en tête à tête mais décliner l'invitation était impensable : depuis deux ans, elle me promettait une nouvelle inédite de Modiano qui, soudain, semblait imminente. Mieux valait paraître poli et disponible. Je suis arrivé avec douze roses anciennes, blanches comme les feuilles que Modiano ne nous rendrait sans doute pas. Aussi indispensable dans le décor médiéval replâtré que les lampadaires à l'ancienne et les enseignes en fer forgé rouillé, un 4×4 à vitres fumées noires encombrait le trottoir. Les intellos du coin se prennent pour Du Guesclin descendant de son destrier lorsqu'ils garent n'importe comment leur carrosse. J'imagine que ces crétins enfilent des gants de boxe pour feuilleter *Libé*. On nageait en plein chiqué. Dans le hall de l'immeuble, la liste des habitants laissait rêveur : le rédacteur en chef de *Marianne*, la directrice de communication de Jean-Paul Gaultier, un Bloch-Lainé, un Beuve-Méry. On les sentait entre eux : les gens qui savent tout et connaissent chacun.

Dès l'entrée, une odeur de vanille flottait dans l'appartement : Myriam avait allumé des bougies parfumées un peu partout. Castor ayant ouvert la porte, Pollux ne devait pas être loin. Toutes les maîtresses de maison à vocation littéraire se rabattent sur les deux mêmes maîtres d'hôtel. Chez Christine Orban, chez Françoise Gallimard, chez Gweenie Chabrier, on tombe immanquablement sur eux. A croire qu'ils ont planté leur tente au carrefour des allées centrales du Salon du livre. De là à vous reconnaître, n'y songez pas : dès qu'ils ont saisi votre manteau, ils détournent le regard, baissent les paupières, fuient votre spectacle. Ils se la jouent, c'est incroyable.

J'étais le dernier. D'emblée, j'ai vu que j'allais souffrir. Deux des clous de ma croix étaient déjà là : Armelle Delatour et Hubert Dantôme. Elle, actrice et romancière, un mélange de plus en plus répandu et de plus en plus pénible. Si elle sait écrire, alors je ne sais plus lire. Lui, metteur en scène et directeur d'un théâtre de banlieue à Stains, un rapace avide toujours en train de donner des leçons de morale. Pour celles de cupidité, cela dit, il aurait pu s'adresser à Armelle : un jour elle avait fait un coup dont on parle encore à *Scoop* – où on a pourtant tout vu. A notre grande surprise, elle avait accepté d'entrée de jeu de poser avec son bébé en couverture du journal; d'habitude, cela demande des heures de palabre avec son agent; là, rien de tel. On avait fini par comprendre : une jolie bague ornait l'annulaire de la main qui tenait la tête de la petite fille. C'était le dernier modèle dessiné par Louisa Grandin pour les bijoux Givenchy et Armelle avait exigé qu'on cite la marque dans la légende. Elle faisait d'une pierre deux coups, c'est le cas de le dire. A part ça, elle était ravissante et aimable. Le contraire d'Hubert.

Celui-là, depuis quinze ans que je le croise, il me tape sur le système. Il se prend pour un intello parce qu'il regarde Arte, se croit cultivé parce qu'il fait des citations et se voit en croisé de la création quand il monte Molière, Shakespeare et Tchekhov. Ne lui parlez pas du ministère de la Culture, sa tutelle. Il a dressé un mur entre eux – percé d'un guichet, je vous rassure tout de suite. Il suffit de le voir un instant pour comprendre qu'il gobe tout ce qui passe à portée de main – et, croyez-moi, il attrape aussi bien de la droite que de la gauche. Même assis, il souffle comme une baleine, énorme et ramassé derrière un ventre à digérer un agneau. Là, chez Myriam, il jouait sur du velours : une actrice rêvant d'interpréter une pièce intello, une attachée de presse marinée dans le jus NRF, une espèce de bambin blond décoloré arrivé dans les jupes de la Delatour et le fameux couple Saint-Cyr, le roi de la pub et son épouse, présentatrice d'une émission de musique classique sur France 2. Bref, un collectif garanti culturo-dépendant. A mon arrivée, Hubert tenait conférence. Son sujet : la banlieue.

Elle brûlait. Il ne pensait quand même pas nous l'apprendre, mais son théâtre n'avait pas été attaqué. Si vous voulez mon avis : aucun gamin de Stains n'a jamais mis les pieds dans cet hospice pour vieillards gauchistes érudits, rasoirs et radoteurs qui espèrent arracher des adolescents aux séries américaines en leur présentant *Le Roi Lear, L'Avare* et *Mademoiselle Julie*. Quand on leur parle théâtre, ils songent à « Holiday on Ice » ou à Robert Hossein. Rassurez-vous, l'analyse d'Hubert était infiniment plus panoramique. Là où on brûlait mille voitures par soir, il voyait un formidable « bassin d'énergie ». Je ne vous réciterai pas son catéchisme en entier mais il fallait « retisser des liens », « rendre du sens », « irriguer le territoire », « définir une identité »… Du pur bla-bla avec, comme un refrain, les termes « respect » et « dignité ». Son théâtre n'avait pas brûlé parce qu'il n'en valait pas la peine mais ne comptez pas sur moi pour le dire. Je conserve un certain sens de l'hygiène mondaine. Le délit d'opinion n'est jamais loin et j'aurais volontiers conservé mes petites remarques de dissident pour moi si Hubert, lui-même, n'était pas venu me chercher. A sa manière, un peu Falstaff, en se tapant les cuisses :

— Mais tout ça, Edouard, tu t'en moques. En cinq ans, vous avez cité deux fois des pièces montées par nous. *Scoop* n'a découvert Stains qu'il y a quinze jours. Cela dit, c'est le coup de foudre. Si vous ne faites pas trente pages par semaine sur les incendies en banlieue, vous n'avez pas rempli votre quota. J'imagine que ça rapporte.

En somme, la presse était mercantile dans un univers de convivialité généreuse. Comme si Gallimard ne publiait pas des livres sur la banlieue, comme si Armelle ne donnerait pas père et mère pour décrocher un rôle dans un film sur la banlieue, comme si Sa Majesté le roi de la pub ne glissait pas des rappeurs dans ses spots, comme si tout le monde ne prenait pas la banlieue dans les filets de son compte d'exploitation. Et, surtout, comme si lui, le parasite compassionnel, ne se promenait pas partout avec sa pancarte : « Bienfaiteur culturel des cités » ! La soirée ne faisait que commencer. C'est tout juste si je n'ai pas présenté des excuses. J'ai modestement expliqué que, cette semaine, nous donnerions longuement la parole à Alain Finkielkraut, philosophe, humaniste et tutti quanti – y compris auteur Gallimard dont Myriam s'occupait souvent. Qu'avais-je dit ? C'était le nom à ne pas prononcer. Hubert s'est jeté sur lui comme la faim sur le monde :

— Ce malade ! Eh bien bravo ! Le penseur le plus parano de Paris. Ça ne m'étonne pas qu'il parade dans *Scoop*. Il voit des guerres ethniques à tous les feux de signalisation. Je lis déjà ses phrases : sur chaque plaie, il versera un peu de poivre. Comment peut-on donner la parole à quelqu'un qui présente l'équipe de France de foot comme un commando de Blacks étrangers faisant rire toute l'Europe ?

Ça, ce jour-là, Finkielkraut aurait mieux fait de la boucler. Commenter la composition des Bleus ! C'est comme si je me lançais dans une comparaison entre Kant et Spinoza. Certaines subtilités lui échappaient. Mais, au moins, quand il parlait des émeutes, il ne tournait pas autour des concepts. Des gamins jetaient des voitures contre les façades et Hubert imputait la faute au constructeur, aux murs, à la signalisation, à l'obscurité – à tout ce que vous souhaitez, sauf aux bambins. Qu'il attaquât Finkielkraut m'a exaspéré. Passe encore que des groupes d'oppression exploitant la paranoïa communautaire le prennent pour cible ! Après tout, ce n'est pas parce qu'ils ont jeté un pavé en Mai 68 que tous les anciens gauchos ont le droit de tenir sans risque des propos fachos. Mais qu'Hubert, cette montgolfière pleine de vent, le traîne dans la boue, c'était trop. J'ai pris sa défense :

— J'aime bien les hommes encore capables de mettre les pieds dans le plat. Ça commence à manquer. Il ne se laisse pas intimider par les vérités officielles admises. Si des associations le sélectionnent pour en faire l'odieux personnage du mois, alors bravo. On marche sur la tête quand des casseurs s'octroient tous les droits et détectent ensuite à tous les coins de rue des atteintes à leur dignité. Je trouve rassurant qu'un prof aux cheveux gris et à l'allure chiffonnée verse un peu de ciguë dans la camomille du débat. C'est plus audacieux que de monter pour la cinquième fois en dix ans un Feydeau.

Et bing ! J'avais hésité. Myriam n'allait pas apprécier. On n'était même pas passés à table et les armes sortaient déjà. Mais ce Hubert m'exaspérait. S'il espérait changer l'image du « 9.3 » en montant des comédies bourgeoises, il ne risquait guère de les rencontrer, ses fameux « jeunes ». Au moins, Finkielkraut leur rentrait dans le lard. Cela dit, pas de panique ! Pour un uppercut, comptez sur moi. Pour une rencontre en douze rounds, rayez mon nom des tablettes. Ayant balancé ce que j'avais sur le cœur, j'allais hisser le pavillon blanc. La petite créature peroxydée sortie on ne sait d'où m'en a dispensé. Il imposait d'emblée sa légitimité sur un tel sujet car, à peine caché par son T-shirt noir, il exhibait un morceau de tatouage sur son bras comme un peu de sauvagerie glissée dans le salon :

— Chaque soir, sur TF1, ils coupent des passages carrément racistes dans « Loft Story » ou « Nice People ». Et parmi les candidats, il y a des Beurs. Les Blancs, les Blacks, les Beurs, les Chinois, tout le monde y passe à son tour. C'est que les gens normaux parlent normalement. Quand un connard brûle la voiture d'un chômeur, les gens parlent d'un « connard ».

En somme, la télé-réalité évacuait la réalité. C'est très mal mais on a fait pareil. Le mot « connard » a déclenché le tocsin. Myriam ne l'avait encore jamais entendu prononcer dans son canapé. Répété deux fois dans une phrase, elle en était presque à passer la pièce au Kärcher. A défaut, elle nous a transférés directement au

XVIIIe siècle, dans la salle à manger : murs gris, rideaux rouges, lumière tamisée et bougies sur la table – sauf qu'il fallait plutôt dire peinture à la fresque de teinte ardoise, voilages aux tons framboise et ambiance Barry Lindon. La nappe en soie avait la couleur des rideaux, des cabochons grenat incrustaient les verres en cristal, les bougies étaient couleur sang de bœuf. A l'instant où on est entrés dans la pièce, Castor a lancé un peu de poudre au-dessus des bûchettes crépitant dans la cheminée et une légère odeur de rose s'est répandue dans la pièce. Posé sur le manteau au-dessus du foyer, un grand miroir vénitien aux dorures tarabiscotées animait d'un joli tremblement la pénombre et laissait planer un halo d'obscurité propice à l'éclat des quadragénaires. On se serait cru invité à un petit souper royal dans une caverne revue et corrigée par Rose Bertin, fleuriste de la reine. C'était un rêve, tout s'estompait. Même les grandes gueules des hommes. D'emblée, on baissait le ton.

A sept autour d'une table ronde, on a échappé aux apartés obligatoires et inévitables avec ses voisins. Conversation générale. Après un long développement sur la télé-réalité (qu'à mon avis personne parmi nous ne regardait mais que tout le monde a dégommée) j'ai eu droit à ma minute de gloire en racontant comment une des candidates de la « Star Academy » était en train de perdre un procès contre *Voici* qui avait publié des photos d'elle nue, prises et vendues par son petit ami. Gloire très relative car Hubert ne s'est pas privé d'insinuer que, responsable à *Scoop*, j'étais naturellement coupable de ces mauvaises manières. Je me suis donc fait tout petit et le ronron mondain a repris son cours, abordant les rivages du cinéma et, de là, passant aux intermittents du spectacle. D'où une nouvelle poussée de fièvre. Le jeune aux cheveux blancs à force d'eau oxygénée s'est révélé être danseur dans une compagnie dont le nom totalement inconnu (de moi, c'est sûr) a provoqué un consentement muet mais éloquent en mimiques (paupières approbatrices lourdement abaissées, sourires appuyés, léger murmure…). Or, soudain, levant le nez de son assiette dont il engloutissait le contenu comme un aspirateur, il a jeté un regard de tueur sur Armelle. Comme toutes les stars, embarrassée d'un statut que son seul talent n'expliquait pas, elle en rajoutait dans la solidarité avec les anonymes du milieu. Approuvant le discours prononcé quelques jours plus tôt aux Césars par Agnès Jaoui, elle a stigmatisé la pingrerie du gouvernement et du Medef incapables de trouver les fonds pour les artistes et les créateurs dont la diversité faisait la singularité de la France et de ses mille festivals. Qui y aurait trouvé à redire ? Pas moi, ni les Saint-Cyr, Myriam moins encore et je ne parle pas d'Hubert, véritable goinfre à subventions. Mais le bambin a montré les crocs :

— Ce n'est pas le Medef qui nous vole, ce sont les stars. Bien sûr qu'elles agitent leurs breloques aux Césars, le statut des intermittents paye leurs chauffeurs, leurs coiffeurs et leurs secrétaires. Les Delon et compagnie vivent à Genève et font payer par l'Unedic leurs employés. Résultat : il n'y a plus d'argent pour les vrais artistes du spectacle vivant. Vous savez combien de soirs par an je danse en public : entre vingt et trente. Seulement voilà, pour y parvenir, je m'entraîne trois ou quatre heures par jour, trois cent soixante-cinq jours par an. Et moi, l'argent versé aux intermittents, j'en ai besoin et je le mérite. Ça me dégoûte de voir le gratin réuni aux Césars pour se foutre de notre gueule. Tout le monde est intermittent maintenant : les journalistes télé, les maquilleuses, les poseurs de moquette, les électriciens… En quoi sont-ils artistes les gens qui apportent son café à Depardieu ? En rien ; ce sont seulement les protégés des vautours qui ont fait main basse sur notre système. Et les danseurs, que leur reste-t-il ? Des clopinettes. Pareil pour les mimes, les gens du cirque, les acteurs de petites troupes… On est volés par les grands et, en plus, il faudrait les remercier. Moi, cette Jaoui, je lui dis : « Ferme-la. »

Il me plaisait, ce bambin. Il nous changeait des pachas *Télérama* façon Hubert qui ne sont jamais ni tu, ni vous. Au moins, lui choisissait son camp. Les stars le saoulaient. Et il n'était pas le seul. Saint-Cyr s'en est mêlé. Il a raconté que la « Coordination des intermittents d'Ile-de-France » avait été chassée par la police de l'hôtel particulier prêté par Gérard Depardieu – à la demande de Gérard Depardieu ! C'était trop beau pour être vrai. Et, croyez-moi, ça n'a pas plu. Depardieu, d'abord, puis les autres y sont passés. Sans que je m'en mêle, on en est même venus à se moquer de leur fameuse vie privée. Saint-Cyr menait la charge. En tant que manitou de « Publicis », il affichait une autorité naturelle dans le domaine des «icônes» de notre temps. Or, justement, il n'en trouvait plus :

— Regardez un peu toutes ces mini-stars lyophilisées. Elles ont toutes la même tête, le même discours, le même vide. Tu en croises une dans la rue, tu ne la reconnais même pas. Elles n'ont rien à dire et, dès qu'on les interroge, elles répondent qu'elles ne répondent pas à ce genre de question. Tout ce qu'elles savent faire, c'est résumer mal leur dernier film. Pourquoi Piaf ou Bardot sont-elles devenues des vraies stars ? Parce qu'elles avaient le talent et parce qu'elles avaient une vie. Des amants, des maris, des chagrins, des joies… Quand elles exprimaient quelque chose sur scène, on y croyait. Aujourd'hui, avec ces bourgeoises coincées, on ne partage rien. Tout ce qu'elles savent faire, c'est assister à la soirée de lancement d'une nouvelle montre. Quand tu tombes sur une Mathilde Seignier, tu as l'impression de ressusciter. Enfin, une fille vivante. Du coup, elle passe pour grande gueule.

Ce bonhomme, s'il se réincarne un jour, ce sera en vipère. Non que j'aie désapprouvé ses propos mais leur tonalité. Il disait ses quatre vérités méchamment. Myriam, plus civilisée, a exprimé le même point de vue mais à sa manière, dans le style Gallimard :

— Quand on devient un personnage public, reconnu dans la rue et soucieux de le rester, on ne devrait pas s'étonner de la curiosité des autres. Moi, ça m'intéresse de savoir si, oui ou non, la marquise de Sévigné a couché avec son cousin Bussy-Rabutin. Et quand il raconte la Fronde, le cardinal de Retz détaille tous les amours des uns et des autres. L'amour seul révèle qui tu es. Regardez Chateaubriand. Si on ignorait les passions qu'il a éprouvées et celles qu'il a suscitées, il ne resterait qu'un homme orgueilleux, mégalomane et capricieux. C'est sa tendresse sentimentale qui, soudain, rend lumineuse sa générosité politique, son goût de la liberté, son indépendance. Sans toutes ses merveilleuses maîtresses, on ne retiendrait de lui que le vieux légitimiste resté fidèle à cette baderne de Charles X. Même moi qui ne connais pas grand-chose aux people, par exemple, j'adore Kate Moss. Et je trouve touchante sa passion pour son rocker drogué. Sa vie privée, elle ne la protège pas, elle la mène.

Comme c'était bien dit. Tout en douceur. Sans élever le ton. Avec sa voix NRF amenant naturellement les auteurs de la Pléiade sur le plateau de TF1, elle était sobre comme un livre de classe et aussi convaincante. Avec ça, maîtresse de maison attentive. Le repas suivait son cours. Parler la bouche pleine ne retirait rien au goût du canard à l'orange, qui avait suivi la salade de fenouil aux pommes vertes. Et qui précéda des framboises accompagnées de sorbets épicés au jus de réglisse. Absolument délicieux. Même Armelle prenait avec un sourire désarmant les attaques contre les riquiqui stars françaises qu'elle incarnait et résumait à la perfection, jolie, médiocre et intéressée mais gracieuse. Je ne lui en voulais plus du tout d'avoir publié un roman ridicule. Ça aussi, c'était Paris. Du moment qu'elle ne nous en parlait pas. Et croyez-moi, personne ne songeait à la mettre sur le sujet. Myriam parce que Gallimard n'en voudrait jamais, Hubert parce qu'il craignait de l'inciter à lui envoyer ses textes, moi parce que je ne tenais pas à blesser une couverture potentielle de *Scoop*... Le seul qui s'en moquait bien, c'était Saint-Cyr. Il lui a donc benoîtement demandé si elle en écrivait un autre. Réponse : oui. Et quel en était le sujet ? Je vous le donne en mille : la complicité de deux actrices pendant un tournage, une bourgeoise et une Beurette ! Avec elle au stylo, ça promettait un déluge de bons sentiments. Mais plus tard parce que là, malgré la fraîcheur des sorbets, la température est remontée d'un coup. On s'est mis à parler du voile. Je vous le dis tout de suite : son interdiction ne me fait ni chaud, ni froid. Qu'on bannisse la cigarette des bureaux et des restaurants me scandalise bien plus. Seulement autour de la table, il y avait trois femmes : Marat, Robespierre et Saint-Just. La religion musulmane a passé un sale quart d'heure. Ce pauvre revenant d'Hubert et ses « interdits d'interdire » de soixante-huitard alternatif ont vite été renvoyés à la niche. Ces dames étaient tellement fermes que la discussion se serait arrêtée là, tout de suite, si le danseur ne s'en était pas mêlé. Comme il n'avait plus ouvert le bec depuis sa sortie contre les faux intermittents, on l'a tous poliment écouté. Et là, chapeau, le gamin n'a pas loupé son jeté battu :

— Au contraire, le voile devrait être obligatoire. On saurait combien elles sont, toutes ces mahominettes.

J'ignore s'il avait pris des cours de xénophobie ou si c'est venu comme ça, mais un silence sépulcral s'est abattu sur nous. On ne respirait même plus. Bambi et ses sœurs, tétanisés par un coup de feu lointain, auraient fait plus de bruit. La bête immonde s'était faufilée dans le Marais. Pour tout dire, ce bon gros fascisme ne fait plus peur à personne – et, en tout cas, pas à moi. Donc, j'ai éclaté de rire. Mais attention : la bonne blague n'a pas fait rire Armelle – mais alors pas du tout. Elle n'y est pas allée sur les pointes :

— Pour un danseur, tu es vraiment lourd. Ce soir, tu pourras rentrer chez toi. Je commence à en avoir marre de tes petits numéros de réac contre tout ce qui est pour et pour tout ce qui est contre…

Sa voix n'avait plus du tout son goût habituel de sucre en poudre. Juchée sur le trône de l'humanisme, elle piétinait son jules et l'a traité de danseur nul. Ça devenait gênant. Mon vieux, je ne l'aurais jamais cru, elle était plus coléreuse qu'un chameau. Et intarissable. Elle parlait sans reprendre son souffle. Et à une vitesse ! Elle l'a même accusé d'être pour la chasse aux bébés phoques. Elle n'avait jamais émis autant de phrases à la suite. Mais, si nous étions tous embarrassés, le gamin, lui, s'est tranquillement resservi de framboises. Le grondement de volcan d'Armelle ou le craquement d'une allumette, c'était pareil. Ses critiques ont glissé sur lui comme l'eau sur la petite sirène. Quand elle s'est tue, il a juste demandé si elle avait fini. Je vous rassure : oui ! Elle était épuisée.

Il a posé sa serviette bien à plat sur son assiette sale en vrai mufle, il s'est levé et il a juste dit qu'il l'abandonnait à ceux qu'elle avait qualifiés avant le dîner de « sale petite bande de branleurs prétentieux ». Le coup de grâce. Bien balancé. Et rassurant. Armelle pensait exactement comme moi. On était tous là à se gâcher une soirée avec la vague idée qu'un jour, il pourrait être utile de passer un coup de fil à l'un des autres invités. Elle a juste craché entre les dents « connard ». A quoi il a répondu :

— Pas la peine de rouler les yeux, tu n'es pas sur scène. D'ailleurs tu n'y es jamais. Tu n'es bonne à montrer que dans les téléfilms.

Puis il est sorti, dignement raccompagné par Castor et Pollux. Surtout ne croyez pas que j'étais mal à l'aise. J'adore ce genre de situation. Tous les masques tombent. Pour rien au monde, je n'aurais abrégé la soirée. L'heure de vérité arrivée, j'allais m'épanouir. Mais, manque de chance, mon portable a vibré. Avant de l'éteindre, j'ai regardé l'origine de l'appel. C'était Agnès. Du coup, naturellement, j'ai répondu. Et là, stupeur, elle avait changé de registre. Le frelon espiègle ne riait plus du tout. Elle était en larmes. Dès ses premiers mots, j'ai vu la couverture à 900 000 exemplaires :

— Bruce a essayé de me tuer.

Trente secondes plus tard, j'avais dit bonsoir à tout le monde et appelé un taxi. Ou je tenais le scoop de l'année ou, mieux encore, j'allais moi-même expulser Bruce de la vie d'Agnès. De toute manière, les dieux m'étaient favorables.

CHAPITRE 11

Maître François Delors, avocat. Je n'ai rien contre les journalistes. Je gagne ma vie grâce à eux. C'est un des charmes de la France : on y rançonne la presse. Une plaisanterie à ne pas tenter en Angleterre. Là-bas, on respecte la vérité ; ici, c'est le pouvoir qu'on vénère – une aubaine pour les avocats dans mon genre. Touchez un cheveu de mes clients et je vous lessiverai. C'est si facile. Quand je pense qu'à Londres, le plus célèbre top model britannique a perdu son procès contre le journal qui avait révélé le saccage d'une chambre du Dorchester. A Paris, j'aurais cloué ce canard au mur. Cet incident relevait de la vie privée d'une princesse médiatique et ne révélait rien de ses activités professionnelles ou publiques. Donc rideau ! Quand je lis *Vanity Fair*, je n'en crois pas mes yeux. Des petits secrets, des gros, des indiscrétions, des aveux… Au tribunal de grande instance de Nanterre, mon préféré, chaque paragraphe tomberait sous le coup de la loi. La France demeure une société de castes où le bon plaisir reste le moteur des princes et des people. Inutile de préciser que j'approuve cette exquise survivance de l'Ancien Régime : les privilégiés conservent le droit de jouir en secret de leurs privilèges. J'y veille. Et ne pensez pas que les journalistes m'en veulent. Ils trouvent ma vigilance aussi normale que la complaisance des magistrats. Les avocats portent un képi, les juges endossent une livrée, les uns et les autres sont au service et voilà tout. La presse fait tout de même ses affaires. La preuve : le dossier d'Agnès de Courroye est tombé dans mon escarcelle lors d'une soirée où nous étions entre nous, avocats et journalistes avec, en prime, quelques hommes politiques. Une parfaite illustration de la société parisienne où on dîne avec ceux qu'on attaque et qu'on tutoie.

C'était au pavillon de Saintonge dans les jardins des Champs-Elysées pour la remise de sa Légion d'honneur à Thierry Neuvétoile, le directeur de *Sept sur Sept.* Une telle distinction pour un membre éminent du quatrième pouvoir, c'est plus médical que rédactionnel : l'Etat tire son chapeau à un œsophage blindé capable d'avaler les couleuvres l'une derrière l'autre. Celui qui remettrait la sienne à Thierry allait devoir épiler ses phrases pour éviter toute allusion piquante à la complaisance. C'était le ministre de la Culture et de la Communication qui s'y collait. Pour un journaliste ! Passons. Et faites confiance à Neuvétoile pour ne pas entrer dans ce genre de considérations : on le félicitait et tout Paris allait lui taper sur l'épaule ; pour un provincial du Gers, rien d'autre ne comptait. Il était arrivé. Où donc ? Nulle part dans l'estime générale, mais il y était ! Et nous tous avec lui. *Le Point*, *L'Express*, *Match*, *Le Nouvel Obs*, *Marianne*, *Le*

Figaro, *Le Monde*, *Libé* et les autres avaient délégué leurs directeurs et leurs rédacteurs en chef ; Johnny Hallyday, Alain Delon, Patrick Bruel, Thierry Ardisson et Marc-Olivier Fogiel s'étaient déplacés ; cinq ou six ministres, quelques-uns de leurs prédécesseurs et plusieurs de leurs successeurs serraient des mains ; je n'oublie pas Karl Lagerfeld ni les états-majors de Dior, de Gucci et des principaux annonceurs de *Sept sur Sept*. Une vraie réunion de famille : la mafia parisienne, la plus civilisée de toutes. On n'est pas à Palerme, ni à Moscou ou à Hong Kong. Le champagne venait de chez Pol Roger, les fleurs de chez Gilles Clément, les pâtisseries de chez Pierre Hermé et les tenues de chez Lanvin. Je ne parle même pas des femmes : à 40 ans, les Parisiennes anéantissent le reste du monde. Elles ont trouvé leur coiffure, leur silhouette, leur couturier, leur ton et elles mènent la chasse à l'âge où les autres encombrent le rayon mémère. Dès qu'elles ouvrent le bec, elles ont du style et lancent avec une grâce parfaite leur hameçon dans le vivier des perfidies mondaines. Si je l'avais oublié, Anne-Marie Vidal, la rédactrice en chef de *Gala*, me l'aurait rappelé. J'adore cette souris. Assez grande, très mince, de longs cheveux blonds, un sourire à provoquer des embouteillages, des tenues classiques mais moulantes, elle porterait des escarpins sur la mer de Glace. Avec ça, aussi incollable sur l'histoire de France que sur les vertus respectives des dernières crèmes hydratantes de Lancôme et d'Yves Saint Laurent. Ayant pris mon bras pendant le discours de Renaud Donnedieu de

Vabres qui remettait son hochet à Neuvétoile, elle m'en livrait la traduction simultanée :

— Cet hommage à l'objectivité de Thierry, c'est une subtile allusion à Aristide Briand qui jugeait la pensée de Barthou claire comme de l'eau de roche et habile, comme elle, à épouser la forme de toutes les carafes… Ce coup de chapeau à son refus des petites formules qui tuent et ne proposent rien, c'est une discrète référence à Paul Morand comparant Poincaré à une caravane de lieux communs dans un désert d'idées…

Et ainsi de suite. Saint-Simon s'en est mêlé, Chateaubriand a eu son mot à dire et Neuvétoile s'est trouvé habillé pour l'hiver : une nullité commode car sans surprise. Debout juste à côté, Régine s'est tournée vers nous, les yeux écarquillés. Son étonnement n'a pas troublé Anne-Marie :

— Pas de panique, elle n'a sans doute pas entendu. A force de se faire opérer les paupières, elle a toujours l'air ébahi.

Sur quoi, elle en est revenue à sa victime. Elle se faisait une toute petite idée des éditos de Thierry :

— Premier paragraphe : cette situation est intolérable, ça ne peut pas continuer, la classe politique devrait avoir honte. Deuxième paragraphe : ce n'est pas nouveau, il en a toujours été ainsi. Troisième paragraphe : les remèdes démagogiques feraient encore plus de mal que de bien, gardons-nous de tout simplifier. Dernier paragraphe : tout va mal et j'ai honte pour notre génération mais il n'y a rien à faire…

Franz-Olivier Giesbert a éclaté de rire. Il approuvait.

A sa manière, toujours plus ou moins dopée à la testostérone d'orang-outan :

— C'est vrai qu'à la place des couilles, Thierry a des cachous. Mais toi, c'est une scie électrique que tu as entre les lèvres...

Là-dessus, il lui a tendu la joue. On s'embrassait tous, on s'aimait, la journée s'achevait, bientôt la semaine et, le vendredi soir, personne n'est pressé de rentrer s'ennuyer à la maison. Plutôt s'offrir un whisky et un « small talk » avec nos chers ennemis. Anne-Marie, par exemple, m'avait forcément inscrit en tête de liste des siens. Au cours du seul mois précédent, j'avais gagné deux affaires contre elle. *Gala* avait dû verser une grosse somme à l'ancienne épouse d'Alain Delon pour avoir publié sans son accord des photos de ses enfants et de leur père qui posaient ensemble à l'occasion d'un tournage avec l'aîné ! Plus fort : j'avais obtenu 20 000 euros pour Caroline de Monaco et son mari mécontents que le magazine ait évoqué la convalescence de ce dernier. Je signale (pour ma gloire personnelle) que le prince en question en avait lui-même parlé à la télévision et que son médecin avait également accordé une interview. Dans un pays qui a coupé la tête de ses rois, ma victoire était un scandale. Il fallait vraiment un tribunal de petits-bourgeois banlieusards pour accorder un droit à la vie privée à ce couple de noceurs à qui on donne toute l'année de l'« Altesse ». Je vous rassure : je ne tombe pas dans ce grotesque, je ne vais pas à Monaco, je ne les reçois pas dans mon cabinet et jamais de ma vie, je n'appelle qui que ce soit autrement que monsieur ou madame.

Louis XVI était un brave gars mais j'aurais voté sa mort sans hésiter une seconde : je n'aime pas les rois mais j'accepte leur argent. Et la principauté ne crache pas sur les petits subsides que j'obtiens pour elle de nos braves tribunaux. On est tous faits pour s'entendre. Il suffit d'éviter la susceptibilité – le pire fléau dans une carrière à Paris car elle embrouille tout. De ce côté-là, avec Anne-Marie, je ne risquais rien. Aucun amour-propre ne venait jamais troubler ses calculs. Elle classait mes petites victoires dans la colonne de gauche et ses excellents chiffres de vente dans celle de droite et basta. Un soir, on avait failli coucher ensemble. Cette éventualité continuait de planer entre nous. Un mois plus tôt, elle m'avait demandé de lui servir d'escorte à la soirée donnée par le groupe Axa pour le vernissage de l'exposition Ingres au Louvre. Une de ses ancêtres avait servi de modèle au peintre quand il vivait à Rome. Pendant le souper, elle avait réglé leur compte aux comédiennes dont elle faisait consommation à longueur de pages :

— Heureusement que je ne rencontre jamais les gens dont mon journal parle. La simple idée de parler avec des acteurs, je meurs d'ennui. Qu'est-ce que je leur dirais ? Nous n'avons aucune référence commune, les noms propres qui me font rêver ne leur disent rien. Quand je les croise, j'ai l'air d'une revenante. Parler avec eux, c'est prouver à tous que mon monde a disparu. Comment citer Drieu, Morand, Barbey ou Diderot à des gens qui tournent *Camping* ?

Aucune idée. Il y a sûrement une différence entre les

gens cultivés et les autres mais j'ai oublié laquelle. La bande dessinée, le jazz, la sculpture moderne, la peinture perse, la danse moderne, les séries télé, le cinéma japonais, le rap… Il y a tant de cultures dont Anne-Marie n'a pas la moindre idée que je n'allais pas entrer dans son jeu. Moi aussi j'ai lu trente fois *Le Neveu de Rameau* mais je ne pense pas avoir parlé de lui depuis la classe terminale. Quel besoin avait-elle de mettre Patrick Bruel sur le sujet de Diderot ? Si je l'aimais, elle, c'était pour ses vacheries, pas pour ses citations. La voir cinq minutes suffisait à me rappeler que, dans le mot « Parisienne », la hyène suit Paris. Comme elle, elle avait du goût pour les bêtes blessées : Chirac, par exemple, ou Dominique de Villepin. Elle a fait grand compliment à Giesbert sur le tranchant des griffes que son nouveau livre avait plantées dans ces deux proies. Comme il préférait cacher ses crocs le temps de digérer son butin, au lieu de répondre, il est parti rôder du côté de Donnedieu de Vabres et consorts, possibles dépouilles ministérielles de ses prochains essais. Anne-Marie a posé sur lui un regard tendre :

— Il me plaît. Il est sexy. Et puis il rappelle aux hommes politiques qu'une petite hache suffit à abattre un grand chêne.

A qui le disait-elle ? C'est aussi la mission des avocats. Et quelqu'un est juste venu me le remettre en mémoire. Edouard Breda lui-même, le rédacteur en chef de *Scoop*. Au début, j'ai pensé qu'il s'approchait pour la saluer, elle. Certaines pages de *Scoop* chassent sur les mêmes terres que *Gala* et les grands rivaux font souvent les meilleurs amis. En l'occurrence, mauvaise pioche. Edouard a poliment salué Anne-Marie mais s'est excusé : il souhaitait me parler en privé. De fait, il voulait carrément m'engager pour faire un procès à un autre. Qu'il pense à moi, adversaire régulier de *Scoop* depuis une dizaine d'années, je n'en suis pas revenu. Lui trouvait ça naturel :

— C'est toujours ainsi. On fait appel à ceux qu'on connaît. Dans le cas des avocats, c'est forcément ceux qui nous cassent les pieds. Rappelez-vous Charlotte Corday. La première personne à qui elle a songé confier sa défense, c'était Robespierre.

Tiens donc ! Ça m'avait échappé. Il faudrait quand même le vérifier. Mais plus tard. Edouard avait besoin de moi à l'instant même. Quand j'ai suggéré qu'il passe à mon cabinet la semaine suivante, il a mis les choses au point : on partait sur-le-champ. Chez ma cliente ! On allait déclarer la guerre à un mastodonte du show business : Bruce Fairfield, et donc à Continental Music. Même moi qui n'aime que Bach et Mozart, j'avais un ou deux C.D. du premier. Et je n'avais jamais travaillé pour le second. En clair : l'affaire s'annonçait juteuse et je ne risquais pas le conflit d'intérêt. J'ai récupéré en vitesse mon manteau au vestiaire et Edouard m'a poussé dans le taxi. Il y avait le feu. J'aime bien ça. Dix minutes plus tard, on était au Trocadéro chez ma nouvelle cliente : Agnès de Courroye.

Malgré son œil au beurre noir et son bras en écharpe, il a suffi qu'elle prononce trois mots, qu'elle fasse quelques pas, qu'elle me désigne un fauteuil et qu'elle propose un whisky pour que je me retrouve pieds et poings liés entre les griffes de cette ensorceleuse. Trente secondes avec elle et on devinait qu'en sa compagnie, le soleil brillait sous terre. Non que son physique à lui seul ouvre tant de perspectives mais là, chez elle, sa tenue, son appartement, son parfum, la douceur de sa voix, le choix des gravures aux murs, celui des quelques bibelots, tout répétait qu'on allait goûter un vin exceptionnel. Sur une échelle du charme graduée de 1 à 10, elle méritait au bas mot 11. Cela sans jamais qu'un effet soit appuyé. L'immeuble était beau mais l'appartement petit. D'entrée, on pénétrait dans le salon. Une seule double fenêtre suffisait à l'éclairer mais on avait l'impression d'être reçu dans une bibliothèque. A part un mur entier tapissé en verre fumé pour donner de la profondeur à la pièce et bonne mine à ses occupants, les yeux ne se posaient que sur des rayonnages en chêne clair envahis d'un fouillis d'albums d'art, de livres reliés et de romans aux dos esquintés à force d'être lus. L'antre d'une célibataire qui dînait seule avec un plateau sur les genoux face à son écran car deux canapés, une table basse, de belles lampes en métal argenté et une impressionnante télé composaient l'essentiel du mobilier. La moquette, les tapis, cette masse de papier étouffaient les sons. On avait l'impression de se reposer dans un cocon cousu d'or sans une trace de luxe m'as-tu-vu. Quant à Agnès, elle ressemblait au cadre dans lequel elle aimait se retirer : classique sans chiqué. Elle a abattu ses cartes sur le ton de l'évidence, très calme :

— J'ai 43 ans et l'occasion de me constituer enfin

une pelote. Je ne compte pas la laisser passer. Bruce s'est comporté comme un ange pendant quinze jours mais l'alcool le ramène vite aux manières rustiques de son Wyoming. En trois heures, le crooner redevient un indigène des Appalaches. Il a pris le Bristol pour une étable et m'a traitée comme une pouliche. J'aimerais que vous le lui fassiez regretter. Et, autant que possible, qu'on n'entre pas trop dans les détails. Je ne crois pas qu'on ait jamais parlé de ma famille dans les journaux. Ma mère ne va pas apprécier cette nouveauté et, surtout, j'aimerais l'épargner à mon fils.

Manque de chance, les détails, c'est mon truc. On ne m'en donne jamais trop. Même là, il m'en fallait. A première vue, j'allais faucher ce pauvre Fairfield plus vite qu'un épi de blé mais, avant le sarclage, je préférais tout savoir. Dans nos affaires, les scrupules sont comme la mauvaise herbe, inutiles et dangereux. A cause d'eux, on oublie une péripétie qu'on doit ensuite cacher, ce qui amène à mentir, et à partir de là on est pris dans ses silences comme dans des sables mouvants. Sur le ton le plus professionnel, j'ai donc prié Agnès de ne rien oublier. Cela dit, j'ai agi en douceur. Pas question de la brusquer :

— Le droit est une matière très souple pour ses techniciens mais tout à fait rigide pour ses consommateurs. Les juges et les avocats en font ce qu'ils veulent mais les victimes et les accusés, eux, le prennent comme on le leur tend. Fairfield et Continental vont embaucher de très bons avocats et ils vont nous tordre le code civil jusqu'à vous transformer en harpie provocatrice, affamée et affabulatrice. Je veux tout savoir sur vos rapports avec Fairfield afin de prévoir où ils porteront leurs coups.

Cela risquait d'être long. Elle s'est versé une goutte de whisky, a posé la bouteille sur la table à côté du seau à glace et nous a priés de nous resservir tout seuls. Puis elle s'est lancée. Fontainebleau, le Cristal Room, Sarkozy, le Bristol, le Pellicano, le Globe… Elle m'a débité tout un roman, un peu Harlequin au début, vaguement Série noire à la fin. Ça tenait debout. Et elle m'a épargné les bons sentiments. C'est le côté château de ces femmes du Trocadéro : elles profèrent des horreurs dans une langue si irréprochable que la muflerie s'y teinte d'une nuance de franchise. En clair, elle avait d'emblée rangé Fairfield parmi les vaches à lait et si elle le jugeait totalement inefficace au lit (elle s'en moquait d'ailleurs complètement), elle le trouvait très décoratif en public. N'était son insoluble problème d'alcool, elle aurait dit oui quand il avait demandé sa main mais elle avait réclamé un délai de réflexion, ce qui avait sorti la star de ses gonds :

— Vous devez comprendre que personne ne lui dit jamais non. Sa vie n'a rien de normal. Bruce n'accomplit pas un geste tout seul. Il passe son temps accompagné d'une cour, au cœur d'une escorte de coiffeurs, d'attachés de presse, d'entraîneurs personnels et d'agents. Même pour ouvrir une bouteille d'Evian, il lui faut un assistant. Du reste, comment ferait-il ? Il a son portable à l'oreille toute la journée.

Et ainsi de suite. Puisqu'elle avait choisi de tourner la

page, elle n'hésitait pas : désormais, Fairfield ne valait rien. Seule délicatesse de sa part, elle n'a jamais mentionné sa possible homosexualité et, quand Edouard a abordé le sujet, elle l'a écarté d'un geste :

— Qu'il soit narcissique, aucun doute. Il passe deux heures par jour à se bichonner devant la glace et fait mille fois plus travailler ses abdos que sa bite. A part ça, rien. Si vous voulez savoir, il ne mate pas les serveurs. Personne ne l'intéresse, sinon lui. Ni rien. Sinon sa musique.

Tant mieux pour lui. Il se consolerait avec son piano. A condition, bien sûr, que je le cloue au mur. Sauf que, pour cela, j'avais besoin de détails beaucoup plus crus que les évocations du coucher de soleil sur la mer Tyrrhénienne. J'ai donc prié Agnès de me raconter minute par minute la soirée fatale. Et là, elle a changé du tout au tout. Ses phrases se sont mises à traîner, sa vivacité avait disparu. Au lieu de sa façon habituelle de raconter, précipitée et pleine d'observations, elle m'a livré un compte rendu laborieux. On aurait dit qu'elle traduisait chaque phrase du latin. Pour finir, ce ne fut pas très long, ni très convaincant. En gros, Fairfield l'avait jetée brutalement par terre, puis contre un radiateur et lui avait cassé le bras. Au lieu de s'excuser, il l'avait giflée avec assez de violence pour lui donner un œil au beurre noir. Un esprit favorable pouvait attribuer tant d'hésitations à l'émotion de la victime sous le choc. Un sceptique, lui, aurait jugé cette reconstitution assez plate. Inutile de préciser que j'appartiens à la seconde catégorie. Quand Agnès a eu achevé son récit, je suis resté silencieux. Assez longtemps pour semer le doute. Il ne faut jamais hésiter à affoler un client. On fait mieux ressentir l'effort que l'avocat devra fournir à son service. Mon mutisme a vite obtenu le résultat escompté. Elle s'est jetée à l'eau :

— Vous me croyez, n'est-ce pas ?

Merci. Merci mille fois. C'est exactement la question que j'attendais. Victimes ou coupables, ils finissent tous par la poser. Or elle n'a aucun intérêt. Le droit ne repose pas sur la vérité mais sur la négociation, l'intimidation, le bluff, la manipulation, la récusation... De bons témoins blanchissent un coupable, une mauvaise déposition noircit un innocent. Au tribunal, on n'est pas dans un livre en noir et blanc. On parle d'une photo sépia. Tout est gris, flou, douteux. A part ça, mon cynisme a des bornes : je ne récuse pas la vérité, c'est une option comme une autre. Je n'ai pas tourné autour des mots :

— Que vous me mentiez un petit peu ne me gênerait pas. Au contraire. J'ai tendance à appliquer une surtaxe aux clients totalement sincères et innocents. Ils me mettent mal à l'aise. Leur droiture donne trop d'obligations. Au lieu de prendre une affaire comme une joute, j'en fais un combat vital. Et je n'aime pas ça. Donc je le facture. Je préfère avoir l'autorisation de louvoyer. Que vous déguisiez un peu les faits ne me troublerait pas du tout. La seule chose que je vous demande, c'est de ne jamais mentir quand je vous poserai une question précise. Cela dit, rassurez-vous, si tout se passe bien, je ne le ferai pas. C'est une règle absolue chez moi : j'écoute ce que mes clients veulent me dire et je ne les interroge qu'en dernier recours. Quand une affaire est lancée, ce n'est plus la victime qui parle, c'est l'avocat. Moins il s'encombre de mensonges, mieux c'est. Je n'essaierai pas de vous en arracher.

En clair, je ne la croyais qu'à moitié mais qu'à cela ne tienne, je prenais le dossier. Elle m'a regardé comme un Rubik's cube. Elle ne s'attendait pas à mon numéro. De là à rester ébahie, non. Elle a caché sa surprise et suggéré qu'on descende dîner dans un petit restaurant voisin, avenue d'Eylau. Je pense qu'une parenthèse la tentait, le temps de faire le point avec elle-même. D'ici à ce que nous nous retrouvions à table, elle aurait mis ses idées au clair. Seulement, cela ne me convenait pas. On n'attaque pas à la légère une superstar américaine. Et, surtout, on ne le fait pas tout seul de Paris. J'ai donc mis les point sur les i :

— Que je m'occupe de vous, très bien. Je me débrouille comme un autre. Edouard vous dira comment je fais saigner la plus insignifiante égratignure mais je plaide en France. Et, chez nous, croyez-moi, vous ne jetterez pas les bases d'une fortune sur le dos de M. Fairfield. La justice fera plus appel à vos trésors de patience qu'à vos éventuels talents de gestionnaire. Imaginons que, dès demain, je porte plainte avec constitution de partie civile auprès du doyen des juges d'instruction. Que se passera-t-il ? Rien. Le doyen désignera plus tard un juge d'instruction. Plus tard encore, celui-ci ouvrira une information judiciaire. Et plus tard encore, beaucoup plus tard, celle-ci sera lancée. En présence de qui ? De vous, de moi sans doute et de nous seulement.

Je vois mal l'Amérique extrader une de ses superstars à cause d'une imputation de bras cassé. Donc nous serons entre nous, cela durera des mois, peut-être des années et, à terme, que toucherons-nous ? Dix mille euros, peut-être vingt. Au mieux trente si je me bats comme un lion pour arracher cette somme et pour la garder à titre d'honoraires. Vous vous serez livrée en pâture à la presse et vous aurez nui à M. Fairfield mais, à l'arrivée, vous devrez vous contenter d'une victoire morale.

Si elle m'avait pris pour un fruit confit, son palais lui disait désormais tout à fait autre chose. Son regard s'est éteint. C'était le moment où jamais de prendre en photo la proie de Fairfield : elle faisait pitié. Sous le choc, Edouard s'est servi un troisième whisky. Mieux valait qu'il n'allume pas trop vite une cigarette : il aurait pris feu. J'adore ce genre de situation : créer le désarroi, jeter tout le monde au fond du trou et, soudain, apparaître en sauveur. Car, la solution, je l'avais :

— Pas de panique. Vous auriez pu vous faire violer par une star française. Résultat : on serait marron. Mais vous êtes vernie : l'agresseur est américain. On va l'attaquer chez lui. Et là-bas, pas de blague : c'est ceinture et bretelles, pénal et civil, humiliation publique et ruine privée. Ils veulent tout et, si vous résistez, on vient vous arracher votre dernier slip avec les dents. Par conséquent, si vous êtes d'accord, je vais appeler mon confrère Charles Benford. Le seul fait d'entendre son nom coupera les pattes à Continental. Charles est un vrai mammouth. Au palais de justice de Paris, pour transporter une paire de couilles comme les siennes, il faudrait une brouette. Vous verrez, grâce à lui, tout va aller très vite. On n'ira certainement pas au procès. Quand vous passerez à la banque, vous ne ferez plus la queue.

Oubliez l'odeur du sang. Seule celle de l'argent intéressait Agnès. Elle se moquait bien d'humilier Fairfield mais lui ponctionner quelques millions l'enchantait d'avance. Elle a repris des couleurs. Un seul détail la chiffonnait encore. Toujours le même : l'argent. Elle redoutait d'avance que le futur magot ne passe à régler la facture de Charles. La pauvre chérie voyait les avocats américains comme des rapaces. Je l'ai rassurée :

— Aucun risque. Charles ne vous facturera rien. Il se paiera sur la bête. Si, comme je le crois, il nous suffit d'apparaître pour que Fairfield et Continental se décomposent, il prendra 15 ou 20 % de vos gains. S'il faut lancer des enquêtes et rouler des épaules, le pourcentage augmentera. Mais, soyez-en sûre, s'il y a un iceberg quelque part, Charles le repérera.

— Un quoi ?

— Un iceberg. La bonne grosse vérité glaciale et cachée qui coulera Fairfield. Cela dit, j'en fais mon affaire, vous ne sortirez presque rien de votre poche. Et la galette sera succulente.

Elle m'a cru sur parole. Comme elle avait retrouvé un certain tonus, elle m'a prié de bien vouloir appeler Charles, sur-le-champ ! Ce que j'ai fait pour notre plus grand profit. Après notre conversation, j'avais dix ou douze heures de travail urgent pour Agnès. Elle devait résumer son affaire en dix ou douze feuillets sans omettre une seule date, ni une seule des personnes aperçues pendant sa lune de miel. Le tout prêt dès le lendemain matin. Elle a paru accablée. Pas moi. Tout s'arrangeait :

— Vous n'allez pas dîner, vous allez boire des cafés et fumer toute la nuit jusqu'au point final. Quand vous serez épuisée, Edouard fera venir un photographe de *Scoop*. Je veux des images atroces. Que chaque ride ressorte, que les cernes se creusent, que l'épuisement saute aux yeux. Si vous voulez, je vous remets une bonne claque sur l'œil. Tâchez qu'il soit fermé et gonflé. Et faites pleurer avec l'autre. Ayez l'air apeuré.

Le lendemain, à 10 heures, j'ai récupéré le texte et les photos. Pendant que mon assistante confiait la déposition à un cabinet de traducteurs, j'ai accompagné Agnès au commissariat des Champs-Elysées. L'affaire était lancée. A tout hasard, j'ai tapé Edouard d'un chèque de 4 000 euros. Il n'a pas bronché. Lui aussi, elle l'avait ferré.

CHAPITRE 12

Coco Danceny. Quand j'ai appris la nouvelle, j'étais déjà exaspérée. A cause d'Ariane, la femme du chanteur de notre meilleur groupe rap : la petite conne blanche qui se croit investie de la mission de protéger son chéri black. La presse rock, la télé, la maison de disques bien sûr, les copains, les organisateurs de concert, tous ceux qui avaient « fabriqué » son excité de mari étaient désormais suspects. A présent, avant toute initiative, il fallait le feu vert du pois chiche qui lui tenait lieu de cerveau. Parce que son petit cul blond montait à la tête de Bobby, elle se prenait pour Evita Peron. Le ton sur lequel elle me parlait ! Ensemble, ils ne passaient plus les portes. Elle avait fait de la racaille la plus sympa de Paris un enquiquineur toujours en train de chicaner. Ce matin-là, c'était le pompon. Il fallait que j'appelle *L'Express* pour leur interdire de passer la photo de Bobby avec Nelson Mandela ! Je ne vous dis pas, deux ans plus tôt, les trésors de diplomatie dont Continental avait fait preuve pour obtenir une audience au Cap. Pauvre Nelson Mandela : toutes les petites starlettes blacks de la planète tiennent à lui baiser l'anneau. S'il cédait, il passerait sa vie à recevoir des hommages. Quoi qu'il en soit, on avait obtenu le sésame pour Bobby. Grâce au morceau qu'il avait composé contre le sida dans l'album des Enfoirés. Et parce que l'ancien président sud-africain voulait qu'on lui explique cette histoire de voile islamique dans les banlieues parisiennes. Je vous le rappelle : on était en 2003. L'ambassadeur de France avait déjà plaidé notre cause mais Bobby s'était retrouvé second porte-parole officiel de la laïcité à la française. Comme si la IVe République avait envoyé Edith Piaf comme juge au tribunal de Nuremberg ! C'était loufoque. Inutile de dire qu'il avait préparé ses fiches ; on s'y était tous mis. Le résultat n'avait pas déplu : alors qu'on nous avait accordé une dizaine de minutes, la rencontre s'était éternisée. A sa sortie, Bobby lévitait. Pendant trois mois, il n'a parlé que de son nouveau Dieu. Et voilà que, ce fameux matin, sa souris ne tenait plus à remettre ce glorieux tête-à-tête sur le tapis. *L'Express* devait se concentrer sur Bobby, sur son message – et, bien sûr, sur elle :

— Arrêtez votre numéro de bon Black Banania. Bobby est français. Pas la peine de le montrer en Bantou des cités qui va rendre hommage à l'Oncle Tom. Si vous lisiez ses textes vous sauriez qu'il peut parler du chômage, de la violence, de l'amour, de Sarkozy, de la France, de ce qui nous intéresse. Oubliez cette photo : Bobby n'est pas la groupie bronzée du dalaï-lama noir. Montrez plutôt des images de notre mariage. Il a épousé une Alsacienne blonde et on a sauté l'étape du curé et de l'imam. Ça, c'est intéressant et ça révèle quelque chose sur la prétendue guerre de religion des banlieues...

Si on lisait ses textes ! Pauvre idiote. On les lui écrivait, ses chansons. Mais elle s'en fichait bien. Une seule chose lui importait : être en photo dans *L'Express*. Et là, elle ne risquait pas d'apparaître. Au moment du pèlerinage auprès de saint Nelson, Bobby n'avait pas souhaité emmener sa petite friandise blanchâtre. Depuis les choses avaient changé. Ariane avait pris le pouvoir. Il n'y en avait plus que pour elle. A la question « Quelle est votre plus belle histoire d'amour ? », Bobby avait répondu aux *Inrocks* : « Mon public. » C'était dégoulinant de mièvrerie mais, d'une certaine façon, sincère. Ariane avait fait un drame. J'avais déjà dû appeler pour rectifier. Et là ça recommençait. Car qui allait négocier avec *L'Express* ? Moi, bien sûr. Avec le commentaire inévitable de cette faux jeton quand elle feuilletterait le journal :

— Evidemment, ils ont sucré les photos avec Mandela. C'est toujours pareil. Il croient qu'on ne peut dialoguer qu'avec des analphabètes dans nos cages d'escalier...

Bref, il était 11 heures, je finissais mon quatrième café de la matinée et je n'étais pas à prendre avec des pincettes quand la secrétaire d'Olivier m'a appelée. J'étais attendue. Cela ne m'arrive pas tous les jours. Olivier est du genre furtif. Mince, silencieux, froid, poli, vêtu de gris ou de bleu marine, il glisse dans les couloirs de Continental et, s'il se faufile à l'occasion dans un bureau, c'est comme de la poussière. Il n'ouvre quasiment jamais le bec pendant les réunions. Avant son arrivée chez nous, je doute qu'il ait jamais acheté un C.D. Sinon du Bach ou un truc de ce genre. Il n'a pas été promu au mérite mais aux statistiques. Question de prestige : il fallait un énarque au groupe. Du coup, on a hérité d'un comptable. A son premier déjeuner de direction, il a exprimé si peu d'idées que tout le monde s'est demandé s'il avait vraiment fait cette fameuse école :

— Oui, pendant deux ou trois jours, avait insinué le Renard, toujours médisant.

Après enquête, il avait mené une assez belle carrière de haut fonctionnaire. A l'Intérieur ! Inutile de dire que cela avait jasé dans les couloirs. Un flic à la tête d'une maison de disques. Tout le monde jugeait ce choix insensé. Moi la première. J'avais bien tort. Nos rappeurs n'avaient rien trouvé à redire. Toujours à me parler comme à leur esclave, et à couvrir les flics d'injures, ils avaient mis un mouchoir sur tous leurs préjugés face à celui qui tenait leur sort entre ses mains. Moi-même je m'étais habituée à lui. Olivier faisait des efforts, allait à des concerts, invitait ses vedettes à dîner et, surtout, améliorait les comptes. Les résultats enchantaient la Bourse et il me harcelait cent fois moins que le Renard. Un seul mystère restait entier : quel calcul avait incité à engager un énarque ? Eh bien à l'instant même où je me suis assise en face de lui, j'ai obtenu la réponse.

A l'instant, j'exagère. Olivier laisse toujours s'écouler un moment avant d'adresser la parole à ceux qu'il convoque, comme s'il attendait qu'on frappe les trois coups. Donc, je me suis installée, et j'ai patienté. Heureusement. Si je n'avais pas été bien calée sur mon fauteuil, la stupeur m'aurait fait tomber par terre. Olivier a parlé à sa façon, très énarque, sans se presser, en ordonnant avec soin les informations. On a toujours un peu l'impression qu'il lit un prompteur ou qu'il dicte à sa secrétaire. C'est simple : avec lui, on entend la ponctuation.

— J'ai reçu un coup de fil de la place Beauvau. C'est le siège du ministère de l'Intérieur. J'y conserve quelques bons copains. Ils m'ont dit que le commissariat du VIIIe arrondissement a enregistré une plainte contre Bruce. Elle a été déposée par une certaine Agnès de Courroye. Je ne vous la décris pas : vous la connaissez mieux que moi. Sauf que, chez les policiers, elle est arrivée avec une minerve au cou et un bras dans le plâtre. Aucune ambiguïté dans sa déposition : c'est Bruce qui l'a tabassée. Il y a trois jours, le soir du concert de Moby. Au Bristol.

Je préfère ne pas m'être vue à cet instant. Je devais ressembler à un coq électrocuté par le soleil levant. Tout le duvet de mes avant-bras s'était dressé à la verticale. Après l'affaire Cantat, en pleine affaire Johnny, la presse allait se jeter sur moi. Chez Universal, ces deux catastrophes avaient mobilisé les gens pendant des mois. Ce serait du harcèlement. J'étais bonne pour avoir une ride de plus dès le lendemain. Toutes mes colères s'entrechoquaient. Contre Olivier, d'abord, qui avait cru bon de préciser ce que signifiait l'expression « place Beauvau ». Contre la verrue Neuilly-Auteuil-Passy ensuite. Sous le coup de la fureur, j'ai juste trouvé à dire :

— Le Bristol ? L'hôtel ?

Olivier ne m'a pas loupée :

— Evidemment l'hôtel ! Pas le garage Peugeot de la porte Champerret. Vous êtes sûre d'être directrice de la communication ?

J'ai préféré la boucler. J'avais intérêt à mettre très vite mes idées en ordre. Le calme d'Olivier faisait peur. Parfois je regrettais les colères hystériques du Renard. Avec lui, on jouait selon les règles : patron odieux mais franc du collier. S'il avait pu, il aurait fumé deux cigares à la fois mais il ne vous faisait pas d'enfant dans le dos ; il préférait cent fois vous aboyer au visage. Avec Olivier, rien de tel. Dans un bac à sable, cette petite chose n'aurait pas fait peur à des garçonnets. Mais, parvenu là où il était, il faisait froid dans le dos à tout le monde. Cette anguille ne vous regardait jamais en face. Deux mois plus tard, le jour où il m'a virée, j'ai trouvé mes affaires sur le trottoir, on m'a interdit de rentrer dans l'immeuble et jamais, au grand jamais, il ne m'a reçue pour s'expliquer. Instantanément transférée au service contentieux, j'avais été rayée de sa mémoire avant même de connaître mon sort. C'est son style : fermer la porte, bloquer le verrou et s'isoler dans sa chambre. Autour de lui, aucun de ses employés n'existe. Lors d'un entretien avec *L'Expansion* (rencontre qu'il m'avait ordonné d'obtenir en huit jours), il avait déclaré : « Je vais hisser ce groupe au premier rang européen. » Et ce couillon pensait s'en attribuer seul le mérite. Qu'est-ce que les sténodactylos ou les attachées de presse peuvent bien élever vers les sommets ? Rien, sinon leur versatilité, leur ignorance et leurs journées de R.T.T. ! A ses yeux, mon rôle était simple : avoir le contact avec le monde entier pour sa plus grande gloire personnelle et garder la distance pour ne pas lui faire d'ombre. A tout instant, je devais disparaître. A la soirée Moby, il m'avait fait signe trois fois pour le présenter à trois personnes. Sitôt la formalité accomplie, il m'avait congédiée en me priant d'aller m'occuper de nos invités. C'est un vrai hérisson : chacun de ses mots pique, chaque phrase réussit à blesser. Bon, j'abrège. Je n'aime pas Olivier. Mais là, il attendait une réponse. Je me suis lancée.

— Je vais me renseigner auprès de Bruce. Il est toujours au Bristol. Si vous voulez, je peux lui demander de passer. Quand on saura ce qui s'est vraiment produit, j'appellerai notre avocat. Dans une heure, je vous tiens au courant…

D'habitude, en réunion, son grand truc, c'est de grommeler : « La suite », avant même qu'on ait achevé d'exposer un point de vue. Là, il a juste lâché :

— Vous avez fini de caqueter ?

J'ai entendu ces cinq mots à peine murmurés et j'aurais aimé perdre l'ouïe. Ce salaud m'a clouée à vif :

— Je n'en reviens pas que vous ayez su mener à bien une seule opération de relations publiques.

Sur quoi, il a laissé passer un long moment. Je cherchais des yeux la porte qui ouvrait sur des indemnités quand ce sadique a repris les opérations en main :

— Première chose : vous mettez Bruce dans un avion pour New York illico. Vous ne lui donnez aucune explication. S'il se plaint, qu'il appelle son agent. Dites-lui que le bureau parisien de Continental n'a plus besoin de lui. Précisez qu'à compter de maintenant, on ne paye plus un centime pour son séjour. Surtout, je dis bien surtout, n'abordez pas la question de cette Agnès. Pour laver un ours, il ne faut surtout pas lui mouiller les poils. L'ours c'est nous. On ne doit à aucun prix se laisser éclabousser par son comportement. S'il s'est mis dans de sales draps, c'est son problème. Pas question de sembler couvrir le tabassage d'une femme. Par chance, officiellement, à cette heure-ci, on ne sait rien. Je dis bien : rien ! Donc on éloigne la brute yankee de nous et on ne bouge pas.

Ne me prenez pas pour une oie blanche. Depuis le temps que je communique, je sais que les mots information et mensonge sont aussi indissociables que Réaumur et Sébastopol. Je n'en fais pas un drame. C'est plutôt une sorte de jeu. Mais là, ce qu'il me demandait, ce n'était pas de mentir mais de trahir. On m'envoyait m'essuyer les pieds sur Bruce. J'ai essayé de sauver l'honneur :

— Il paraît que quand un ami est borgne, la fidélité consiste à le regarder de profil. On pourrait tenter le coup avec Bruce. Je travaille avec lui depuis dix ans. J'aimerais lui laisser une chance de tirer ce malentendu au clair. S'il part, les journaux auront vite fait de dire qu'il s'est enfui.

J'aurais mieux fait de garder mon humanité pour moi. Aucun espoir que mon numéro de Mère Teresa ne touche le cœur d'Olivier. La bienveillance était hors sujet. Tout comme la presse :

— Les journaux ! Mais on s'en moque bien, de la presse. C'est la justice qui va s'en mêler, et pas la petite justice française, chicanière, administrative, partiale et servile avec les stars mais la vraie justice, l'américaine. Et là, plus question de rigoler. Ses avocats vont nous ruiner et, s'ils se débrouillent bien, ils vont nous inculper. Et quand je dis « nous », je dis « vous » et « moi ». Je ne sais rien, je n'ai vu personne, je ne connais plus Bruce, vous me balancez cette patate brûlante dans un avion et vous ne lui dites pas un mot de la plainte déposée contre lui. J'ai bien dit : pas un mot. S'il nous fait un aveu, s'il peut citer une de nos phrases, si on glisse un ongle dans son affaire, tout est fichu : on sera enfermés dans la camisole du mensonge. La vérité est une bulle de champagne, elle remonte toujours à la surface. Un seul remède à la crise à venir : la fuite. Pour l'instant, on déblaye le terrain et on se met à l'abri. Quand Bruce sera loin, quand le scandale éclatera, on jouera la comédie comme les autres : « Nous sommes solidaires, nous gardons notre confiance, c'est un complot, et cætera, et cætera... » Tout ce que vous voudrez pour rassurer les autres stars de la maison et pour donner une bonne image de nous. Mais, pour l'instant, pas un mot. Ce qui signifie : qu'on n'en prononce pas un seul. C'est clair : pas un !

Surtout ne pas discuter. Primo : il avait sans doute raison. Secundo : cela n'aurait servi à rien. Autant caresser du bois que prononcer les termes de solidarité, d'amitié, de présomption d'innocence et autres gros mots. De là à sortir de son bureau comme une pauvre nullité incapable d'avoir une bonne idée ou de prendre une initiative, non! Puisque la défensive m'était interdite, j'ai suggéré de préparer déjà l'offensive. A défaut de protéger Bruce, je pouvais me renseigner sur cette plaie ambulante d'Agnès. Croyez-moi, j'avais des idées :

— Très bien, j'expédie Bruce au loin. Et je me renseigne sur la pauvre victime. Je vais vous en faire la victime idéale pour avocat de la défense, la vraie bonne victime, virulente, hautaine, calculatrice, coucheuse et grippe-sou. En huit jours, je saurai tout d'elle. Vous verrez : vous aurez l'impression de l'avoir choisie vous-même. J'en fais mon affaire.

Ma rage s'était dissoute. D'avance, je jubilais. Dans une semaine, je connaîtrais les faiblesses de cette Agnès comme le fond de ma poche. Et puisqu'on n'avait pas droit au mensonge, j'allais jouer avec la vérité comme le clown avec son cerceau. Olivier, moins rêveur, a essayé de me calmer :

— Faites ce que vous voulez mais ne m'associez en rien à vos intrigues. Surtout soyez discrète. Ne commencez rien tant que l'avion de l'autre imbécile n'a pas décollé. Et ne vous faites pas trop d'illusions. Si cette souris veut la peau de Bruce, elle l'aura. La fumée peut bien s'éloigner, les cendres restent. Si l'affaire éclate, Bruce sera grillé. La vie est ainsi faite et tant mieux : c'est une partie d'échecs. Un pion peut éliminer un roi. Cela dit, si vous renversez le pion d'une chiquenaude, bravo. Vous décrocherez peut-être une prime à la fin de l'année. D'ici là, faites place nette. Renvoyez Bruce dans ses grandes plaines et tachez de décommander les pages de pub pour son second concert à Bercy. Un seul suffira s'il tient jusque-là. Jusqu'à nouvel ordre, on ne mise plus un sou sur ce tocard.

Dix jours plus tôt, on lui déployait le tapis rouge. A présent, on l'exfiltrait par l'entrée de service. J'aurais dû me dégoûter. Par chance, je n'avais pas le temps. J'ai courageusement fait demi-tour et j'ai filé à mon bureau. D'abord pour annoncer à Bruce qu'il prenait l'avion le soir même. Divine surprise : il n'a pas discuté. Du moment qu'il embarquait sur un vol américain et en première classe, tout lui convenait. Depuis deux jours, il arpentait l'avenue Montaigne ; il était temps de retourner faire du shopping à Madison. Prudente, j'ai demandé si Agnès l'accompagnerait. Réponse : non, elle n'avait pas encore obtenu son visa. Parfait : une limousine passerait le prendre au Bristol. Qu'il n'oublie pas de laisser son portable en partant. Je l'appellerais à New York dès que j'en saurais plus sur les conditions du concert au mois de juin. Et basta. Quand j'ai raccroché, j'avais ressuscité. Tout se passait trop bien. Et ce n'était qu'un début. Le cercle vertueux n'allait plus arrêter de tourner. Car, ensuite, un vrai cadeau m'attendait. Son nom : Edmond, le chauffeur attitré de Bruce. Il a décroché à la première sonnerie de son portable et, une demi-heure plus tard, il était dans mon bureau.

J'ignore comment font ces gamins qui gagnent des ronds de carotte mais ils ont toujours l'air plus élégants que les patrons qu'ils promènent. Un costume gris, une chemise grise, une cravate grise et des chaussures noires cirées comme pour une parade, Edmond avait l'air d'une publicité pour Hermès. Dès que ces chauffeurs-gardes du corps ouvrent la bouche, sous l'uniforme du cadre supérieur apparaît le grizzli con comme une valise sans poignée. Mais pas le mien. C'était un Vietnamien, arrivé à Paris trois ans plus tôt, et il n'avait plus du tout le cerveau irrigué au nuoc-mâm, loin de là. Dans le genre, il était vraiment mariole. Il venait de passer la matinée avec le fils d'un prince koweitien :

— Un gamin de 16 ans. Sa mère me l'a confié pour l'emmener faire des courses. On est allés chez Jaguar. Il s'est acheté une décapotable. Ensuite, on est allés chez Virgin. Il a emporté une centaine de D.V.D. Il ne m'a même pas proposé d'en choisir un ou deux. Ces Arabes n'ont aucune élégance. Tout leur est dû. Un de ces jours, ils exigeront qu'on transforme Maxim's en chiche-kebab…

Aïe, aïe, aïe… Nos Chinois n'aimaient pas nos Arabes. Pas question de me lancer dans ce genre de débat. Cela dit, il m'a vite rassurée en me révélant que la mère du gamin s'envoyait en l'air avec le concierge du Lancaster, leur hôtel :

— C'est pour ça que, tous les matins, à 10 heures, le môme doit quitter les lieux. L'année dernière, elle avait une aventure avec son coiffeur. Quant à sa sœur, elle harcèle toutes les femmes de chambre. Dès qu'elles sortent, elles passent un voile pour afficher leur modestie mais, à l'hôtel, elles ont vite fait de remonter leur jupe.

C'était une vraie commère. Je ne pouvais tomber mieux. Comme j'en avais rêvé, il en savait aussi long sur ses clients que leur pyjama. Et c'est là que j'ai eu une chance de fer à cheval. Edmond se rappelait parfaitement les trois premiers jours de la liaison entre Agnès et Bruce. Sauf que là, il s'est montré plus prudent. Avant de déblatérer sur eux, il a testé mes réactions. Faites-moi confiance : j'étais tout ouïe. Il pouvait tout me dire sans crainte. Les stars m'en avaient fait voir de toutes les couleurs. Aucune de ses révélations ne me choquerait. Pour le mettre à l'aise, je lui ai raconté le dernier séjour à Paris, lors des Internationaux de France de tennis, d'un chanteur anglais cocaïnomane qui aurait sniffé toute la ligne de fond de court si je l'avais lâché à Roland-Garros. Sur quoi, on est passés au léger problème de Bruce avec l'alcool. Puis, à sa visite au château de Fontainebleau. Et là, le scoop ! Au retour, dans la Mercedes, à l'arrière, sous l'œil du chauffeur, Agnès avait taillé une pipe à Bruce. Le premier jour, juste avant la soirée au Cristal Room. Edmond était formel. Inutile de dire que je buvais du petit-lait. Cette fille était une vraie pute. Mieux encore, je vous le donne en mille, devinez ce qui est arrivé ensuite ? Après le dîner, Edmond a déposé Bruce ivre mort au Bristol puis a ramené Agnès chez elle. Et là, elle l'a fait monter et ils se sont envoyés en l'air. Avant de remettre ça le lendemain ! J'étais au septième ciel. Et aux premières loges car je l'ai fait entrer dans les détails. Pourquoi ? Par voyeurisme ? Pas du tout. Cette conversation était enregistrée.

La Agnès, j'allais n'en faire qu'une bouchée.

CHAPITRE 13

Bruce Fairfield. Putain de grenouilles! On était à Paris, merde, pas sur la planète Mars. Tout ce théâtre parce que je m'étais levé de table avant le dessert. Agnès est la Française qui passe son temps à jouer la Française et à se demander ce qu'elle fait dans ce monde de bouseux. Mais là, je l'ai trouvée grotesque. Quand elle s'est jetée dans la porte de la salle de bains, j'ai failli éclater de rire. Le cœur y était. Sauf qu'en reculant, j'avais renversé une lampe et il a fallu toute ma volonté pour retenir le guéridon et pour redresser l'abat-jour, tout en gardant l'équilibre. Impossible de me tenir les côtes en même temps. Ça, c'est sûr : j'en cuvais une bonne. J'ai complètement oublié les insultes d'Agnès. La bonne éducation du couvent des Oiseaux, sa chère école, était de sortie mais, dans mon état, tout me passait entre les oreilles comme le vent dans une cage. Je crois bien qu'elle hurlait en français. De toute façon, je le répète, je ne paniquais pas. Elle pouvait bien me déclamer ses imprécations, on reparlerait de tout ça, le lendemain. Un litron de Château-Latour à la vieille pocharde, un MP3 au fiston, une promenade à Bagatelle avec Agnès et tout repartirait comme avant. Il fallait surtout que je dorme. Que je dégueule et que je dorme. Faites-moi confiance, j'ai dormi.

Et puis j'ai attendu. Sans anxiété. Agnès avait du caractère et, quand on en a, il est mauvais. O.K. Mais la crise ne durerait pas. Pendant les trois jours que j'ai encore passés à Paris, je n'ai pas quitté un instant mon portable. La nuit, je le mettais à côté du lit et, le jour, dans la poche de ma chemise ; je l'emportais même dans la salle de bains. J'étais sûr et certain qu'elle allait m'appeler, trouver une petite formule sarcastique et remettre le couvert. J'admets qu'on ne ramasse pas l'eau renversée mais là, franchement, on parlait d'éclaboussures. Pendant quinze jours, on avait savouré chaque instant passé ensemble. On n'allait pas repartir chacun de notre côté avec notre petite colère sous le bras. Je suis allé au Louvre, Coco m'a organisé une journée à Eurodisney, j'ai dîné avec Moby, j'ai fait des courses avenue Montaigne et, chez Dior, j'ai acheté un collier et un bracelet de Victoire de Castellane pour Agnès. C'est dire que, pour moi, tout allait reprendre comme si de rien n'était. Un seul truc me chiffonnait : je n'avais pas envie de téléphoner le premier. C'est elle qui avait filé et je ne suis pas l'homme des heures de crise. Quand la tension monte, faites-moi confiance pour passer mon tour. Surtout avec les femmes. Je finis par me résoudre à affronter mon producteur ou un musicien mais m'expliquer avec ma petite amie demeure au-dessus de mes forces. Je n'y peux rien : ça ne vient pas. Aucune phrase ne sort. J'aimais Agnès de tout mon cœur, je ne souhaitais que son retour mais, dans mon esprit, l'idéal était de tout reprendre comme si rien ne s'était passé. Surtout ne pas revenir sans fin en paroles sur ce que j'avais fait, sur ce qu'elle avait compris… Or, je les connais : les femmes veulent étaler des couches de mots sur tout ce qui les a blessées. Si j'y suis acculé, je reste muet. Dans ces circonstances ma pensée et ma parole sont comme l'eau et la pierre : impossible de les mélanger. Résultat : tu vois la fille en face de toi s'échiner à forcer la serrure pendant un temps fou et, pour finir, découvrir que la porte ouvre sur un mur. Du coup tu passes pour un mufle. Une seule chose à faire : laisser le temps au temps. Pour ça, je suis le meilleur. Du reste, pourquoi se stresser quand il est si facile de faire preuve d'un peu de patience ? La colère d'Agnès passerait, elle me rejoindrait aux Etats-Unis. Avant de quitter le Bristol, j'ai seulement prié Coco de lui transmettre mes différents numéros à New York pour qu'elle puisse me joindre à tout moment. A défaut de le lui remettre moi-même, j'ai aussi fait livrer le cadeau acheté pour elle chez Dior. Je vous le répète : c'était une petite scène de ménage, rien de plus. Et puis, je l'aimais toujours…

Oubliez New York, le week-end. C'est au mieux le Queens, plutôt le Bronx. Tous les ploucs sont de sortie. Et les cinglés de Wall Street, stressés et cocaïnés, se défoncent au vin blanc et à la vodka orange. Si je me pointe quelque part, des inconnus vont me taper sur l'épaule, me demander des autographes et m'offrir des verres. Ou tu te murges ou on te prend pour la diva qui ne passe plus les portes. De toute façon, tu te maudis d'être sorti de chez toi. A Kennedy, quand Scott, mon souffre-douleur, a suggéré qu'on file directement à Long Island, j'ai sauté sur la proposition. A l'époque de notre mariage, Sofia y avait acheté un cabanon sur la plage d'Amagansett, Scott l'avait fait ouvrir et la soubrette portoricaine avait allumé le feu dans la cheminée. Venant de Scott, une telle suggestion aurait dû m'étonner. Dès qu'il s'éloigne des gaz d'échappement de Manhattan, il est en état de manque. Passer en voiture devant un fleuriste suffit à lui donner de l'asthme. Pourtant mes systèmes d'alerte n'ont pas fonctionné. A peine reposé le pied sur mes terres, tous mes problèmes de coordination avaient resurgi. Trois jours plus tôt, avec Agnès, je pouvais avoir soif et trouver tout seul la porte du minibar. Ou encore éprouver le besoin de passer un coup de fil et composer le numéro comme un grand. Et même sortir ma carte American Express et la tendre. Je ne me reconnaissais pas moi-même. Cinq minutes avec Scott et je suis redevenu le grand invalide habituel. Il a trouvé un porteur, il a récupéré les dix valises, il a acheté tous les journaux, il a fait amener la Cadillac à l'entrée du Terminal et on est partis sans que j'aie levé le petit doigt. Depuis, j'ai compris que Coco, passant outre les consignes de cette ordure d'Olivier, l'avait mis dans la confidence. Il fallait m'évacuer du paysage le temps que Continental Paris se mette d'accord avec Continental New York sur mon sort. A ce stade-là de l'affaire, je n'ai rien capté, et on est allés une semaine au bord de l'océan. Ça m'allait très bien. Après les deux chansons composées au Pellicano, j'ai trouvé les accords sur lesquels reposerait une troisième. Je passais les journées à me promener sur la plage et les nuits sur le piano à côté de ma bouteille. C'était un paradis à ma dimension. Je pouvais marcher, boire, rêvasser et faire de la musique, tout ce que j'aime. A part ça, je déteste lire, jouer aux cartes, au golf ou au tennis ; soyons plus clairs : je déteste les jeux. Ne me parlez pas non plus de chats ou de chiens. Songer aux milliards de dollars flambés chaque année pour ces boules de poils me révulse ; on ferait mieux de distribuer ces sommes dans les ghettos de New York ; sans citer l'Afrique. Le soir où j'ai dit ça, chez Jay Letterman, le standard a explosé. Un million de vieilles cathos gâteuses pour qui la charité se résume à caresser leur sac à puces m'ont voué aux gémonies. Le lendemain, sur le site Continental, ils ont aussi reçu des milliers de messages – mais les avis étaient partagés, cette fois-ci : des foules m'insultaient, d'autres me félicitaient. Quinze jours plus tard, j'ai eu droit à un portrait dans *Time Magazine*, accompagné de toute une enquête sur le business des animaux de compagnie. Une véritable obscénité. Cela dit, j'ai laissé tomber. Primo, le sujet me tuait d'ennui. Secundo, Scott et Continental ne voulaient plus entendre parler de cette polémique. Avec eux, aux premiers signes négatifs, on lâche tout. Ça m'arrangeait. On est passés à autre chose.

Au fond, à Amagansett, j'avait tout ce dont mes rêves se nourrissent : un écran télé géant, un Steinway, plusieurs canapés king size, des litres de sancerre blanc, d'Opus One rouge, de Johnny Walker vert et, sous la main, Epiphania. Aucun risque avec elle que j'oublie Agnès. Elle a la silhouette d'une quille de bowling. Ou d'une bouteille de Perrier pour rester «vieille France». Ses épaules ne tombent pas, elles s'effondrent. Quant à son bassin, il est méditerranéen. Avec ça, silencieuse comme un eunuque de harem. Tant mieux, car elle baragouine l'anglais avec un accent incompréhensible. Même son nom, elle a du mal à le prononcer. Le matin, elle mettait au point le menu du dîner avec Scott et, ensuite, silence de mort. Comme, à cette heure-là, je dormais, je ne suis même pas sûr d'avoir entendu le son de sa voix. Mais elle est gentille : l'année précédente, elle m'avait offert deux C.D. du meilleur groupe de San Juan, sa ville. Du combo, à la haïtienne. On n'aurait pas dit que ces gens étaient américains depuis des lustres. Elle-même venait des Baléares, des îles proches du Maroc, selon Scott. C'est bien possible car elle portait tout le temps une espèce de chiffon sur la tête. Bon, je passe. J'ai hiberné huit jours en tête à tête avec Scott. Ce qui signifie que, pendant une semaine, je l'ai vu, portable à l'oreille, parcourir les dunes avoisinantes. C'est vraiment le cinglé multimédia. A part ça, mon meilleur ami et l'homme chargé des basses besognes : dire non à ma place dix fois par jour et mettre en symphonie mon oui quand j'en lâche un. Sans lui, je ne serais jamais venu à bout de mon divorce. Sur ce coup-là, il s'était déchaîné. Il haïssait Sofia. Et je dois admettre qu'il avait de bonnes raisons. En trois semaines, elle m'avait passé la bague au doigt et l'enfer avait commencé.

Du jour où elle est devenue Mme Fairfield, je n'ai plus existé. Elle consacrait sa vie à planifier ses shoppings de la semaine. Et quand je parle de faire des courses, c'est en Rockefeller. Il suffit de regarder le cabanon autour de moi pour saisir sur quelle échelle sa folie se développait. Je rappelle qu'il s'agit d'une maison en bois qui se résume à une grande pièce au rez-de-chaussée, à deux petites chambres et une salle d'eau à l'étage. Il n'y a pas un paillasson qui ne vienne de chez Christie's. A l'arrivée, c'est « gustavien » : tout en bois blanc, d'une simplicité aussi achevée que ruineuse. La chaudière est un modèle de la Nasa, vous voyez le genre. Pour le coin cuisine, elle a fait construire un appentis contre la maison : on se croirait au Bristol. Et inutile de parler à Sofia d'installer un barbecue sur la terrasse (en teck !), elle avait banni la viande, le beurre et l'huile. Pendant nos deux ans et demi de vie commune, j'ai fonctionné aux sushis. A la fin, on se parlait par haïku : « Le vent souffle. La mer est démontée. Ta gueule ne me revient pas. » Tout ce que j'aurais gagné à ses côtés, c'est ma ligne. Je pesais moins à 40 ans qu'à 18. Mais il faut voir comment elle suivait la sienne. Ses ceintures étaient si serrées qu'elles m'en coupaient le souffle. Même ses orteils avaient l'air squelettiques. On était rationnés. Pas question pour autant que je me plaigne. Dès que j'abordais le sujet « nourriture », elle me regardait comme si j'allais lui cracher au visage. On ne discutait pas ses lubies. Ni ses phobies – comme, par exemple, sa haine du tabac. A Manhattan, elle fronçait le sourcil dès qu'on allumait une cigarette quatre étages plus bas dans l'immeuble.

Elle s'est fait haïr lors des assemblées de copropriétaires – ce qui m'a, d'ailleurs, permis de garder l'appartement. Et l'enfer ne s'arrêtait pas là : il fallait dormir les fenêtres ouvertes pour brûler les éventuelles petites graisses qui auraient survécu à cette disette. Je crois que son rêve aurait été de mourir de froid en mules Gucci. Car elle ne portait que des marques. Même nos torchons venaient de chez Dior. C'était une vraie cinglée de la mode. Pour elle, en Amérique, il n'y avait que deux saisons : automne-hiver et printemps-été. Au bout de six mois, j'avais compris : il fallait divorcer vite fait de cette cinglée. De là à y parvenir. Dès qu'un tiers apparaissait, Sofia redevenait aimable. Tout le monde a cru que je faisais un caprice de star. Elle a clamé partout que j'étais pédé et que j'avais Scott dans la peau. Encore aujourd'hui, des gens l'insinuent. Sans lui, je serais toujours enchaînée à elle. Mais il a eu sa dépouille. A chaque fois que j'étais prêt à céder, il mobilisait. Il a lancé sur son dos des enquêteurs et réuni cent témoignages de vendeuses, de fournisseurs, d'employés qui accablaient Sofia. Même Epiphania fut mise à contribution. Sa déposition faisait deux feuillets. Elle n'avait jamais autant parlé. Scott a aussi dressé la liste des dépenses de la cinglée. Il a abattu tout le boulot. Et au bout du compte, le divorce a été prononcé. En trois ans. Ça a pris autant de temps que pour la Serbie et la Bosnie. Mais je m'en suis tiré à bon compte : deux millions de dollars. En contrepartie, je conservais l'appartement et le cabanon. Ce qu'elle ne me pardonnera jamais. Qu'importe, elle a disparu du paysage et je n'ai plus entendu parler d'elle. Je crois qu'elle est rentrée en Finlande. Si oui, bon courage. Ses parents étaient venus au mariage : un grizzli et une bienheureuse luthérienne. Ça m'étonnerait qu'elle les emmerde. Lui n'écoute personne et elle ne parle qu'à Dieu. Pendant nos années de vie commune, ils ne lui ont jamais écrit, ni téléphoné. Ils en avaient fait le tour avant moi.

Un pli que même Agnès ne m'avait pas fait perdre pendant le séjour au Pellicano : je ne réponds jamais au téléphone. A peine si j'écoute les messages, c'est le boulot de Scott. D'où ma merveilleuse tranquillité à la plage. Scott m'y avait entraîné pour le week-end, on y est restés une semaine, puis deux. J'ai composé les deux chansons que m'avait commandées Cindy Lauper – dont celle que Ron Howard a prise comme musique de son prochain film. Parfois, on allait dîner au Commodore's, un restaurant de poissons de Montauk. Chaque jour, je marchais deux ou trois heures au bord de l'eau, il ne restait pas l'ombre d'une poussière dans mes branchies, j'étais chargé d'iode comme un coquillage. Le gardien faisait suivre le courrier de New York, Scott expédiait les affaires courantes et je signais de petits chèques. De toute façon, je ne manquais rien de grave puisque, chaque matin, avec les fruits et les corn-flakes, j'avais le *New York Post* et sa chère page six, savoureux ramassis de sornettes à la Mimi Pinson et de tous les ragots qu'il faut connaître avant de poser un pied quelque part à Manhattan. Au moment de notre divorce, Richard Johnson, le responsable de la rubrique, avait fait ses délices des confidences de Sofia. Je m'en étais rendu compte le jour où il avait écrit que je buvais comme un trou « pour oublier que je n'avais aucun souci » – une des ritournelles de Sofia qui, elle, sifflait à longueur de temps des bouteilles d'eau polaire importées à pas de prix de ses icebergs natals.

Sur la plage, entre Amagansett et Montauk, Agnès aurait été chez elle. C'est l'endroit le plus « vieille Europe » d'Amérique. Le paradis bobo de la Côte Est. Le seul endroit des Etats-Unis où on ne vous jette pas un regard ahuri si vous demandez *Le Monde*. Elle aurait pu lire ses journaux et ramasser des bigorneaux, la seule chose digne d'elle en vacances, un pli pris dès l'enfance dans sa fameuse Bretagne. Quant à ses goûts de luxe, Sofia y avait pourvu. La chambre était petite mais le lit gigantesque et la salle de bains valait celles du Ritz. Je ne parle pas des voisins. Il n'y en a pas. On est tous lovés au creux des dunes et, de la route, tu ne vois rien. Pour cette chipie qui adore dresser un mur entre elle et les autres, Amagansett était la Terre promise. Au rez-de-chaussée, une bibliothèque en chêne blanc n'attendait que ses livres. Franchement, si j'avais construit une maison pour elle, ç'aurait été celle de Sofia. Seulement voilà, Agnès n'était pas là. Je pensais à elle jour et nuit. Si on reconnaît le bonheur au bruit qu'il fait en partant, mes oreilles ne l'avaient pas loupé. C'est fou ce qu'elle me manquait. Je crois que j'ai parlé d'elle à Scott à tous les dîners. Inutile de préciser que je tombais sur un mur : dans son esprit, il aurait suffi qu'elle apparaisse pour que je ne la supporte plus au bout de deux jours :

— Cette fille, c'est de l'encens. C'est parce que ça

brûle que ça sent bon. Quand elle se pointera, tu ne verras plus qu'un caillou charbonneux qui se prend pour un diamant. On a déjà donné avec la Finlandaise. Epargne-nous la Française. Pourquoi tu ne te trouverais pas plutôt une brave fille de chez toi ? Je la vois déjà ta Parisienne : si elle doit nous donner des cours d'histoire de l'art et de savoir-vivre matin, midi et soir, je rends mon tablier.

A force de faire son éloge, j'avais dépeint Agnès comme une sorte de Diane Keaton, élevée sur Park Avenue, formée à Vassar et habillée par Oscar de la Renta. Scott qui n'aime que les marins pêcheurs aux grosses pognes menaçantes se voyait déjà tondre le gazon en livrée et perruque blanche. En tout cas, c'est l'impression qu'il donnait. Par calcul, à mon avis, car il était tenu au courant jour après jour de l'offensive d'Agnès et des manœuvres de Coco. Jugeant inutile que je m'inquiète tant que la presse américaine ne soufflait mot de l'affaire, il faisait écran, à mon insu. Une course contre la montre se jouait entre les progrès de mon nouvel album et ceux des avocats d'Agnès. Mon ignorance durerait encore si, au bout de trois semaines, un soir, au Commodore's, une bonne âme n'avait enfin levé le lièvre.

J'adore ce restaurant. Un monument de chiqué. A première vue, on aperçoit une masure de pêcheurs abandonnée par les premiers pionniers mais, dans le parking, tu te gares entre tous les modèles de Rolls, de Bentley et de Daimler décapotables. Ensuite, un lord déguisé en brave gars du coin t'emmène à ta table, voisine de celle d'Ivana Trump, à côté de celle de Caroline Schossberg et tu déchiffres le menu à la lueur d'une bougie Tiffany. Surtout ne pas mettre une cravate, tu gâcherais le plaisir de tout le monde. Ici, ne pas manger ses frites avec les doigts est une faute de goût. Au prix de la cuisse de poulet, cela dit, autant l'observer de près, c'est un bijou. En attendant, un autre brave gars sorti d'un casting et moulé dans une salopette Tommy Hilfiger soigneusement tachée a pris ta commande sur un carnet Hermès avec un stylo Montblanc. A partir de là, interdiction de jeter un coup d'œil aux tables voisines, ta curiosité trahirait un statut social inférieur. Dans le même genre, le Pellicano est une gargote en comparaison du Commodore's. Enfin, passons : j'y viens si souvent que j'ai ma table. Comme chaque fois, j'ai commandé une sole meunière et une bouteille de sancerre blanc, Scott, lui, carburait aux travers de porc et au Coca-Cola. A peine le sommelier, vêtu d'une vareuse comme s'il s'apprêtait à décharger des cageots d'huîtres, eut-il achevé son numéro que Frank, le Commodore en personne, s'est approché pour dire que Dominick Dunne cherchait désespérément à me joindre. Il avait, paraît-il, appelé quinze fois à la maison. En désespoir de cause, il avait laissé un message à ma cantine favorite. Sur quoi, Frank m'a tendu le numéro de portable de Dunne. Je lui ai demandé s'il savait ce que l'autre commère voulait. Non, aucune idée. Puis il s'est éloigné et Scott a lâché le morceau :

— Ta souris monarchique a porté plainte à Paris contre toi. Elle est arrivée chez les flics avec des gnons plein la gueule et elle t'accuse de l'avoir rouée de coups. A New York, Benford est sur le coup.

Dunne et Benford ! Heureusement que je n'avais qu'un couteau à poisson sinon je me serais tranché les veines d'entrée de jeu. Le premier, vieux snobinard mondain, recueille les cancans sur Park Avenue avec la soif d'une feuille pour la rosée. Le second achève ensuite de détrousser les victimes que les médisances de Dunne, publiées dans son feuilleton de *Vanity Fair*, ont grillées partout en ville. Si vraiment j'étais dans leur collimateur, je pouvais d'ores et déjà préparer mon retour dans le Wyoming. Le ciel m'est tombé sur la tête. Ce n'est plus d'une sole que j'avais besoin mais d'une séance d'électrochocs. Qu'est-ce que c'était ce délire ? Qui avait tapé sur Agnès ? Comment un tel malentendu était-il possible ? Songer que la veille, je lui avais envoyé une carte postale des dunes de Montauk pour dire que je m'y ennuyais tout seul ! C'était tellement énorme que j'ai dû rester de longues secondes ébahi, incapable même de poser une question à Scott. Il m'a ramené sur terre, à sa manière, en Yankee de banlieue :

— J'ai l'impression que ta bombe sexuelle t'a éclaté en pleine gueule. Heureusement, dans ton gros chagrin, tu as de la chance. Cette Agnès, c'est un pétard mouillé. Coco va vite te la désamorcer.

Aïe, aïe, aïe… Agnès entre les mains de Coco. Il ne manquait plus que ça. Dans six mois, si je ne réagissais pas, je serais seul au monde, sans un sou et classé *ad vitam aeternam* alcoolique et misogyne – en clair, pestiféré. Que pouvais-je faire ? Selon Scott, rien. Surtout ne pas bouger un doigt. Attendre que les autres se manifestent et laisser Coco, le service juridique de Continental et lui-même fignoler le portrait d'Agnès au marteau-piqueur. En somme, traîner dans la boue la femme que j'aimais et admettre implicitement ma culpabilité. Le piège que me tendaient mes amis était énorme. J'ai renvoyé Scott à la niche :

— Toi, tu la boucles. Primo : je n'ai jamais levé la main sur Agnès. Secundo : je l'aime et je vais l'épouser. Tertio : on va affronter tout de suite la rumeur. Pas question de laisser Dunne dérailler. A Los Angeles, il n'est même pas l'heure du thé. Je l'appelle.

Et c'est ce que j'ai fait dès notre retour au cabanon. Il était temps. La copie était déjà à l'imprimerie. Une heure de plus et Dunne n'aurait pu en changer une ligne. Ce qui n'aurait peut-être pas été plus mal. Car là, je me suis retrouvé au pilori avec, en prime, la satisfaction d'avoir fourni les clous. C'est simple : quand j'ai lu l'article une semaine plus tard, j'ai cru que j'allais perdre la vue. Dunne a fait du Dunne. Du reste, pourquoi m'en étonner ? On ne demande pas à un lion de miauler. Son papier était une suite de coups de griffes et de pourléchages médisants. On était trois au menu : Michael Shakel, un cousin de Kennedy accusé d'un meurtre vieux de vingt ans, Andrew Mellon, héritier de la dynastie Mellon et fils d'une Drexel soupçonné dans une affaire de piratage informatique, et moi. Je vous passe ce qui concerne les deux premiers : leurs histoires ne servaient qu'à rappeler au lecteur l'étendue des connaissances patriciennes de Dunne qui avait croisé la tante de l'un à la Maison-Blanche et dîné avec lui chez Lord Truc, parlé de l'autre chez Larry King et reçu une exquise carte de vœux de ses parents quelques années plus tôt… A part ça, il ne les accablait pas. Mon cas était plus équivoque. Jugez par vous-même :

> *Il y a quelques années, j'ai dîné avec Bruce Fairfield chez les Mosbacher. Robert Mosbacher était à l'époque ministre du Commerce de George Bush. Je connaissais Fairfield de nom, bien sûr, mais vous n'auriez jamais cru que vous étiez face à une pop star. Il avait plutôt l'air d'un yuppie sortant de la Banque Morgan, quelque part à Wall Street. J'ignore ce qu'il lui racontait mais, assis à droite de Lynn Wyatt, il n'a cessé de la faire rire tout au long du repas. A l'heure des cognacs, il s'est mis au piano et a joué* Song for a Friend *d'Elton John, puis une mazurka de Liszt. Les femmes étaient d'autant plus sous le charme que la presse, à l'époque, colportait les pires insinuations sur lui à cause de son divorce et des liens qu'on lui prêtait avec son assistant. Ces saletés semblaient avoir glissé sur Bruce comme l'huile sur le Teflon sans qu'il semble en rien arrogant. Il était là, tout simplement, souriant et sûr de lui. J'espère qu'il demeure aussi imperméable aux accusations car une jeune femme de l'aristocratie française l'accuse de coups et blessures. Leur aventure a emballé la presse française qui les a traqués en Italie, au Pellicano, un hôtel charmant perché au-dessus de la Méditerranée où j'ai dîné un soir avec Nan Kempner et Valentino. D'après Charles Benford, l'avocat que tout le monde adore détester, la jeune femme aurait été amenée à l'hôpital avec une fracture de l'épaule et de multiples contusions. Cela ressemble si peu au Bruce Fairfield que j'avais rencontré que, discutant avec Benford, j'ai cru être un ami du Docteur Jekyll entendant parler de Mister Hyde. Du coup, j'ai appelé Bruce dans sa charmante propriété de Montauk, attenante à celle que possédait il y a quelques années*

> *Michaël Levin, le sorcier des junk bonds de Drexel-Burnham-Lambert. Bruce était littéralement dévasté et totalement désorienté. Jamais, affirme-t-il, il n'a frappé une femme, surtout cette jeune Française dont il attendait l'arrivée imminente à New York. Son ton semblait sincère même si ses explications demeuraient sommaires – sans doute sur la pression de ses propres avocats. Je lui ai souhaité « bonne chance ». Il en aura besoin.*

Et voilà. Merci Dominick. Avec de tels amis, plus besoin d'ennemis. Si l'Amérique l'avait oublié : j'étais un pédé honteux déjà passé à travers un divorce étrange. Ma petite amie se traînait en morceaux sur les bords de la Seine. Mais j'avais mes chances car, comme faux jeton professionnel, rocker à mes heures, broker à d'autres, il n'y en avait pas deux comme moi.

Quand j'ai lu l'article, j'ai compris que la dégringolade avait commencé.

CHAPITRE 14

Denis Langlois, détective privé. Dès le début, Mme Danceny m'a déplu. Je n'aime pas les squelettes archimaquillés qui aboient des ordres. Or, elle est si maigre qu'elle doit bronzer en même temps devant et derrière. Et de ce système osseux sort une voix métallique au débit de mitraillette. Je ne parle pas de sa tenue. Elle portait un décolleté en dentelle qui révélait la poitrine la plus dénuée de talent du quartier. Cela dit, je n'ai pas chicané. On ne me convoque pas toutes les semaines au Café de la Paix pour me remettre 10 000 euros en espèces à titre d'avance. Mme Danceny voulait tout savoir sur Agnès de Courroye. Elle jouait cartes sur table, et m'a avoué que je travaillerais pour la maison de disques Continental mais que celle-ci n'apparaîtrait jamais. Hum, hum… Je n'aime pas beaucoup ça non plus. Ancien flic, je garde de bons rapports avec la maison mais j'évite de tricher avec le fisc. Autant ne pas me mettre moi-même en position de faiblesse. Pour m'éloigner sur-le-champ de la case magouilles vers laquelle elle m'expédiait, je lui ai poliment demandé qui m'avait recommandé auprès d'elle. Elle me prenait pour un âne :

— Personne. Nous ne sommes que le fruit de nos lectures. J'avais gardé le numéro de *L'Express* sur les détectives privés. Votre photo m'a plu. On disait que vous travaillez pour des avocats. J'ai trouvé votre numéro dans l'annuaire.

Parfait ! Sans lui apprendre que je suis sur liste rouge, j'ai juste approuvé sa sincérité – « très importante entre client et prestataire de services dans mon style ». N'écoutant que sa franchise qui ne lui disait rien, elle a secoué sa toute petite tête d'avant en arrière. Et pour bien marquer son approbation, elle m'a donné la clé de l'affaire : une toupie mondaine accusait une de leurs stars américaines de l'avoir frappée. Mme Danceny ne croyait pas un mot de ces accusations mais mieux valait que cette Agnès ne lui tombe pas trop tôt sous la main. Elle l'aurait liquidée. Cela dit, leur tête-à-tête n'était pas au programme. Mme Danceny a été très claire à ce propos :

— Cette grue est une traînée. Ses accusations délirantes peuvent foutre en l'air la vie de Bruce mais on ne prouvera sans doute jamais qu'elle ment. Reste qu'on va quand même la baiser. D'abord en faisant traîner cent ans cette affaire. Passé l'émotion des premiers temps, son statut de victime s'estompera et Bruce deviendra celui qu'on plaint. Ensuite, en la présentant sous son vrai jour. Je compte sur vous pour me concocter un dossier aux petits oignons sur cette vipère.

Aucun problème ! Dans un métier où les affaires de

divorce demeurent notre fond de sauce, ce genre d'enquête s'apparente à la routine. Autrefois, on traquait l'adultère ; aujourd'hui, trois fois sur quatre, on est chargés d'apporter un démenti aux accusations portées par les épouses. C'est leur nouveau truc : quand elles veulent changer de mari, les Parisiennes accusent l'ancien de violences physiques ou d'attouchements pervers sur leurs bambins. Les juges sont tout ouïe. Et une fois sur deux, c'est du délire. Il y a au bas mot une quinzaine de pères qui continuent à voir leurs enfants grâce à moi. Je décrypte un dossier médical au premier coup d'œil. Faire lâcher des informations aux médecins est devenu une seconde nature. Je devinais déjà tous les panneaux où tomberaient ceux de Lariboisière qui avaient examiné Agnès de Courroye. J'ai rassuré Mme Danceny. En une semaine, je démonterais son dossier. Est-ce que j'y croyais ? Aucune importance. Je dis toujours ça aux clients. Et ça marche. Mon poussin au cœur d'ogre m'a concédé un sourire. Rien de renversant. Le spectacle de ses crocs ne serait jamais une arme fatale. Du reste, elle n'en abusait pas. A peine rengainée sa risette, elle m'a tendu sa carte, a posé un billet de vingt euros sur la table et s'est levée. Un peu trop tôt à mon goût. Je ne comptais pas me lancer dans l'aventure sans savoir qui lui avait donné mon nom. Ne prenez pas cette curiosité pour un caprice. L'expérience vaut plus qu'un compte en banque et, dans nos affaires, trop de mauvaises surprises sont survenues à cause d'une telle négligence. A tout hasard, j'ai posé une de ces questions un peu dramatiques qui font croire qu'on touche au cœur des choses :

— Pourquoi détestez-vous cette Agnès de Courroye ?

J'ai cru que la fumée allait sortir de ses oreilles. Coco Danceny haïssait vraiment sa proie. Elle a parlé avec des lames de rasoir dans la voix :

— C'est une pute. Elle se tape tout ce qui bouge. Même le chauffeur.

Bingo ! J'avais tiré le bon numéro. En vingt secondes, la perspicace Mme Danceny a lâché un nom : ce vieil Edmond Nguyen. Le pire mythomane de l'hémisphère Nord. Ce pauvre naze n'a toujours pas compris pourquoi on a deux oreilles et une bouche. Lui, c'est l'inverse, il a une oreille (plus ou moins ensablée) et deux bouches. On s'est rencontrés quand l'émir du Dohastan m'avait chargé d'enquêter sur son futur gendre. J'avais vite fait le tour d'Edmond. Dans le milieu des chauffeurs de maître, véritable pépinière de mouchards qui se croient dans le secret des affaires, les uns le surnommaient le Castor et les autres l'Ecureuil. A croire qu'il faisait de l'ombre avec sa queue. A l'entendre, la moitié des prochains princes d'Arabie auront le look eurasien. Tant que les accusations contre elle reposaient sur les déclarations de ce farceur, Agnès de Courroye pouvait dormir tranquille.

Ayant obtenu mon information, j'ai relâché Mme Danceny qui n'en pouvait plus d'impatience et je me suis mis au boulot. L'enquête de rêve, fastoche et pleine de petites infos qui persuadent le client qu'il a Sherlock

Holmes dans sa poche. Il faut dire que Mlle de Courroye ne passait jamais inaperçue. Cette femme jette une pincée d'épopée sur les pages blanches de toutes les existences qu'elle croise. A sa manière c'est vraiment une aventurière. Sa particule, par exemple. Un simple coup d'œil sur son courrier m'a révélé qu'EDF adressait les factures à Agnès Decouroy. Elle s'était inventé une noblesse, assez récemment d'ailleurs car, entre 1997 et 1999, quand elle publiait des piges dans *Historia*, elle signait de son vrai nom. Je n'ai pas lu les papiers mais le magazine devait les apprécier car ils ont proposé de l'engager. Sur quoi elle a disparu quand ils ont découvert que son numéro de carte de presse était faux. Et pour cause, on ne lui en avait jamais attribuée car elle possédait un casier judiciaire. Rien de fatal mais elle avait quand même écopé de trois ans avec sursis. Motif : recel de biens volés. Elle fricotait avec une bande qui dévalisait les églises et les manoirs. Ses protestations de bonne foi n'avaient pas convaincu. Un marchand du « Village Suisse » l'avait même désignée comme celle qui repérait les lieux. Un job pour elle ! Avec son allure, elle devait entrer partout. A 20 ans, elle avait fait des photos de mode. Puis elle avait travaillé dans une agence de modèles où on l'a suspectée de fourguer de la coke aux mannequins. Des soupçons assez graves pour que la patronne se dispense de ses services. Sans suite. En l'an 2000, cette Agnès vivait comme une braconnière désinvolte, prête à sauter sur l'occasion. Si elle trébuchait, elle se relevait et hop, une main lave l'autre. Bruce Fairfield avait pris ce vautour pour une hirondelle. Tant pis pour lui. Maintenant qu'il avait mordu à l'hameçon, elle essayait de remonter la ligne. Normal. Le genre de mec capable d'allumer un feu de camp avec des billets de 100 dollars devait la faire saliver. S'il croyait l'amadouer par sa gentillesse, il tomberait de son haut. Autant caresser le nez d'un lion. Avec cette Agnès, il fallait rugir. Et encore ! Son mari avait constitué un dossier accablant contre elle pour conserver la garde de leur fils. En vain. Depuis, il ne lui avait plus adressé la parole. Même aux deux communions du petit garçon. Pourtant, ils étaient faits l'un pour l'autre comme le pain et le beurre ; son nom à lui apparaissait parfois dans la presse parmi les goinfres du CAC 40 qui se tartinent de stock-options. En 91 et 92, elle avait aussi pigé pour *Le Monde* sans laisser de souvenirs particuliers sinon son départ. Il paraît que si l'entrée de la rédaction est presque infranchissable, il est ensuite carrément impossible d'en sortir. Une petite nouvelle, là-bas, c'est une fille qui signe depuis cinq ou six ans. Le séjour éclair d'Agnès avait marqué les esprits : elle s'ennuyait. On n'avait jamais vu ça… Et ainsi de suite. Cette fille passait et disparaissait. Si elle voulait jouer la jeune femme de bonne famille tombée entre les mains des voyous du show-biz, bon courage. Elle avait l'air de tout sauf d'une oie blanche. Il faudrait une centaine d'yeux pour les fermer sur toutes ses combines. A la lecture de mon rapport, Mme Danceny allait se régaler. Du moins le croyais-je encore au matin du cinquième jour de mon enquête.

La veille, j'avais rencontré la radiologue de Lariboisière qui avait littéralement « extorqué » sa plainte à

Agnès de Courroye. La vieille doctoresse m'avait révélé qu'à son arrivée, Agnès n'accusait personne. Elle disait seulement être tombée dans l'escalier du Bristol. Et à son départ, elle ne portait aucune minerve. Cette enquête était trop facile. Le samedi matin, réveillé à l'aube, n'ayant plus de projet précis, je suis allé jeter un bref coup d'œil sur le courrier de la mère ou du fils d'Agnès. Garé dans la contre-allée de l'avenue d'Eylau, je guettais le passage du facteur. Qui est apparu peu après 9 heures ? Mme Decouroy, la mère d'Agnès. Foulard sur la tête et sac en bandoulière, elle s'est jetée dans le taxi qui attendait devant sa porte. Il ne lui manquait que les lunettes noires pour avoir l'air de la star qui affiche son souci d'anonymat. Intrigué, je l'ai suivie. Aucun risque d'être repéré par le chauffeur : je roule dans une des cinquante mille 206 gris métallisé de la région parisienne. Sur le trajet, il a dû s'en glisser une bonne dizaine entre lui et moi. Car nous sommes allés assez loin, dans le XVIIIe arrondissement, un quartier où cette bourgeoise ne devait jamais mettre les pieds. Elle est descendue devant l'église Saint-Baptiste, a consulté une feuille de papier et, au lieu de s'avancer vers le porche, s'est dirigée sur le côté de l'édifice. Le temps que je trouve une place de stationnement, elle s'était glissée dans une crypte. Trafic d'hosties, distillation de vin de messe, contrefaçon de missel ? Je spéculais quand, au moment de pousser à mon tour la petite porte, une dame chinoise m'a saisi par le bras. Dans mon immeuble, le studio du rez-de-chaussée est occupé par le curé de Saint-Antoine de Ledru-Rollin. A tout hasard, j'ai donné son nom. Par miracle, une des personnes qui contrôlaient l'entrée le connaissait. Ils m'ont laissé passer.

Assises sur les bancs, une quarantaine de personnes écoutaient parler un orateur installé devant l'autel contre lequel, en toute désinvolture, il appuyait de temps en temps les fesses. La cinquantaine, les cheveux gris un peu trop longs, un costume gris et un polo bleu marine, il affichait une petite croix argentée au revers de sa veste. Sans doute le curé de la paroisse. Il avait la voix de l'emploi : douce, calme, un peu lente, comme si une inspiration venue de loin dictait son monologue. A ses côtés, debout, une dizaine d'enfants nous observaient et l'écoutaient. Rien de mystique. Il parlait intendance :

— La police ne cherchera certainement pas à localiser nos dix petits élèves. Mais si elle décide de faire un exemple avec l'un d'eux, elle ne nous le dira pas. Vous devez donc tous être très prudents. Si vous emmenez quelque part l'enfant qu'on vous confie, fermez votre portable, retirez-en même la puce et enfermez-la dans du papier d'aluminium. Ne vous en servez qu'en cas d'urgence. Et ne partez jamais sans emporter le numéro de téléphone de notre avocat et celui de la Cimade. N'oubliez pas non plus d'avoir un sac prêt en cas de départ précipité. Il faut être sur nos gardes vingt-quatre heures sur vingt-quatre…

Je sais que dans ces affaires silence et prudence sont les yeux et la main mais il en faisait un peu trop. Nous n'étions pas en 1942. Et puis il affichait des airs de conspirateur. Avec le ton léthargique du saint qui va chercher chaque phrase au ciel, il donnait à ses conseils un air habité. Tout devait faire croire que l'heure était grave, sa voix sourde comme sa silhouette mince presque trop frêle pour supporter sa tête obstinément inclinée sous le poids de ses responsabilités. Monsieur le curé interprétait le rôle du juste qui brûle de l'intérieur. Avec moi, ça ne marche pas tellement. Non pas que je lui aie reproché de mettre un pansement sur la misère. Moi aussi je trouve odieux qu'on renvoie chez eux des gamins scolarisés en France et qui ne parlent que notre langue. Mais qu'il s'enroule dans l'écharpe de Jean Moulin parce qu'il faisait des niches à Sarko, franchement, c'était d'une simplicité archéologique. Il n'avait jamais fait grève, jamais lancé un pavé, jamais envoyé promener son évêque mais il allait quand même accéder au statut de rebelle. Les curés sont comme les gauchistes : leurs imprécations pleuvent toujours là où c'est déjà mouillé. Résultat : il prenait pour cible celui sur lequel tout le monde tirait déjà. Après avoir psalmodié Dieu, Dieu, Dieu pendant trente ans, il n'avait plus qu'un mot à son vocabulaire : Sarko, Sarko, Sarko… Il en faisait son petit Satan. A croire que ce ministre exigeait la perpétuité quand on se gare en double file. Cela dit, retranché place Beauvau, il pouvait dormir tranquille. Le réquisitoire prononcé contre lui se résumait à un copié-collé de formules rabâchées. On évoqua la rafle du Vél d'Hiv ; on compara les expulsions à des déportations ; on affirma que les étrangers avaient moins de droit de vivre que les autres… C'était bête, tout simplement bête. Mais efficace. Pour une fois, ses sermons n'endormaient pas les fidèles. Il n'avait toujours rien à dire mais on l'écoutait. Sous son air accablé, j'aurais mis la main au feu qu'il jubilait.

Aux premiers rangs s'étaient rassemblés des Chinois, des Noirs et des musulmans, les parents des dix enfants réunis autour de l'autel. Derrière, une trentaine de Français s'étaient assis sans se regrouper. La plupart étaient en couple, chacun emmènerait un des collégiens. Mme Decouroy s'était installée seule près de l'allée centrale, je suis allé m'asseoir à côté d'elle. On ne sait jamais. Elle m'a poliment dit bonjour. Si elle partageait les bons sentiments de l'assemblée, elle gardait ses distances. Au bout de quelques instants, elle m'a demandé si je croyais possible qu'elle allumât une cigarette. Je lui ai déconseillé ce péché assumé de gourmandise. Qu'importe. Elle ne tenait qu'à occuper ses lèvres. C'était une bavarde et l'homélie l'ennuyait. Elle s'est rabattue sur moi :

— Vous êtes catholique ?

Aucun souvenir. Mais plutôt oui. A force de renoncer à tout ce qui froissait leurs adversaires, les chrétiens ne proposent plus rien d'indéfendable. Etre catholique n'engage pas à grand-chose. J'ai dit que j'aimais bien les églises et la musique religieuse. Elle partageait les mêmes goûts. Avec des nuances très Trocadéro :

— Moi aussi, mais je préfère les cathédrales. Cela dit, pour cette fois, le style crypte me convient. C'est plus romanesque. Le seul ennui, c'est l'exiguïté. S'il faut réciter le « Je vous salue, Marie », on risque de voir que je l'ai complètement oublié. J'aurais dû revoir mes classiques, hier soir. Mais j'ai préféré regarder l'émission sur les Médicis que diffusait Arte.

Pour ne pas rompre un premier contact aussi prometteur, je lui ai demandé si elle-même croyait en Dieu :

— Evidemment, puisque l'homme l'a créé. C'est comme si je ne croyais pas au téléphone ou au cinéma !

Mon vieux, les chiens ne font pas des chats. Elle était aussi allumée que sa fille. Si elle devait héberger un de ces gamins, il n'allait pas s'ennuyer. Qui serait l'heureux élu ? Elle m'a posé la question :

— Aidez-moi. Je viens chercher un adolescent de 11 ans d'origine kurde. Ses parents ne veulent pas retourner en Irak. Lequel est-ce, à votre avis ? Je n'ai pas osé prendre mes jumelles de théâtre.

Un Kurde. La question était insoluble. A part quatre petits Chinois qu'on pouvait éliminer d'office, les six autres avaient tous l'air d'avoir entre 10 et 12 ans et d'être cent pour cent français. Le suspense allait durer. Elle s'est carrément tournée vers moi pour entamer la conversation :

— Il est assommant ce curé de banlieue avec son Sarkozy. Il s'amuse à nous faire peur. Comme si un ministre français inquiétait qui que ce soit. Avec sa popularité, il pourrait donner de bons coups de pied dans la République mais après ses fanfaronnades, il proposera deux ou trois amendements. Il aboie mais ne mord pas. C'est le genre de cannibale qu'on rassasie avec une dragée. Tant mieux. A mon âge, on veut surtout que rien ne change.

Elle parlait d'une voix douce, détendue, amusée, feutrée, très distinguée mais sans prétention, ni snobisme, avec seulement une espèce d'aisance insouciante. Ses sornettes républicaines achevées, le curé est passé aux choses sérieuses. Chaque enfant avait une étiquette plastifiée autour du cou comme s'il s'apprêtait à embarquer sur un vol non accompagné. On y avait inscrit son nom, l'adresse qu'il allait quitter et les numéros de téléphone de l'église, des avocats et des associations à contacter en cas d'urgence. Cette carte d'identité devait à tout moment rester à portée de main des accueillants. Par mesure de prudence, il était inutile de se présenter les uns aux autres. Moins chacun en saurait sur le groupe, mieux la sécurité s'en porterait. Il ne présenterait aux volontaires que les parents de l'enfant qu'ils allaient adopter quelques semaines. Sur quoi, il a appelé le couple volontaire pour recueillir Anna, une petite Vietnamienne de 7 ans, élève en C.E.1 à l'école Charles-Baudelaire. Une très jeune femme et un vieux monsieur ont approché de l'estrade, ont été présentés aux parents d'Anna et ont discuté brièvement. Tout le monde jouait le jeu de la clandestinité. C'était un peu ridicule mais touchant. Mme Decouroy ne riait plus :

— Drôle d'époque. On adopte les enfants comme on irait chercher des rossignols quai de la Mégisserie. En cinq minutes. Je finirai par croire qu'on vit vraiment des heures graves. Si je me laisse aller, je vais me prendre pour une héroïne. Ce serait le comble. La bravoure me va comme une planche de surf sous le bras.

Vint ensuite le tour de Yasmine, bout de chou tunisienne de 10 ans, haute comme trois pommes. Puis on appela la dame qui allait s'occuper de Ayden. C'était le jeune Irakien de Mme Decouroy. Elle s'est levée et j'ai proposé de porter la valise de l'enfant. Elle ne demandait pas mieux. Ça y était : j'allais entrer en clandestinité. Avec elle, cette idée me plaisait beaucoup.

Le curé l'a accueillie avec un grand sourire. Son confrère de Saint-Honoré-d'Eylau lui avait beaucoup parlé d'elle. Il s'exprimait toujours sur un ton inspiré mais elle l'a ramené en vitesse sur terre, et plus précisément à Paris :

— J'espère que Paul vous a vanté mon soufflé au fromage. Parce que, s'il est sincère, ce sont surtout mes petits plats qu'il apprécie le mardi soir. Pour les controverses théologiques, ne comptez pas sur moi. Ni pour ses chères retraites eucharistiques.

Ayant renvoyé les bondieuseries à l'office, elle s'est tournée vers le jeune Ayden, l'a embrassé sur les deux joues et lui a annoncé qu'il allait beaucoup s'amuser avec elle et son petit-fils :

— A la fin des vacances de février, tu iras avec lui à Saint-Jean-de-Passy. Tu es inscrit en sixième. Tout va se passer à merveille. Ils t'apprendront le latin et moi, je vais t'enseigner notre civilisation. A ton retour, tu seras un vrai Français, tu sauras choisir un bon fromage.

Les deux couples précédents avaient pris des airs lugubres comme si on leur confiait une bassine de nitroglycérine. Ce ton de fête a enchanté Ayden et ses parents. On s'éloignait vitesse grand V de l'atmosphère des catacombes. Le curé, en revanche, commençait à s'affoler. Il ne s'agissait pas d'une bonne blague. Il a remis ça sur Sarko. Mon vieux, elle te l'a envoyé balader comme un caillou dans la chaussure :

— Ça va, monsieur le curé. Je n'ai plus vingt ans mais je n'ai pas encore de rides au cerveau. J'ai compris le message. Mais pas de panique. Sortez de votre bunker. On part pour le XVIe arrondissement, pas pour Beyrouth-Ouest. La police, au Trocadéro, on ne la voit pas. Et, de mémoire d'homme, dans ce quartier, on n'a jamais demandé leurs papiers aux écoliers.

Avant de quitter les parents d'Ayden, elle a sorti de son sac un ravissant vaporisateur Guerlain pour sa mère et un petit livre de Michelet pour son père :

— C'est ça, la France. De jolies choses et des pensées généreuses. Ne vous tourmentez pas. Tout va s'arranger. On a des défauts mais on déteste l'injustice. Dites-vous seulement qu'Ayden est parti quelques semaines en vacances. Et de toute façon, on vous attend demain soir pour le dîner. Mon petit-fils a prévu un vrai festin. Il adore faire la cuisine. Je vous promets un régal.

Sur quoi, on est partis et j'ai ramené Ayden et Mme Decouroy avenue d'Eylau. « Bienvenue en France », lui a-t-elle dit sur le chemin du retour quand on a atteint l'Opéra, borne frontière qui marquait l'entrée de ses quartiers familiers. Tournée vers lui, elle l'interrogeait sur les journaux qu'il lisait (aucun) et sur les matières qu'il préférait à l'école (les maths et les sciences-nat). Il répondait poliment et elle prenait tout à la légère. Je pense qu'il a vite compris qu'on avait fini de s'angoisser et qu'il allait bien rigoler. En tout cas, le message est passé au moment où il est entré dans la chambre qu'on avait préparée pour lui. Une console Nintendo et dix jeux vidéo l'attendaient sur le lit et il avait une télé pour lui tout seul. Mme Decouroy l'a prié de ranger ses affaires et l'a prévenu qu'on irait bientôt déjeuner au restaurant.

— D'ici là, je vais prendre un petit drink avec mon ami.

L'ami, c'était moi. Pour me remercier de mon aide, elle entendait m'offrir une coupe de champagne. Et, naturellement, ensuite, elle m'a retenu pour le déjeuner. Mais pas chez elle. Au coin de la rue, au Café du Trocadéro :

— Le week-end, la soubrette n'est pas là. Et le samedi matin, Thomas est à l'escrime. De toute manière, il n'enfile un tablier que pour les banquets. Comme je connais les gamins, Ayden voudra des frites, du Ketchup et du Coca-Cola. Autant aller en bas.

Elle ne me posait aucune question. Afin de passer pour un bon paroissien, j'ai entrepris de faire l'éloge de sa charité chrétienne. Elle a éclaté de rire :

— Revenez sur terre, cher monsieur. Si vous me prenez pour la fidèle modèle, vous avez frappé à la mauvaise crèche. Déjà, à 8 ans, je ne croyais pas un mot du catéchisme. J'aime bien notre curé car c'est un homme charmant qui me rapporte tous les ragots du quartier. Si je ne le fréquentais pas, je ne saurais rien de ce qui se trame par ici. L'Eglise ne répand pas la foi, elle lutte contre la solitude. Pourquoi croyez-vous qu'on y trouve tant de vieilles ? Parce que c'est là qu'elles vont trouver les copines avec qui papoter.

— Vous n'êtes pas vieille.

— Non mais je suis une concierge. Et puis là, en ce moment, une vraie tuile est tombée sur ma famille. Ma fille s'est lancée dans un sale procès qui va se retourner contre elle. Je pense que certains journaux risquent de venir fouiller dans nos histoires. Pour moi, c'est le moment de me comporter en sainte laïque. Vous ne le savez pas mais je suis décorée de la médaille de la Résistance pour des actes commis à l'âge de 16 ans. Avant d'être déporté à Buchenwald, mon père était le bras droit d'Emmanuel d'Astier de La Vigerie et, après son départ, j'ai porté quelques messages et transporté des tracts dans mon cartable. Rien de spectaculaire mais assez pour qu'on me récompense. Si, en plus, soixante ans plus tard, je me révèle une grand-mère toujours aussi humaniste et vigilante, cela augmentera énormément le capital de sympathie de ma fille. Croyez-moi, cela sera utile. Sinon, ils vont nous lyncher. Les bourgeoises du XVIe qui vivent dans 200 mètres carrés au Trocadéro, généralement on a mauvaise presse. Surtout s'ils apprennent que l'appartement appartient à la compagnie de Suez et que je paye des ronds de carotte pour me loger.

Surtout ne pas interrompre un interlocuteur en veine de confidences. Plutôt l'alimenter. Je lui ai resservi une coupe. Mes manières ont paru lui plaire. Très poliment, en précisant bien qu'elle ne devait surtout pas répondre si elle me jugeait indiscret, j'ai émis le vœu que sa fille n'ait pas commis un délit trop grave. Elle s'est enfoncée dans le canapé pour éclater de rire :

— Ma fille chérie ! C'est une rêveuse. Enfant, elle restait des heures à dessiner des capitales d'empires imaginaires. Le palais royal, la cathédrale, la forteresse, le marché central… Elle se prenait pour Lyautey traçant les plans de Casablanca. Elle ne fait jamais rien, elle imagine. Là, c'est pareil. Elle n'a commis aucun délit. Mais c'est bien pire : elle en a inventé un qu'elle attribue à un autre. Et cet autre aura les meilleurs avocats de France. La pauvre chérie se croit très maligne et va se jeter dans un gouffre. A moi de l'en empêcher. Vous savez ce qu'on dit : « Quand la vie devient dure, les durs reprennent vie. » Or, chez nous, le seul vrai dur, c'est moi. Et je n'ai pas l'intention d'abandonner ma fille.

Je n'en revenais pas. Cette femme si élégante dans son ensemble beige et ses escarpins assortis, cette personne parée de bracelets et de colliers, cette rentière futile et primesautière était le cerveau de la famille. Elle élevait son petit-fils, elle couvait sa fille, elle restait désinvolte mais elle tenait la barre. Mme Danceny ne se jouerait pas facilement d'elle. Elle aurait vraiment besoin de chaque élément de mon dossier. Un peu gêné d'être dans le mauvais camp, j'ai suggéré qu'on parte déjeuner :

— C'est moi qui vous invite. J'ai l'impression qu'en votre compagnie, on ne s'ennuie jamais. Il n'est pas question que je disparaisse comme je suis apparu.

Inutile de dire qu'au Café du Trocadéro, elle était connue comme le loup blanc. On lui a donné « sa » table dans la salle de restaurant, on a demandé des nouvelles de Thomas, on est venu saluer Ayden comme le nouveau fils de la maison. Madame était chez elle :

— En réalité, on est plutôt chez Thomas. Tout le monde l'aime beaucoup. L'été dernier et l'année précédente, il a fait des stages à leur cuisine. C'est un vrai chef. Et, avec ça, il est bon élève à l'école. Seulement voilà, une passion, c'est une passion. Du coup, ici, on le couve. Et moi, ils me supportent. Cela dit, si j'en crois Thomas, ils me prennent pour une folle. Une douce cinglée pas dangereuse, mais une dingue.

Pour conforter les serveurs dans leur préjugé, elle a fait un petit numéro au sommelier venu prendre la commande. Alors qu'il demandait comment elle souhaitait le saint-joseph blanc que j'avais choisi, elle a brutalement relevé la tête et l'a regardé stupéfaite, avec l'air ahuri de la parachutiste dont le ventral refuse de s'ouvrir. Après de longues secondes, elle a juste lâché :

— Dans un verre, ça ira très bien.

Il s'est éloigné sans demander son reste et elle m'a dit qu'elle avait repéré cette réplique dans « Sex and the City », sa série télévisée américaine préférée :

— Ce sont des femmes dans mon genre. Elles ne sont bonnes à rien, ni changer un pneu, ni même tricoter. Tout ce qu'elles savent faire, c'est feuilleter des magazines de mode, mais c'est avec elles qu'on a envie de passer la soirée. J'aimerais bien donner cette image.

Avec ça, elle savait aussi être gentille. Elle s'occupait avec tendresse d'Ayden, l'interrogeait sur sa famille et lui racontait la sienne. Thomas était un dieu vivant, Agnès une créature lointaine mais fascinante :

— Dire que c'est ma fille. Elle est tout le temps perdue dans ses livres, ses pensées, ses références, son art... Quelle songe-creux ! Vous devriez vous promener avec elle dans Paris. Il faut tout le temps qu'elle rebâtisse tout, qu'elle crée des perspectives, qu'elle rase des verrues architecturales. Cette pauvre Agnès est complètement fâchée avec la réalité. Il y a trente ans qu'elle rêve d'être milliardaire. Au lieu de se contenter d'être heureuse.

Elle parlait, elle parlait et ne mangeait rien des coquilles Saint-Jacques qu'elle avait commandées. Quand Ayden en a fait la remarque, elle a levé son verre :

— Je me contente de picorer. En revanche, je bois mon vin. Cela me fournit toutes les calories nécessaires. Mon seul exercice, tu sais, c'est de sortir de mon lit le matin.

On en était au café quand Thomas est arrivé. Il avait 14 ans et un petit garçon de 11 ans ne devait pas l'amuser mais il avait compris depuis longtemps qu'on ne discutait pas les oukases de sa grand-mère. Il a donc emmené Ayden à la piscine. Sans que Mme Decouroy lui confie les fameux numéros de téléphone à ne jamais oublier. Je me suis permis de le faire remarquer. Elle a balayé l'objection d'un revers de la main :

— Pas de panique. On visse toujours trop fort les couvercles. Ce petit Ayden ne risque rien. Ce n'est pas de Sarkozy qu'il devrait se méfier mais plutôt de sa mère qui porte le voile. Croyez-moi, pendant les semaines qui viennent, je vais lui ouvrir les yeux sur ce qu'est une vraie Française. J'espère qu'il ne s'embêtera pas mais moi, je suis sûre que je vais bien m'amuser.

Ensuite, nous sommes allés nous promener dans les jardins du palais de Chaillot. On a visité l'aquarium tout juste restauré. Elle y emmènerait Ayden. Puis je l'ai raccompagnée. Elle ne m'a pas interrogé sur ce que je faisais dans la vie. A aucun moment. Au point que cela devenait troublant. Du coup, je lui ai demandé si elle ne posait jamais une question personnelle. Loin de là :

— Ne croyez pas ça. J'adore déterrer des secrets. Mais je suis ce que les Américains appellent une « high mileage woman ». J'ai beaucoup d'années au compteur. J'ai appris à être patiente. Pour l'instant, je vous observe. Je m'intéresserai à ce que vous cachez quand je serai fixée sur ce que vous présentez à visage découvert. La première impression est toujours la bonne, je préfère ne pas passer trop vite à la seconde. De toute manière, on va se revoir. Si vous êtes libre, j'aimerais que vous veniez dîner à la maison mardi soir. Vous rencontrerez le père Angevin, c'est le curé de Saint-Honoré-d'Eylau. Un vrai saint. Et un vrai gourmet.

Rentré chez moi, j'ai rédigé mon rapport pour Mme Danceny. Un vrai chiffon. Tout ce qu'elle pourrait en faire, c'est essuyer la vaisselle avec.

CHAPITRE 15

Edouard Breda. C'est la loi des séries. Toutes les catastrophes arrivent en même temps. Le matin, au journal, deux assignations devant le tribunal de grande instance de Nanterre m'attendaient sur mon bureau. Sous prétexte de protéger leur vie privée, des stars à la gomme la négociaient au prix fort. Toujours le même couplet : d'abord elles implorent qu'on n'oublie pas de leur taper sur l'épaule, puis elles bêlent comme de pauvres agneaux maltraités et ensuite elles réclament une grosse consolation à la justice. Là, on atteignait le summum de l'hypocrisie. Christiane Marechal, d'abord. Arrivée en larmes à l'entrée du Majestic, l'hôtel de Cannes où trente photographes font le pied de grue, elle avait éprouvé « un sentiment de honte, de chagrin, voire de désespoir, heurtée au plus profond de sa sensibilité » en retrouvant dans *Scoop* les images de son crève-cœur si intime qu'il fallait l'exhiber sur la Croisette ! Et la justice allait devoir plancher sur cette tartufferie : une actrice se rend au festival de cinéma le plus célèbre du monde, pleure en plein jour devant les caméras et souffre jusque dans les recoins les plus secrets de son âme parce que les caméras ne se détournent pas, pleines de pudeur et de respect pour son spleen royal. Je comprends que son fils ait eu des problèmes de drogue pour échapper à la vie qu'une telle diva devait lui imposer. Quant à elle, à peine séchés ses sanglots, elle veillait à les faire rembourser. Et il n'y avait pas qu'elle. La seconde plainte était aussi surréaliste. Dans le même genre. Cette fois, cela se passait à Monte-Carlo, quinze jours plus tard. Je vous le donne en mille : Romain Retz, un animateur télé, nous attaquait parce qu'on avait publié des photos de lui avec sa dulcinée, une ancienne Miss France. Promenaient-ils leur discrète idylle au son des cigales sous l'ombre chaperonne des pins parasols du jardin botanique ? Pas du tout : ils arpentaient les stands des écuries de Formule 1 réunis pour le Grand Prix. Il n'y avait que cinq ou six cents journalistes comme témoins de leur escapade romantique. A présent, il réclamait des dommages et intérêts exorbitants, ainsi qu'un droit de réponse quatre fois plus long que la légende romantico-tartignole qui accompagnait le texte. Dans leur vie, on ne sert à ces gens que du sirop d'orgeat mais, quand ils estiment qu'on leur tend un citron amer, ils exigent qu'on le transforme en citronnade reconstituante. Et la justice marche ! Alors que la Miss France en question est la première à faire savoir urbi et orbi les lieux où son portefeuille chéri l'emmène regarder les couchers de soleil sur la mer (d'abondance). La semaine dernière, elle avait annoncé à une de nos journalistes son départ avec Retz pour San Remo où ils prendraient possession d'une nouvelle cigarette, le bolide des mers qu'ils iraient ancrer pour les siècles des siècles dans le port de Saint-Tropez. Sous-entendu : « Si vous veniez, ça ferait de très bonnes photos de moi. A condition, bien sûr, que Romain n'en sache rien. » Car, bien entendu, il la prenait pour une sainte alors qu'elle, dans son dos, agitait son auréole dorée comme l'agent de piste d'Orly qui dirige la manœuvre avec un bâton lumineux. Je ne le lui reproche pas. Ancienne Miss France n'est pas le plus évident des métiers. Tout doit être bon pour rester un personnage. Malheureusement notre avocat ne se sert jamais de tels arguments. Cela aggraverait notre cas. Pourquoi donc ? Mystère. De toute façon, je ne comprends jamais un mot de ce qu'il raconte. Je n'ai jamais vu un homme parler si vite. Entre deux battements de paupières, il glisse cinq phrases. Il jette sur nos affaires un tel voile de mots, de concepts et de charabia juridique que personne au journal ne sait plus par où le soulever. On dirait de la haute voltige. Ses acrobaties glissent sur nous comme des patins sur la glace. Je crois que je saisirais plus vite la théorie des trous noirs que ses pétillants raisonnements. A part ça, il est très beau et chacun espère que cela nous aidera face à la justice où les femmes sont majoritaires. Cela dit, j'en doute. Personnellement, j'engagerais plutôt une vieille héroïne de la Résistance évoquant sur un ton léthargique les batailles menées pour garantir la liberté d'expression. Inutile de dire que je garde ce genre de réflexions pour moi. C'est ça, un journal de droite : on prend les gens comme ils sont et on ne vire jamais personne. A *Libération* ou à *Télérama*, il y a longtemps qu'ils lui auraient socialement et chrétiennement botté les fesses. Bon, j'arrête de me lamenter. Les pages « people » ne représentent que 10 % du journal et, en général, pour mon plus grand soulagement, elles m'échappent. D'autant que les stars ne perdaient rien pour attendre. J'allais bientôt en crucifier une d'envergure : ce cher Bruce. Lui ne m'échapperait pas comme Robert de Niro auquel on a présenté des excuses quand un juge a osé l'interroger sur les prostituées qu'il fréquentait à Paris. Le piège allait se refermer. J'en étais tellement sûr que j'ai d'ailleurs appelé Agnès. Histoire de lui tâter le pouls.

De manière étrange, rien ne filtrait à Paris. Des avocats, des juges, des médecins, les proches d'Agnès, la maison Continental, moi, d'autres encore, savions mais le black-out persistait. Même la parution de *Vanity Fair* n'avait pas mis le feu aux poudres. Normalement, la presse aurait dû se jeter sur une telle proie. Tel le rémora qui frétille dans le sillage du requin et se régale des reliefs de son carnage, elle guette d'habitude les traces de sang. Que *Le Parisien*, *France Soir* ou *Voici* n'aient pas bronché tenait du miracle. Coco avait dû jouer le grand jeu. Je l'entendais d'ici dégommer Agnès sans le moindre scrupule et promettre à tire-larigot reportages, séances photos et voyages de presse à ceux qui tiendraient leur langue. Quant à moi, elle plantait certainement chaque matin des aiguilles dans une poupée à mon effigie. Elle devait feuilleter les numéros de *Scoop* comme on manipule le plutonium. J'avais décidé de hâter un peu les choses. A défaut de sortir toute l'affaire, j'avais fait réaliser une interview de maître Delors. Prétexte : l'interroger sur les conséquences pénales ou civiles pour les internautes de la nouvelle loi sur le photocopillage et sur le piratage des enregistrements C.D. Faites-moi confiance, j'avais soigneusement briefé mon journaliste, il avait vite mis l'avocat sur le sujet de la vie privée des people, les clients de prédilection de Delors. Et il lui avait fait cracher le morceau : il représentait une femme du monde française qui attaquait une des plus grandes stars américaines pour violence et voies de fait. Résultat des courses : le sujet paraîtrait deux jours plus tard. Les dés étaient lancés. Je n'en pouvais plus d'attendre. Depuis que j'avais ramassé Agnès au fond du gouffre, rien. Je n'existais plus. A présent que le journal était à l'imprimerie, je l'ai donc appelée. Et c'est là que la loi des séries m'est revenue en mémoire. Elle a pris une voix de deuil.

J'ai cru qu'elle allait pleurer. Fausse alerte : elle n'en est pas arrivée à ces extrémités mais presque. Elle ne savait plus, elle regrettait, elle se posait des questions… Dans sa famille, on ne dénonçait pas. Pourquoi mettre son combat sur la place publique ? Si je m'étais écouté, je lui aurais raccroché au nez. Pas question évidemment d'agir ainsi avec la personne que je comptais accueillir entre mes bras. Du reste, pourquoi s'affoler ? Jusqu'à présent, ses phases de désespoir m'avaient plutôt réussi. J'ai suggéré de la rencontrer sur-le-champ. Elle était au Louvre. Je l'y ai rejointe.

Depuis des semaines, elle refusait de mettre le nez dehors. A part les juges – et uniquement en photo – personne ne devait la voir avec le visage cabossé d'une fille des fortifs. Seule sa mère passait chez elle pour déposer des fruits et des légumes. Un régime très basses calories aux vertus évidentes. Jamais je ne l'avais vue aussi belle quand, portable à l'oreille, guidé par elle dans les labyrinthes du musée, je l'ai retrouvée devant les toiles de Chardin, dans une des salles de peinture française du XVIIIe siècle. Une jupe classique et moulante bleu pâle, des talons hauts bleu marine, un cardigan bleu pâle et, jetée sur les épaules, une veste de tailleur Chanel de la couleur des escarpins. Tout à fait l'image de Madame Tiffany ou de Madame Givenchy. La peau très blanche, les lèvres à peine soulignées par une ombre de rose, son visage avait les nuances douces des portraits de Nattier du temps où les femmes ne se mettaient jamais au soleil. Le hâle léger ramené du Pellicano s'était effacé. Invisible pour qui ne partait pas à sa recherche mais, en effet, observable à la loupe, une nuance jaune marquait sous l'œil la trace infime de sa dispute avec Bruce.

Grande et mince, la voix douce mais le sourire qui vous tient à distance, Agnès semblait chez elle et m'a accueilli comme si on s'était quittés dix minutes plus tôt et comme si, naturellement, j'étais à son service. En un instant, elle m'avait glissé dans sa poche :

— Soyez gentil, Edouard, sortez une feuille et un stylo et prenez des notes à ma place. A cause de ce bras en écharpe, c'est toute une gymnastique pour moi. Je dois repérer une dizaine de toiles sur le thème de la gastronomie pour un grand chef américain que je promène demain dans Paris.

Elle reprenait ses activités. Si Continental l'avait rayée des listes, elle demeurait sur celles de ses autres clients et le patron du Grand Vefour l'avait priée d'escorter un de ses confrères, propriétaire de plusieurs restaurants à New York et à Long Island.

— C'est une véritable chance pour moi. Peut-être le connaissez-vous de nom ? C'est Frank Carmichael, le propriétaire des deux Commodore's, celui de Manhattan et celui de Montauk. Pour les lectrices de *Vanity Fair* dans mon genre, c'est un personnage aussi connu que Paul Bocuse ou Fabrice Emaer. Il régale et il distrait tous les very beautiful people de la Côte Est. Si notre flânerie lui plaît, il pourra me recommander à de nombreux clients. Ça ne peut pas mieux tomber. Je crains qu'à cause de vous, il ne me faille bientôt beaucoup aérer mon carnet d'adresses…

C'était bien elle : attaquer sans s'appesantir et aborder comme étourdiment le fond des problèmes. Puis s'en éloigner. A présent qu'elle avait lâché sa pique, elle s'est mise au travail :

— Pas question de le traîner de toile en toile. Surtout pas d'indigestion pour un cuisinier. On partira de cette *Raie*, on passera aux *Débris d'un déjeuner* et au *Buffet* juste à côté puis on s'éloignera sans s'arrêter devant mille œuvrettes pour aller aux autres tableaux auxquels je pense. Sur le chemin, entre les salles, je lui raconterai de petites anecdotes sur le Louvre. C'est plus facile à retenir que de savantes et assommantes considérations sur la palette ou la manière des grands maîtres. Au bout d'un quart d'heure, on ne se rappelle rien. Là, j'espère qu'il s'amusera.

En tout cas, il allait s'instruire. Mine de rien, à la légère, Agnès soulignait mille détails amusants que, sans elle, je n'aurais jamais remarqués. Passant devant une scène de beuverie peinte par La Tour, elle a observé que les six hommes avaient de grands nez :

— Aujourd'hui, ce serait un hasard extraordinaire. Pas à l'époque. Un enfant sur deux mourait avant l'âge de 5 ans. Et les petits nez, nids à rhinopharyngites à répétition, étaient le plus souvent fatals. Survivaient ceux qui en avaient un fort.

Equivoque et souriante, elle a ajouté :

— Ce qui, dit-on, va avec un sexe en proportion. Quelle époque pour les femmes ! Seuls les meilleurs d'entre vous avaient accès à nous.

Et ainsi de suite. Là où d'autres auraient pontifié, elle marivaudait mais prenait très au sérieux son travail. De Chardin, on est passé au *Déjeuner d'huîtres* de Jean-François De Troy où le raffinement du décor et des costumes des courtisans s'accompagnait d'une simplicité de boyards puisque aux pieds des convives s'entassaient les coquilles vides qu'ils jetaient par terre, carrément sur les écaillers à genoux derrière eux. Puis vint *Le Déjeuner gras* de Desportes, somptueux gisement de ferments pour la goutte contre laquelle, selon Agnès, on luttait en buvant des litres de thé, breuvage ruineux que recommandait la Société royale de médecine et auquel on trouvait un goût de paille pourrie. Tel un écureuil, Agnès avait des provisions de petites histoires pour enjoliver la grande.

Ainsi, comme on servait à chaque repas un véritable banquet au roi qui se bornait à picorer dans les plats, tout repartait immédiatement pour de longues estrades publiques où les gentilshommes envoyaient leurs cuisiniers faire les courses. Cela dit, trêve de guimauve, après de savoureuses divagations autour de Desportes, cette peste m'a abattu en plein vol romantique :

— C'est un peintre que j'aime beaucoup en ce moment. La plupart de ses œuvres sont à Fontainebleau car il peignait surtout des chasses. On les a observées avec Bruce. J'aurais aimé lui montrer celle-ci. Il me manque…

Me dire ça à moi qui avais aligné les billets pour réexpédier une fois pour toutes le Yankee at home ! Mieux valait entendre ça que d'être sourd mais c'était tout juste. Comme je n'avais aucune envie de partager cette promenade avec Bruce, j'ai préféré ne pas émettre de commentaires. Au lieu de réduire la tache, ils l'auraient étalée. Et il n'en était pas question. Le plaisir tiré de cette visite au Louvre me faisait prendre viscéralement conscience de ce que j'allais perdre si Agnès m'échappait. Mieux valait me battre. M'éloignant un instant, j'ai donc appelé le journaliste qui avait interviewé maître Delors et l'ai prié de se précipiter au secrétariat de rédaction pour ajouter dans son papier le nom de la star américaine. Agnès serait mise devant le fait accompli ! Après quoi, tout sourire, je suis retourné suivre ma leçon d'histoire de l'art et je me suis retrouvé sous le charme. D'une certaine manière, d'ailleurs, Agnès m'a rassuré. Elle ramenait tout à la France. Après un passage devant une *Coupe de fruits* de Lubin Baugin et un *Panier de fraises* de Louise Moillon, on est allés jusqu'aux *Noces de Cana* de Véronèse, immense repas vénitien où elle n'a parlé que de nous. Parmi les convives, Soliman le Magnifique avait été notre allié ; née à Louvain et élevée à Bruxelles, Eléonore d'Autriche, malgré son nom, avait le français comme langue natale ; son frère, Charles Quint, parlait l'allemand à ses chevaux et l'espagnol à Dieu mais notre langue aux femmes ; notre François Ier occupait une place d'honneur… Il n'y en avait que pour nous. Elle cachait son chauvinisme sous un châle culturel mais elle ne cessait de montrer le châle du doigt. Elle prenait notre passé pour un passe-partout ouvrant tous les cœurs. Cette femme ne s'exilerait pas de sitôt aux Etats-Unis. J'ai repris des couleurs. Du reste, elle m'aidait. Sûre de réussir son examen le lendemain, elle était plus primesautière que jamais. Comme dernière toile, elle m'a emmené jusqu'au *Radeau de la Méduse*. Pour montrer à son maître queux le visage d'une France brutale capable d'affronter la réalité – et de la digérer :

— Je ne voudrais pas qu'il nous prenne pour des chochottes juste capables de dresser une table et de monter une mousseline. On est quand même plus complexes.

En effet. Surtout elle. Elle me l'a prouvé dix minutes plus tard quand on s'est installés pour déjeuner au Café Marly. Nous n'avions pas réservé et un maître d'hôtel très élégant a proposé qu'on s'installe sur la terrasse, à l'extérieur, sous une sorte de parasol chauffant. Il parlait lentement, sûr de lui, très « seigneur ». Le voisinage du Louvre avait dû lui fausser l'esprit. Lui aussi se croyait inscrit au patrimoine mondial. Agnès l'a ramené sur terre. Les contrariétés, ce jour-là, n'allaient plus pénétrer son cerveau. Elle l'a courtoisement prié d'entreprendre une petite tournée d'inspection à l'intérieur. Pendant qu'il s'exécutait, j'ai émis des réserves sur le gâchis d'électricité provoqué par ces fourneaux design. Pendant des siècles, on s'était gelés dans ce palais. Ma nostalgie n'a pas convaincu Agnès :

— Les civilisations archaïques gâchaient encore plus que nous. Les Verts me font rigoler. En Amazonie, les Indiens Yugi abattent les arbres pour en cueillir les fruits. La fameuse écologie des Amérindiens, c'est de la foutaise. Je ne vous parle pas des forêts qu'on massacrait pour chauffer Versailles.

Pour finir, madame a gagné. On nous a accordé une des tables soi-disant réservées de l'intérieur. Près de nous, la directrice littéraire du Seuil déjeunait avec le directeur de *L'Express*, il y avait des têtes connues dans tous les coins, une présentatrice du journal télévisé tenait la main d'une espèce de baroudeur aux sourcils épais comme des câbles téléphoniques. Derrière un front sans fin, il avait noué une queue de cheval, genre chauve à cheveux longs. Agnès les dévisageait :

— C'est fascinant : elle cligne des yeux comme une enseigne lumineuse et elle ne cesse de se lécher les lèvres. Son chirurgien esthétique devrait lui prescrire des calmants. Et des lunettes. Elle ne se voit plus dans la glace, ou quoi ? Son chemisier lui va comme une toile de tente.

Elle s'est calmée en se mettant un tartare de thon sous la dent. Ensuite, elle avait commandé une salade de homard. Et choisi comme vin un Pouilly-Ladoucette. Le grignotage ruineux d'une grande dame. J'en parle car c'est elle qui a abordé le sujet :

— Ce luxe, c'est mon malheur. Je n'aime que lui et je n'ai pas d'argent. Vous m'auriez vue au Pellicano, j'étais chez moi. A Paris je vis tellement au-dessus de mes moyens qu'on peut presque dire que nous vivons séparément. Si je perdais mes clients, je ne pourrais plus mettre les pieds dans mes cantines habituelles. Le Grand Vefour n'aurait jamais pensé à moi si je n'y emmenais pas les étrangers que je promène dans Paris. La dernière fois, j'avais présenté Bruce à Guy Martin. J'ai bien peur de tout perdre.

C'était extravagant. On aurait dit Dracula refusant la présidence du Comité français de Transfusion sanguine : madame ne pensait qu'à l'argent et, tout à coup, quand la galette se matérialisait, l'appétit lui manquait. Comment la rendre plus combative ? Laisser miroiter le butin que maître Delors ferait tôt ou tard tomber dans son escarcelle ? Mieux valait ne pas montrer que je voyais clair dans son immoralisme. Pour préserver mes chances, je devais m'en tenir au registre de l'ami fidèle et du bon samaritain. De toute manière, je n'en ferais pas une lutteuse. Tu peux bien jeter une chatte dans l'eau, elle ne se mettra pas à nager. Agnès avait l'intention de baisser les bras. J'ai fait mine de ne pas comprendre et me suis approché à pattes de velours :

— Pas de panique. Vous n'allez rien perdre. Vous ne

ferez pas la première page du *Monde*. Quand la presse abordera l'affaire, on ne retiendra que le nom de Bruce. En quinze jours, vous serez oubliée et vous roulerez sur l'or. De surcroît, je vous rappelle que vous êtes la victime. Loin de provoquer la suspicion, vous suscitez la sympathie. Ne craignez pas que l'affaire Johnny Hallyday se reproduise. D'abord Bruce laisse la France complètement indifférente. Ensuite vous n'avez pas antidaté des certificats médicaux suspects, ni fait approcher votre adversaire par des intermédiaires douteux, ni poursuivi les relations après l'incident. Je n'irai pas jusqu'à vous comparer à la blanche colombe mais si quelqu'un émet des doutes, votre avocat le crucifiera. Gardez votre calme.

Entendu, je vous l'accorde, en fait de subtilité, j'avais la délicatesse d'un train de marchandises. Mais enfin quoi, je faisais passer mes sentiments avant tout le reste. Lesquels ? L'amour pour Agnès et la rancune contre les stars. C'était du romantisme au carré : sentiments et ressentiments d'abord. Une âme simple aurait cédé. Agnès ne possédait pas cette naïveté en magasin. Elle connaissait la société. A présent, elle ne ferait plus un pas sans regarder où elle mettait les pieds. Elle ne m'écoutait même plus. Perdue dans ses inquiétudes, mon cher moulin à paroles répondait moins encore. Elle avait coupé le contact. Son mutisme a duré d'interminables secondes. Quand elle a enfin remis du charbon dans la machine, rien n'avait changé. Elle a suivi son idée :

— Il n'y a pas que *Le Monde*. La presse va se régaler. Et aucun détail ne manquera. *Le Parisien*, *France Soir* et les autres vont jeter les chaluts, draguer les côtes, racler les fonds et remonter toute la poiscaille. Je ne parle pas de Continental et de Coco Danceny. Celle-là, pour m'éliminer du décor, elle arriverait à se lécher les coudes. Elle a engagé un détective privé pour m'espionner. Ma mère le tient en laisse pour l'instant mais il y a des tas de petits secrets que ni elle ni moi ne tenons à rendre publics. S'ils sortent, je perdrai mon fils une fois pour toutes. Et moi, je serai sur le carreau.

Elle aurait dû faire le Conservatoire. C'était une actrice-née. J'ai eu peur qu'elle ne se mette à pleurer. Ses nerfs semblaient sur le point de craquer. La pauvre se retrouvait prisonnière de sa fable comme le piquet dans le ciment. Et moi, je gobais tout. Vous m'auriez vu : je l'aurais prise dans mes bras. Je n'avais qu'une envie : protéger ce pauvre petit coyote capable – si je n'intervenais pas – de dévorer sa patte prise au piège pour clopiner au loin. Elle devait bien s'amuser. J'avais accompli tout ce qu'elle attendait de moi et j'étais prêt à présenter mille excuses. Pour un peu, j'aurais envoyé au pilori les 300 000 exemplaires du prochain tirage. Je vous rassure : ces décisions inouïes ne sont pas de mon ressort. Et elle le savait. Vicieuse, elle a poussé la perversité jusqu'au bout. D'une voix mourante, elle a lâché une ultime plainte.

— Après-demain, grâce à vous, je serai grillée à Paris. Je ferais bien d'aller refroidir ailleurs. A New York, par exemple.

En brave gars qui ne comprend rien, j'ai protesté :

— Ce n'est pas une très bonne idée. Tous vos amis sont ici.

Ses amis ! Quand ils comprendraient le rôle qu'elle leur avait attribué, peut-être vaudrait-il mieux glisser un océan entre elle et eux. Sans doute y a-t-elle songé car elle a concédé un sourire :

— Ce n'est plus une idée. C'est un projet.

Elle ne mentait pas. A présent que *Scoop* allait enfin mettre son cas sur la place publique, elle avait gagné et pouvait passer à l'étape suivante. Mais moi, bien sûr, en pauvre cloche, énamouré et aveugle, je n'ai rien compris. J'ai seulement cru que, pour elle, comme d'habitude, il s'agissait seulement d'avoir le dernier mot. Du coup, moi aussi j'ai souri. Sauf que j'avais envie de pleurer. Et qu'elle doit encore en rire.

CHAPITRE 16

Coco Danceny. Depuis deux mois, j'avais recensé mes intimes. Un calcul vite fait : il n'y en avait aucun. Aussi factice que des implants capillaires, leur amitié avait fondu à la première averse. Une tempête d'envergure, j'en conviens. *Le Monde* lui-même avait consacré une demi-page à mon licenciement par Continental. Certains détails étaient vrais – ceux que j'avais donnés moi-même. D'autres relevaient des contes et légendes, en particulier ceux qui concernaient mes indemnités. Faites confiance à Olivier : avec sa mentalité d'apothicaire, ce sale bonhomme qui peste contre les « privilégiés » de la RATP et se goinfre de stock-options avait calculé au centime d'euro près ce à quoi j'avais droit. Disons que j'avais de quoi tenir deux ou trois ans sans m'affoler. Le temps de me débarrasser de mes mauvaises habitudes, aurait dit un magazine féminin. Au bout de quarante-huit heures, j'avais commencé à tourner en rond dans la cour de promenade qu'était ma vie étriquée. Résultat : le jour même où j'ai signé le protocole d'accord de mon départ, j'ai appelé un copain du

Parisien et, pour rester dans le circuit, j'ai lâché tout ce que j'aurais dû garder secret. Le journaliste avait apprécié à sa juste valeur l'histoire du chauffeur de Bruce et celle du détective privé mis aux trousses d'Agnès mais il avait surtout raffolé du fait qu'Olivier, informé par le ministère de l'Intérieur, avait exfiltré instantanément son artiste vedette soupçonné de violences. En vingt-quatre heures, l'affaire avait fait la une des quotidiens et de toutes les radios. Je vous rappelle que le ministre des Finances s'appelle Sarkozy. Chez des armées de journalistes, il suffit d'accoler son nom à une épithète désobligeante pour se croire un héros de la liberté d'expression. Etant donné la visite effectuée par Bruce au ministère un mois plus tôt, chacun y était allé de ses insinuations : Sarko avait gardé ses réseaux à l'Intérieur, il faisait échapper un de ses amis à la justice... Faute de preuves, l'agitation n'avait pas duré mais toute la France avait eu le temps de découvrir l'existence d'Agnès. Par miracle, en revanche, mon nom n'était guère apparu et personne n'avait parlé de fuite. Officiellement, il s'agissait uniquement d'une nouvelle prouesse du service investigation du *Parisien.* Continental, naturellement, n'avait pas été dupe. Olivier avait téléphoné en personne pour me traiter de tous les noms. S'il m'avait eue sous la main, il m'aurait écorchée vive. Au lieu de ça, tout ce qu'il pouvait faire, c'était verser mes indemnités. Inutile de dire que je jubilais. Songer que je m'étais battue nuit et jour pendant dix ans pour cette boîte. On n'en était plus là. J'était prête à tout pour me venger. Au point que j'ai savouré en amateur éclairé les coups de poignard qu'Agnès, à son tour, leur a portés. Car cette peste a manœuvré comme un chef. Son avocat connaissait aussi bien que moi la presse. Il a obtenu pour elle la dernière page de *Libération*. Un vrai prodige de non-communication : on parlait d'elle parce qu'elle accusait une star de violences mais, dans le papier, elle n'évoquait même pas l'incident. Restait le portrait d'une Parisienne de bonne famille, amusante et cultivée, mêlée à un fait divers qui la dépassait complètement. L'interview de sa mère par Marc-Olivier Fogiel avait achevé de brouiller les cartes : en gros, la France était priée de croire que toutes ces rumeurs se résumaient à un règlement de comptes interne à Continental qui voulait se débarrasser de Bruce. Partout ailleurs, on aurait protesté. Pas à Paris, seule ville libre d'Union soviétique où l'on adore clouer une multinationale au pilori. Prêter mille arrière-pensées mercantiles et odieuses à Continental enchantait quinze journaux toujours prêts à jeter leurs lignes dans le vivier gauchiste de l'anticapitalisme primaire. Et cela convenait à Agnès et à Bruce. Elle, pour éloigner les journalistes de sa plainte qui ne l'arrangeait plus du tout ; lui pour avoir l'air de la victime de financiers impitoyables plutôt que du tortionnaire d'une femme charmante ; elle et lui pour qu'on ne trouve pas trop étrange la réconciliation qui s'annonçait, sonnante et trébuchante. Dans ces conditions, vous imaginez qu'Olivier a mis les petits plats dans les grands pour réussir les concerts de Bruce. Objectif : prouver à tous que Continental, véritable mère poule industrielle, bichonnait toujours Bruce, le rocker dandy chéri de son catalogue. On en était même revenu au projet initial : deux soirs à Bercy. Et, divine surprise, ce serait plein. Le scandale avait produit son effet. Bruce était l'homme du moment. Ardisson et Fogiel avaient chacun promis monts et merveilles pour l'avoir sur leur plateau en exclusivité. Pour finir, Olivier avait choisi « Sept à Huit » sur TF1. Il promettait un scoop.

Le premier show avait donc lieu le samedi soir. Cela m'eût-il coûté un œil que j'y serais allée. Et pas dans la salle, noyée parmi le public. Dans la loge de Continental ! J'étais prête à tout pour ça. Ceux qui me connaissent savent ce que cela signifie : telle une fourmi, je peux soulever sept fois mon poids. J'étais décidée à voir mon vieux protégé à ma place, chez moi, dans le carré Continental, lieu magique dont je tenais déjà les clés à l'époque où Olivier réglait encore la circulation au ministère de l'Intérieur. Me voir respirer à côté de lui suffisait à ses yeux à polluer la pièce mais qu'importe, sa haine n'y changerait rien : je serais là. Du reste, je n'avais même pas peur. Je connais ma ville. A Paris, on tutoie en public ceux qu'on insulte en privé et ensuite, on va dîner avec les vices qu'on fait métier de dénoncer. Tout le monde serait ébahi de me voir et chacun garderait sa surprise pour soi. Des faux jetons. Dans le milieu, il n'y a que ça. Et c'est pareil partout. Dans les casernes de pompiers, dans les cellules du Parti communiste, dans les rédactions, chez les menuisiers… Pour finir, ce ne fut même pas difficile. J'ai tout bêtement appelé Scott, l'assistant de Bruce, un type comme je les aime, odieux avec les bons à rien inutiles mais franc du collier et fidèle. Les conditions de mon expulsion en vingt-quatre heures de Continental l'avaient fait méditer sur l'ingratitude des pontes du show business. L'amour entêté de Bruce pour Agnès achevait de le rendre perplexe. Il m'avait posé au moins trente questions sur elle, on était restés une bonne heure au téléphone. Puis il s'était engagé à faire envoyer une invitation à mon nom dès le lendemain. Promesse tenue. Mais d'une manière qui m'a laissée sur le cul. Le carton ouvrant la voie au carré V.I.P. de Continental était accompagné d'un petit mot signé : Agnès.

Ma chère Coco, je suis assez avisée pour rester chez moi quand il pleut mais j'admire les audacieux de votre espèce qui n'ont pas ma pusillanimité. Nous serons ravis, Bruce et moi, de vous accueillir à Bercy. J'imagine que vous avez autant envie de me revoir que de recevoir une paire de claques mais j'aimerais que nous fassions la paix. Je sais ce que je vous dois. Sans vous, je n'aurais pas rencontré Bruce et j'espère que nous deviendrons proches. Ne soyez pas sceptique : l'amitié ressemble à l'encens. Comme dit Scott, il faut d'abord le brûler avant d'en goûter le parfum. A présent que nous nous sommes bien incendiées en paroles, j'espère que nous saurons savourer nos qualités respectives. De toute façon, nous nous reverrons car Bruce tient absolument à laisser ses relations publiques entre vos mains. Ce dont je le félicite. Dernier point : ne craignez rien de la part d'Olivier. Il se prend pour un grand fauve lâché dans la savane parisienne mais ce n'est qu'un matou calculateur. Il a beau être dur d'oreille, il n'écoute que son intérêt et le sien, comme le nôtre, consiste à enterrer au plus vite les mystères entourant mon aventure. Il sera donc aimable avec tous nos invités. D'ici là, je vous transmets toute la tendresse de Bruce, Agnès.

Soyons franche : je suis faite pour le badinage comme une aveugle pour la peinture mais elle m'a bluffée. Six mois après s'être faufilée au Bristol comme une fourmi qui s'infiltre entre deux lattes de parquet, elle me recevait en souveraine chez moi, dans le saint des saints d'une soirée Continental. Putain d'aristo ! Un sourire sarcastique au coin des lèvres, elle s'approchait respectueusement, vous priait courtoisement de vous lever, vous indiquait poliment un tabouret au fond de la pièce et s'installait civilement à votre place, juste à côté du trône. Il ne me restait qu'une chose à faire : jouer le jeu. De toute manière, je n'allais pas protester. Autant faire remonter son cours à la Seine. Je suis allée chez le coiffeur, j'ai mis un ensemble de Paule Ka et j'ai pris un taxi pour Bercy.

Je vous jure : vous ne vous seriez pas cru en France. Il n'y avait ni Black, ni Beur à l'horizon. Les environs du palais Omnisports étaient ethniquement purifiés : des bobos blancs uniquement. Comme pour Madonna ou pour Daho. A part un bon contingent de pédés venus à cause ou grâce aux rumeurs courant sur Bruce, vous vous seriez cru à un week-end de séminaire pour l'eau d'Evian. C'était la messe, personne ne songeait à resquiller aux contrôles V.I.P., les filles de l'accueil m'ont reconnue et saluée bien bas. Heureusement, d'ailleurs. Elles m'ont requinquée. Cinq minutes plus tôt, dans la voiture qui m'amenait, je pleurais presque sur l'injustice de la vie.

D'habitude, dans ce genre d'enclos pour privilégiés, c'est moi qui dressais les listes. Impossible de me faire prendre les citrouilles pour des carrosses et les parasites pour des investissements. Si je n'avais pas eu les idées claires, cette soirée me les aurait tout de suite remises en place. Seuls les pique-assiettes me saluaient. Les vrais invités, eux, anxieux d'être repérés par Olivier et sa cour, m'évitaient. Les chanteurs me saluaient de la tête à distance. Les filles de mon équipe, les yeux en alerte, m'accordaient de petits sourires puis se réfugiaient dans le boulot. Les journalistes m'avaient déjà oubliée. Je me suis accrochée comme à une bouée à celui de *Libération*, un copain. Je ne l'ai quand même pas félicité sur la version tronquée qu'il avait donnée de l'affaire. Il en riait :

— C'est vrai, j'ai allumé quelques lumières mais pas à tous les étages. C'est la faute de maître Delors, l'avocat d'Agnès de Courroye. Il m'avait promis monts et merveilles et, à l'arrivée, comme toujours, le sabot était à moitié vide. Cela dit, on en a eu plus que les autres.

Cela lui suffisait. De toute manière, l'affaire ne l'intéressait pas. Il souhaitait plutôt m'arracher des informations sur Edouard de Rothschild, leur nouveau propriétaire :

— Personne ne connaît rien de lui et tout le monde redoute qu'il finisse par aimer son argent plus que notre équipe. Que sais-tu de lui ?

Mais rien du tout ! Sinon qu'il ferait nécessairement des purges. A *Libération*, ils s'en offrent régulièrement. Et la prochaine s'annonçait pittoresque : un baron faisant tomber la tête de Serge July, ce serait l'aristocratie guillotinant le tiers état. C'était dans l'air du temps mais, avec Agnès, j'avais déjà donné. Je lui ai conseillé de faire comme moi, de prendre des contacts en ville. Il a souri et s'est dirigé vers Juliette Binoche. Je ne me suis pas accrochée. Dans mon état, je n'avais pas la force de discuter avec une intellectuelle de cette volée. Trois jours plus tôt, dans *L'Express*, répondant à la question : « Quand avez-vous été le plus heureuse ? », elle avait dit : « Dans l'étonnement de l'intimité partagée. » Et à la suivante : « Et la plus malheureuse ? », elle avait trouvé : « Dans le cloisonnement de mes affres. » Sur l'instant, j'avais ricané. Ensuite, je m'étais souvenue qu'en général, c'était moi qui relisais et avalisais ce genre de réponses quand on soumettait mes propres artistes à ce type de questionnaire. Un instant, je me suis demandé si je n'étais pas plus heureuse à l'extérieur du circuit. Je vous rassure : ça n'a pas duré. Après trois mois de jeûne absolu, me retrouver au milieu de l'excitation générale, j'avais l'impression de sentir mes poumons se rouvrir. Et devinez qui est venu m'insuffler un peu d'oxygène : Olivier en personne.

Soudain, il a été là, à côté de moi, m'embrassant sur la joue, tout content de ma présence. Je connais Paris et ses tartuffes mais là, c'est le cas de le dire, j'étais soufflée. En six mois de collaboration quotidienne, je l'avais toujours vu froid ou autoritaire et, tout à coup, je le retrouvais avec un sourire écarté jusqu'aux cheveux. Il portait un blue-jean et un blouson de cuir qui lui allaient comme une soutane à un marin-pêcheur. Oubliant toutes les avanies qu'il m'avait imposées, il m'a demandé si j'étais contente d'être là. Ça m'a rappelé le journaliste texan interrogeant Jackie Kennedy : « Et, à part ça, madame Kennedy, comment avez-vous trouvé Dallas ? » J'ai préféré ne rien dire. Aucune importance, il a poursuivi sans attendre ma réponse. Lui était enchanté de ma présence. Bien entendu, il comptait sur moi au dîner qui suivrait le concert, avenue Matignon. Je demeurais une amie de la maison. La vérité, la franchise et la sincérité étaient priées de disparaître du panorama. J'ai joué le jeu. Avec ce cannibale, c'était la seule solution. Je lui ai juste demandé comment il s'entendait avec Agnès. A merveille. Cette fille mettait qui elle voulait dans sa poche. Il en a convenu :

— C'est une maligne. Une vraie bourgeoise parisienne. Elle ne donne aucune arme contre elle, évite toute déclaration à la presse, rappelle à chacun qu'elle a passé un moment exquis avec Nicolas Sarkozy, donne ses rendez-vous au Trocadéro. Dès qu'on l'interroge sur l'affaire, elle prend un air désolé et sur un ton très « Marie-Chantal » suggère qu'on en discute plutôt avec son avocat. Impossible d'obtenir le moindre détail sur la nature de sa plainte. La presse s'est cassé les dents. Jamais elle ne prononce un mot déplaisant sur Bruce. Si vous voulez la faire passer pour une coureuse de dot qui cherche à rançonner un pigeon, elle se présente en jeune femme élégante qui n'aime que le XVIIIe siècle, Michelet et le musée du Louvre. A l'entendre, tout cela la dépasse. Ce qui ne l'empêche pas d'insinuer qu'elle est prise en otage dans une querelle entre un chanteur et sa maison de disques. Le pire, c'est qu'à présent, à force de le répéter, elle en est convaincue. Et qu'on doit se plier à son scénario. Car, autant que vous le sachiez tout de suite, elle a gagné. Vous le verrez tout à l'heure.

En somme, Olivier baissait pavillon et tentait de sauver les meubles. Il ne voulait à aucun prix se retrouver embarqué dans un procès aux Etats-Unis. Son comportement, le premier jour, quand il avait exfiltré Bruce, le mettrait en situation dangereuse et l'obligerait à mouiller des gens du ministère de l'Intérieur. C'était impensable. Donc on effaçait tout. Et il s'en fichait :

— Moralement et juridiquement, c'est de la haute voltige. Mais c'est la seule solution. Sinon, on se ramasse tous par terre.

Sur quoi, il a encore souri. A force d'avaler des couleuvres, il s'était carrément assoupli la mâchoire. Puis il m'a dit : « A plus tard » et s'est éloigné vers d'autres invités. Soyons franche : j'avais retrouvé la vie. Je n'aurai pas besoin d'imposer mon retour au cric. J'aurais embrassé le premier venu. Pour m'épargner ce ridicule, j'ai gagné ma place dans la salle. Assis juste derrière moi, Jean Reno et Doc Gynéco discutaient avec Cecilia Sarkozy. Son mari avait promis de venir à un des concerts. Sans doute serait-il présent au dîner. Et pourquoi pas ? Plus rien ne me contrariait. J'avais mis ma rancœur en veilleuse. De toute façon, elle n'avait plus sa place à mes côtés. Quand une de mes anciennes assistantes est venue demander aux V.I.P. s'ils voulaient boire quelque chose, elle s'est dressée sur la pointe des pieds pour me poser la même question. C'était le nirvana. Après tout, j'étais là pour vivre avec ces gens, pas pour instruire leurs dossiers. Ce soir, en plus, je n'avais pas à lever le petit doigt, juste à profiter du concert. C'est ce que j'ai fait.

J'ai toujours pris Bruce pour un grand artiste. Même quand je l'ai vu ivre mort – et croyez-moi, je sais ce qui attend Agnès –, je l'ai toujours vu ressusciter en s'asseyant au piano. Sur scène, à Bercy, il a transporté son public. Sans en rajouter, sans galoper en tous sens sur la scène, sans nous imposer les grotesques apartés du genre « Bonsoir Paris, je vous aime… » Inutile de compter sur lui pour en faire des paquets. Des écrans géants alternaient anciens clips et gros plans sur ses musiciens, un jeu de lumière confié à un électronicien américain plongeait le palais Omnisports dans une marée bleue, une armée de danseuses et de choristes occupaient l'espace mais l'ensemble demeurait artisanal. Un musicien jouait les morceaux qu'il avait composés tout seul depuis vingt ans. Et pas de mégalomanie avec Bruce. Il n'imposait pas de subir tout son dernier album avant de nous concéder quelques-uns de ses anciens tubes. Au contraire, il n'interprétait que ses plus grands succès. La fièvre atteignait son paroxysme quand toutes les lumières se sont éteintes pour que s'élèvent tout doucement les premières notes de *Michelle*, la chanson d'amour que les Beatles avaient dédiée à une Française. Alors, les écrans se sont rallumés un par un et ont montré un film dont l'unique personnage était Agnès. Je ne peux pas vous dire : la salle a explosé de joie. Tout le monde attendait le dénouement de l'affaire à laquelle personne ne comprenait plus rien. Et nul n'avait vraiment vu son héroïne ailleurs que sur quelques photos de *Voici*, de *Scoop* ou de *Libération*. Là, enfin, on pouvait l'observer sous toutes les coutures. Chez elle, en train de lire, en promenade au Louvre, marchant sur les bords de Seine, visitant New York, dans l'avion… Pendant ce temps, Bruce chantait une nouvelle version de la chanson où le prénom d'Agnès avait remplacé celui de Michelle. Dans le genre romantique, on ne faisait pas plus mélo. Mais, rien à faire, ça marchait. Même moi, j'étais émue. Heureusement que la colère avait asséché mes réserves de larmes dans les semaines précédentes ; sinon j'aurais versé les miennes comme les autres quand Agnès l'a rejoint sur scène. Sans se presser, tranquillement, comme si elle était seule. Elle portait une robe noire très courte, des bas noirs, des escarpins noirs. Elle est allée jusqu'à lui, toutes les lumières se sont éteintes, il lui a demandé si elle voulait l'épouser, elle a dit oui et il s'est mis au piano pour jouer une marche nuptiale. Laquelle ? Ne me le demandez pas, je ne connais rien aux musiques composées avant l'invention de l'électrophone. Une seule chose est sûre : le morceau était célèbre, je l'avais déjà entendu cent fois. Au début, Bruce l'a joué seul ; puis, un à un, tous les membres de l'orchestre l'ont rejoint ; et, insensiblement, la mélodie a pris du muscle et, sans qu'on s'en aperçoive, s'est transformée en rock déchaîné. Le concert s'est ensuite achevé sur la série des morceaux les plus violents du répertoire de Bruce. Sa vraie nature avait repris. Vingt fois, il m'avait dit trouver les slows ennuyeux. S'il en composait un par album, c'était uniquement parce que Continental le lui demandait pour les radios. « Je le fais pour la galerie mais je ne les joue jamais en concert. Tant qu'à m'endormir, je préfère mille fois la musique classique.» Avec Agnès, il était servi. Elle était classique et, pour le laisser dormir, elle serait parfaite. De là à la féliciter, non. Je ne suis pas allée à leur dîner. J'en avais soupé pour ce soir des gens qui prouvent leur existence en serrant des mains connues. Cette pétasse triompherait sans moi.

ÉPILOGUE

Agnès de Courroye. Si vous croyez que je vais plaider coupable, je vous arrête tout de suite. Je n'ai jamais fait de mal à personne et je n'aime que rester à l'écart. Ne pensez pas que toute mon affaire se résume à une question d'argent. Je n'ai jamais su en gagner mais mes rêves ne coûtent rien. Seulement j'avais un certain âge et, vue de très près, je le faisais presque. Il était temps d'agir quand Bruce s'est présenté. Pour autant, je n'ai pas prémédité mon mensonge. Il est arrivé là comme ça. Providentiel mais complètement imprévu. Et dès l'instant où j'ai porté plainte, j'ai eu honte. J'avais l'impression d'avoir posé le pied sur des sables mouvants et dégradants. Dans ce cas-là, une seule chose à faire, ramener la jambe, rester sur le bord et ne plus esquisser un mouvement. Ça tombe bien, c'est ma grande spécialité : attendre en rêvassant. Il n'était plus question d'ouvrir le bec. A la parution de l'article dicté par Edouard à *Scoop*, j'ai pourtant reçu deux cents demandes d'entretien venues du monde entier. Et mon avocat, plus encore. Il en a juste accordé un ou deux pour insinuer que l'enquête à l'hôtel et à l'hôpital corroborait mes affirmations. Rien de plus. Moi, je n'ai pas prononcé un mot. Sans aucune conséquence, je vous rassure. Trois jours plus tard, la presse regardait ailleurs. Quand je suis revenue à Paris, après une semaine en Bretagne, aucun photographe ne campait plus au rez-de-chaussée de l'immeuble. Au bout de quelques semaines, maître Delors a trié sur le volet une poignée de journalistes auxquels j'ai confié une version sincère mais expurgée de ma vie sans prononcer un mot sur le cœur de mes accusations. *Scoop* ne faisait évidemment pas partie des élus. Edouard m'a maudite. J'ai haussé les épaules, enchantée qu'il m'ait choisi un défenseur si habile. Et si décontracté. Ce maître Delors prenait toute mon affaire pour un jeu. D'autant plus amusant qu'il était sûr de gagner. Mon aventure lui rappelait *Le Lys dans la vallée*. D'abord une belle, longue et larmoyante histoire tendre puis, en chute, pour dompter l'amoureux transi, la lettre odieusement brève, cynique et moqueuse d'une Parisienne dans mon genre. Quand il m'a demandé si j'avais lu le roman en question, je l'ai ramené sur terre vitesse grand V :

— Je ne veux même pas parler aux gens qui ne connaissent pas Balzac.

C'était vrai, d'ailleurs. Même s'il faut de tout pour faire un monde, le mien se passe parfaitement d'à peu près tout le monde. Et, à Paris, chez moi, faites-moi confiance, je ne manquerai jamais de partenaires à ma main, un peu snobs, un peu cabotins, un peu persifleurs et très égoïstes, très curieux et très cultivés.

A New York, ce sera différent. Balzac patientera. Mais Melville et Fitzgerald prendront sa place. Je ne m'inquiète plus. Ma seule angoisse serait que Bruce me force à côtoyer les V.I.P. de Manhattan. J'adore fréquenter les lieux où s'agitent les super-riches mais toute seule. Je ne tiens pas à leur parler, les observer suffit largement à mon bonheur. Pas de panique, cela dit : Bruce est comme moi. Le premier jour, chez Dior, il avait dit bonjour à quinze personnes et avait filé. Il n'est heureux que tout seul. Rassurez-vous : je n'ai pas l'intention d'être pesante. Quand je l'ai rejoint à Long Island, il s'est jeté sur moi, heureux comme la terre d'été après la pluie. Je l'ai accueilli à bras ouverts avec la ferme intention de ne jamais les refermer – mais j'ai le bras long : ce chéri fera tout ce qu'il voudra et les ragots auront du mal à trouver un nuage cruel pour se transporter jusqu'à moi. Ma patience a mon âge et ne va pas rajeunir. Ce que j'aime dans Bruce, ce n'est pas son amour, c'est ma vie. Croyez-moi, ça allonge le sentiment. Je crois que ma tendresse saura atteindre une sorte de perfection. N'oubliez jamais que je suis une bourgeoise : j'ai le sens du devoir. Ne serait-ce que parce qu'il vous donne des droits. Vous me trouvez cynique ? Pas du tout. Je n'aime que cultiver mon jardin. Seulement, tant qu'à faire, autant qu'il soit fleuri. Mon roman préféré n'est pas *Candide*, ce sont *Les Liaisons dangereuses*. Pourquoi ? Parce qu'il dit la vérité : les méchants gagnent toujours. Donc j'ai gagné. Et tant mieux pour Bruce. Je ne compte pas l'ennuyer. Plutôt le distraire. S'il se lasse, je rentrerai chez nous. Sur les bords de la Seine, petite rivière décorative à la mesure de notre vieux charme et de notre arrogance. Ici, on se flatte d'être démodés. On ne tient pas tous à être des héros positifs. Notre vie n'est pas un de leurs sitcoms.

Achevé d'imprimer sur les presses de

BUSSIÈRE

GROUPE CPI

à Saint-Amand-Montrond (Cher)
en février 2007
pour le compte des Éditions Grasset,
61, rue des Saints-Pères, 75006 Paris.

Mise en pages : Bussière

N° d'édition : 172-321. — N° d'impression : 62514-070762/4.
Dépôt légal : mars 2007.

Imprimé en France

Une vraie Parisienne

Rédacteur en chef à Paris Match, *Gilles Martin-Chauffier est l'auteur chez Grasset de plusieurs romans, parmi lesquels* Les corrompus *(1998, prix Interallié),* Silence, on ment *(2003, prix Renaudot des Lycéens). Il a publié aussi* Le roman de Constantinople *(2005, prix Renaudot essai).*

Elle s'appelle Agnès de Courroye. C'est une aristocrate ravissante, drôle et cultivée. Son métier : faire visiter Paris à des étrangers fortunés. Avec elle, ils ne s'ennuient jamais. Elle les promène, les amuse et leur offre quelques jours de civilisation française.

Aux Etats-Unis, Bruce Fairfield est une superstar. Il a vendu des millions de disques. Avec Agnès, il va du château de Fontainebleau au défilé Galliano, de la Sainte-Chapelle au bureau de Nicolas Sarkozy, d'un palace à un musée... Et il tombe amoureux. La presse people est sous le charme.

Quand Agnès l'accuse de viol, la police, la justice et les avocats s'en mêlent. Une certaine idée de la France romantique et futile se transforme en piège « Vieille Europe » pour Yankee naïf, et chacun apparaît sous son vrai jour.

Soudain se révèle l'indécence d'une époque où les stars se croient tout permis, où l'argent s'étale, où la justice devient un instrument et l'amour un calcul.

ISBN 978-2-246-72321-9

9 782246 723219

18,90 €

prix valable en France

www.grasset.fr

37-1987-9
2007-III